文春文庫

金色機械

恒川光太郎

文藝春秋

目次

真夜中の風　一（１７４７） 6
第一章　神が剣を与えしもの（１７３７－１７４６） 20
第二章　荒ぶる修羅の四季（１７１７－１７２２） 65
第三章　咎人捜し（１７４２－１７４６） 124
第四章　霧の朝に旅立つものたち（１５４７－１６０７） 186
第五章　狐の影、冬を渡る（１７２３－１７２８） 226
第六章　移ろいの一年（１７３１） 263

真夜中の風　二（1747）306
第七章　叶わぬものたち（1731-1746）316
断　章　ゆきおんなきえる（1732）354
夜明けの風（1747）362
第八章　いつもすぐそばで（1746-1747）374
第九章　鬼神天女（1747）425
第十章　闇に消えるものたち（1747）446
終　章　472
解説　東えりか　480

金色《きんいろ》機械《きかい》

真夜中の風　一（1747）

暮れ六つの鐘が鳴った。

秋の風が、薄暗い通りを吹き抜ける。

風は、立ち並ぶ妓楼の板壁を鳴らし、通りを歩く遊女たちの着物の裾をはためかせる。

川沿い一帯の大遊廓は〈舞柳《ぶりゅう》〉と呼ばれている。風が吹くと、柳が躍る。

舞柳の門は一つだけで、番所から出入りが見張られている。引き手茶屋に、妓楼が並び、迷路のように入り組んでいる。遊廓の外ではなかなか見られない華美な着物をまとった女が、天女のごとく歩いている。舞柳の遊女は高級なものからそうでないものまで、その数は数百に及ぶ。莫大な利益の一部を藩に払うことにより、藩にも公認されている。

熊悟朗《くまごろう》は欄干に肘をつき、煙管《きせる》から漂う紫煙が、日没して間もない空に溶け消えていくのを、ぼんやりと眺めていた。

熊悟朗は巨漢である。額の真中には黒子《ほくろ》がある。

涼風が熊悟朗の頬を撫でる。西の彼方の雲が金色に染まっている。

熊悟朗が坐しているのは、〈しなの屋〉の四階。通称、〈大旦那の間〉である。熊悟朗はまだ三十七だったが、この一大遊廓の創業者であり、また〈しなの屋〉の楼主でもあった。

黄昏《たそがれ》の空を眺めながら、日常の雑事から心は離れる。熊悟朗はいつも暮れ六つの鐘の頃、密かに祈るのを日課にしている。己が今この瞬間まで生きられたことを天地の神に感謝するのだ。

僅かな祈りの時間が終わると、熊悟朗は楼主の顔に戻り、部屋に顔を向けた。

階段を上がってくる音がする。

「大旦那様、新しい娘をお連れしました」

「入れ」

襖《ふすま》がさっと開き、一人の女が座敷に通される。

女はかしこまり、正座して頭を下げた。

「いい、楽にせい」熊悟朗は面倒くさそうに座布団を投げた。

女は顔を上げた。

若く器量がいい。熊悟朗はまずそれを認め、頷く。器量のよい娘がくると昼に遣《や》り手婆がいっていた通りだ。

「かしこまらんでいい。足も崩せ。ほれほれ。名はなんという」

「遥香《はるか》と申します」

「そうか」

新しく店に入る遊女の面談であった。

〈しなの屋〉とその系列の店で働く女は、みな最初に熊悟朗の面談を受ける。どれだけ下の人間が増えても、内部にいるもののことは知っておくのが熊悟朗の主義だ。面談のときに、うちでは雇えませんといって返すこともある。

「よい顔だ。前に会ったかの」

「いいえ」遥香と名乗る女は首を横に振った。「遥香は今晩、大殿様に、お初にお目にかかります」

「わしはただの楼主よ。前にもそんなふうに呼ぶやつがおって、一緒にいた上士が失笑しておったよ。大旦那様と呼べ」

「はい。大旦那様」

「うむ、遥香よ。病はあるか」

「瘡病《そうびょう》は患っておりませぬ」

「よそにいかず、うちにきた理由は」

「評判がよいからでございます。楼閣の類は酷《ひど》い噂が多いですが、ここ舞柳には、人情と仁義があると噂になっております」

熊悟朗は笑みを見せた。

「そうでなくては安心して働けまい。江戸の吉原、京の島原、大坂新町、いずれも大遊廓だが、かつてはそういうところでやっていた遊女もうちにはいるぞ。な、舞柳のほうがよいと流れてくるのよ。年季があけたとて、実家に戻るものはあまりおらん。居場所もないからな。こちらもよい娘がこぞって働きたがるところにしたいからの」

「実のところ、ここにきた理由の一番は、舞柳の名物大旦那様、熊悟朗親分の御顔を拝見したかったからです」

熊悟朗はじっと遥香を見た。

遥香は媚《こ》びるような視線を向けている。

「わしか？　媚態は客に見せい」

ふふ、と遥香は笑った。

「ふむ」

熊悟朗は遥香に目を据えたまま、腕を組み背筋を伸ばした。

「わしはな。人を見る目がある。昔から心眼の熊悟朗と呼ばれておった」

「存じております、今日も下のほうで大旦那様はなんでも見通すから、嘘はつけんとの噂を耳にしました」

「そうだ。今晩はゆっくりと話して、おまえがどんな女か聞かせてもらおう。とにかく俺は知りたがりでな」

「はい。なんなりと」

「出身からいくか。どこの出だ」

「武川《たけかわ》でございます」

武川は、すぐ近くだ。

「うむ。小作人の子か」

「いいえ」

「売られてここにきたのではないのか？」

「いいえ、望んできました」

「吉原か、どこかで遊女をやっていて、流れてきたか？」

「いいえ」

「遊女をやるのは初めてか」

「はい」

「では、特にお座敷で芸事に励んできたのでもなしと」

「そうです」

十分に若いが、花魁《おいらん》を目指せる年齢には遅いと熊悟朗は思う。遊廓には五歳、六歳の子もいる。

「岡場所で、身を売っていたことはあるか」

「いえ」

「うむ、では、さきほどの舞柳の評判がよくてなんたらというのは、誰から聞いた」

「前に知り合いの遊女が話しておりました故」

熊悟朗は眉をひそめた。

「何もかも初か。水揚げも」

水揚げとは、初の客合わせ――少女の頃から遊廓で育ったものの処女喪失を指す。最初は経験豊富な常連に頼むのが普通だ。

ここでは、まさか未通女《おぼこ》ではないだろうな、ときいているのだが、理解していないのか答えはない。

探るようにきいてみる。

「男が好きか」

女は微笑みながら首を傾げた。

「では、男を軽蔑するか」

「半分半分でございます」

「まあ、相手によって変わることでもあろうな」

「私も大旦那様にききとうございます。女をお好きでございますか？　それとも軽蔑なさっておりますか？」

「そうさなあ」

熊悟朗は、遥香の真似をして首を傾げてみた。

よくわからない女だった。女衒《ぜげん》に売られ、借金のかたに苦界《くがい》で年季奉公というのでもないらしい。己の活きる場所は廓町《くるわまち》にありと、望んでこの華やかで淫らな世界にきた様子もない。

「わしが熊悟朗組を率いて、この廓町で〈しなの屋〉をやっておる理由はいくつかあるが、まず第一に、そりゃあ、女が好きで好きでたまらんからよ。女は素晴らしい。素晴らしいからこそ金になる。男が金を持って集まってくる。この世はな、女に愛されたくて、男どもが狂い踊っているというのが真相よ。恥ずかしいからそこに勝手に言葉をつけておるだけでな。尊敬こそすれ、軽蔑などするはずもない」

「そうですか」

ふと熊悟朗は話を変えた。

「調べられただろう？　ここにくる時。服や、髪を遣り手に改められたであろう」

夜に熊悟朗のところに通される女はみな、遣り手に風呂に連れていかれ、行水をして体を清められる。そのときに持ち物の全てが一時預かりとなる。簪《かんざし》をつけることも許されない。

熊悟朗が死ねば、莫大な金と遊廓の利権が動く。暗殺を警戒して、武器を隠し持って入らないようにしているのだ。

「ええ、確かに」

「つまり、ここに武器は持ってきていないということだ」

女は頷く。

熊悟朗は女の顔をじっと見つめる。そのとき、坐した女の胸のあたりから、火花がぱちん、と飛んだ。

熊悟朗は目を細めた。

見ているうちに、黄色い火花が女の肩のあたりで、ぱちん、ともう一つ飛ぶ。

「怪しいのお？」

女の表情は微かに陰るが、その陰りを繕うように微笑む。

熊悟朗の心眼が最初に発揮されたのは、彼がまだコヘという名で呼ばれていた七歳の頃であった。

熊悟朗は紙職人の里で、紙職人の父と暮らしていた。

秋の日、父親はただ川にいこうとだけいってコヘを連れだした。

それまで、コヘはさして賢い子でもなければ、鋭い子でもなかった。

そのときも、何か全く別のこと——昨晩食べたあんこの載ったお餅のこと——を考えていたのだが、そこでぱちん、と警告でもするような火花が父から生じた。

コヘは足をとめた。

「おとう、今なんか、おとうから、ばちっと」

「ああん」

父は何のことかわからぬ、と訝《いぶか》しげな表情をする。

また、ぱちぱちと父の体のあちこちから火花が散る。

コヘにだけ見える火花だった。近寄ると危ない、痺れる、火花はそう示している。だが当の父の表情はやはり変わらない。

「コヘ。どうしたあ」

父の表情は硬い。そういえば川にいくのに魚籠《びく》も釣竿も持っていない。なぜだか里の河原ではなく、人気のない支流の河原を目指している。

「おとう、わしを叱るんじゃろ」

「あはあ？　どうして。何をしたね」

「何もしとらん。でも」叱るんじゃろ。

「くだらん、いくぞ」

ふと七歳の少年の脳裏に無数の断片が浮かぶ。

数週間前、家にやってきた父の新しい女が、今朝、疎《うと》ましそうに自分を見て、何か隠しごとでもするような目配せを父としていたこと。実の母は、だいぶ前に男と駆け落ちしたこと。

新しい女は二日前に〈あ、ほい、あ、ほい、なつなつまではァ、神の子ょオ〉と妙な節をつけた歌を歌っていて、コヘが顔をだすと、狂ったような笑い声をあげたこと。なぜか昨晩の夜の料理が、祝い事でもないのに鯉やら、鶏などがでて、最後にはあんこの餅まで、めったにない豪勢さだったこと。

稲妻のごとき直感が閃いた。これから起こる何もかも――すなわち、これから己は叱られるのではなく、殺されるのだということ――がわかった。

コヘは少し歩き、足をとめると再び父を見上げた。

父はコヘをじろりと見下ろす。

「何度も止まって、どうした」

「昨日の餅はうまかった」コヘはいう。

うまい餅をありがとう。

何か父から黒い霧のようなものが発生している。もうこれは父ではない。

「そうだなあ、うまかったなあ」

父の声には感情がない。

ぴしり、ぴしり、火花が飛ぶ。

コヘは、わあ、と叫び、走りはじめた。

父は、コヘ、コヘと名を呼びながら追ってきたが、川に入り、足場の悪いナメ床岩まできたところで、岩から滑って落ちた。

足をくじいて倒れている父をそのままにして、ひたすらに逃げた。

今でも熊悟朗はおぼえている。

目の前を通り過ぎていく緑。体をつたう汗。自由と死の気配。

その晩は山の中で野宿した。

狼の遠吠えが遠くなり、また近くなる。

明け方、寒さで目が覚め、ひもじい思いで歩いていると、けもの道で巨大な熊と遭遇した。

死んだふりもできなければ、足が竦《すく》んで逃げることもできなかった。コへはへなへなとしゃがみこんだ。

灰色の熊はコへをじっと眺めてから、臭いをかいだ。

コへはじっと熊を見た。自分の体重の二十倍はあるであろう熊の目には、好奇心が宿っていたが、用事でも思いだしたようにぷいと気まぐれに顔を逸らすと、のしのしと去っていった。


その後、コへは二度と家に戻ることなく、山賊の一味に拾われ、そこで名をなしていくことになる。コへという幼名を捨て、熊悟朗と名乗ったのはそこからである。

成長して今に至るまでの、無数の危機をその妖しいまでに冴えた勘が救った。

他者を占う力はない。天気も読めない。

だが、殺意を読む能力がある。己に危害をもたらそうという人間が近づくと、どんなに相手がその心を隠していてもわかる。

ぴしり、と火花が警告し、その人間から黒い霧が湧いているのが見える。

腹に一物ある人間、秘密を持つ人間、裏切ることを企んでいる人間を熊悟朗は見極め、常に先手を打ってきた。

その力は心眼と噂され、熊悟朗組の仲間たち、そして舞柳遊廓で働くものたちの間では伝説化していた。

「感じるのぉ」

熊悟朗は呟いた。

武器を持っていないはずの、この若い娘から、二度も火花を感じた。

嘘の火花、隠しごとの火花だ。

殺意の黒い霧はまだ見えないが、女の内面に、死神の如き幽冥《ゆうめい》の気配を薄《うっす》らと感じる。

「おまえはここで働こうとしておるのではない。何か別に目的があってきた」

女の顔が緊張する。

「なぜ」

わかるのですか？

「図星か。遊女の顔をしておらん」

熊悟朗はばっさりという。

「ふん、おまえは、俺を殺しにきたか？　誰かに頼まれて」

女は上目づかいにいった。

「これはまた、物騒なことをおっしゃいます。体も大きく、勇ましい、大旦那様を、どうして私のような非力でか細いものが殺せましょうか？　天下の熊悟朗親分を」

「何が天下だ。毒でもなんでも、あろう」

熊悟朗は渋い顔でいった。

今この場で、食べ物に毒を混ぜる機会はない。だが、夜伽《よとぎ》の最中にならば、恍惚とした相手の口に、隠し持ったものを含ませることは不可能ではない。

「なあ、娘。わしは死ぬ時は、自分が死のうと思った時と決めておる」

ふっと女の表情から緊張が消え、妖艶な笑みが浮かんだ。

「さすがは御心眼の大旦那様と呼ばれるだけはあります。見えぬものが見える。そうでございましょう？　お目通りを願った甲斐がありました。でも、遥香は、毒などもってはおりませぬ。確かに、おっしゃる通りの嘘をついておりました。ここに遊女として勤めるためにきたのではございません。今晩、ここにきたのは、話をするためでございます」

「話？」

「遊女の面談というのが、てっとりばやくまた、邪魔されずに大旦那様と、お話しできる機会と思いました」

「何の話だ」

「とある娘の物語でございます。遥香の話を聞いていただけますか」

熊悟朗は女を睨みつけた。

見た目はただの小娘だ。心眼が反応しさえしなければ、警戒などしない。

こんな小娘が、何を隠し、何を話そうというのか興味が湧いた。

「話か」

熊悟朗は人を呼ぶと、行燈《あんどん》の油を足させ、水を一杯飲み、「では話せ」と促した。

女は一呼吸おいてから語りはじめた。

「私は、大旦那様の御心眼と同じく、常人にはないある力を持っております。その力は、時としてとても危険で、刀剣に等しきもの。大旦那様の御心眼が見抜いたのはそれでございましょう」

第一章　神が剣を与えしもの（1737－1746）

1

冬の朝、夜半から降り続いていた雪は、地表の全てを白く覆っていた。

用を足しに家の外にでた幼い少女、遥香は、獣《けもの》の鳴き声と荒い息を近くにきいた。

遥香は動きをとめ耳を澄ます。吐きだす息は白い。軒下には長い氷柱《つらら》ができている。

納屋の方角からまた苦しげな鳴き声がきこえてくる。

雪に赤い血痕がついている。ゆっくり忍び足で庭をぐるりとまわると、薪を積んだ納屋の傍に鹿が倒れていた。脇腹に矢が刺さっている。

どこかで射られ、ここまで逃げてきたに違いなかった。

なんと哀れな――憐憫《れんびん》の情が湧きあがった。遥香は駆け寄ると、矢を抜こうとした。

だが幼い彼女の力では矢は抜けなかった。

鹿は荒い息をつき、口元に泡を浮かべ、真黒な目を少女に向け、後ろ肢《あし》をがくがくと動かした。おまえは俺に危害を加えるつもりか、そうはさせないぞ、と訴えているように見えた。

大人しくさせたかった。

遥香は慰めるように鹿を撫でた。静かに、静かに。痛みよ、去れ、痛みよ、去れ。撫でながら、遥香はおや、と思った。

鹿の毛皮のすぐ下に、底知れぬ夜空の如き広がりがある。

もちろん現実の皮の下には、血と骨と臓物があるのだが、遥香の手のひらは、それと異なる、広漠とした感覚を得ていた。

さらに撫でていると、仄《ほの》かな輝きを手にした。

寒さを忘れた。この世界に、自分と、自分が撫でている鹿しかいなくなってしまったかのような、不思議な境地に達していた。

鹿は大人しく、うっとりとした目つきで、目を閉じた。

それでいい。遥香はさすり続けた。もう苦しくない。

鹿が大人しくなってから、ようやく父を呼びにいった。父の名は祖野《その》新道《しんどう》。

新道が鹿のまえにひざまずき、もう死んでいるといったとき、遥香はきょとんとした顔でいった。

「死んでいる？」

死ぬ、の意味は知っていた。鹿は眠ったと思ったのだが、そうではなかったのだ。

遥香は動揺した。

「私が撫でまわしたから？　だから鹿は死んじゃったの？」

「違う、傷を受けていたからだ」新道はいった。「おまえのせいではない」

「それよりおまえが無事でよかった。手負いの大きな獣は一番危ない。暴れたら、蹴り殺されるか、押しつぶされるかしていたぞ」

その日、鹿は解体され、一帯では鹿鍋がふるまわれた。

おまえのせいではないといわれても、自分の手に、鹿を死に導いた感覚が、確かに残っていた。

幼児の頃には、とんでもない思い違いをいくつもしてしまうものだが、このことは思い違いではなかった。

遥香はその後、猫を飼ったが、抱いて遊んでいるうちに死なせてしまった。

ある日、遥香は新道の目の前で、鶏を大人しくさせ、そのまま殺してみせた。

鶏は暴れまわるでもなく、安らかな、甘えたような鳴き声を最後にだして、ぐったりと脱力した。

遥香は不安げに父を見上げた。

「これがあの朝、鹿を殺《あや》めた、遥香の妙な手です」

新道は鶏を無言で手にとって改め、絶句した。

その表情があまりにも蒼白だったので、遥香は泣きはじめた。

「でもお父様、首を絞めるのと同じです。どんなふうにすると死んでしまうのか遥香にはもうわかりました。やろうと思わねば、殺してしまうことは二度とありません」

新道は、厳しい顔で、遥香を見て、恐る恐るというふうに頷いた。不意に遥香は、このまま父が自分を捨てにいくのではないかと思い、慌てて言葉を続けた。

「に、鶏は、食べましょう、殺めたのだから食べましょう」

遥香が殺した鶏は、料理されずに、そのまま土に埋められた。

それ以後二度と、新道は遥香を抱きあげることも、膝に乗せることもなくなった。さらに遥香に子供たちと遊ぶときに、触れ合うことを禁じた。

2

祖野新道――遥香の父は武川村で開業している医師だった。新道は二十代の頃には江戸城下の医学館で、蘭学を学んだこともある。武川村に開業してからは、医業の傍ら、寺子屋でも、週に一度、読み書きや算術を教えていた。

剃髪《ていはつ》した頭に、細身でなで肩の、もの静かな男で、遥香が鹿を殺めたときには三十の半ばを過ぎていた。

誠実で、くるものを拒まないところがあり、そのせいか慕って家を訪れるものも多く、村では苗字帯刀を許された名士として尊敬され、ひっきりなしに、野菜や、魚や、酒をもらっていた。帯刀を許されたといっても、新道が刀を下げて歩くことはなかった。

一年に二、三度、新道は山中にある〈離れ〉と呼ばれている離れ里に、往診にいった。

離れは、武川村から、川伝いに、深い森を進んだところにあった。

往診にいくときは、助手である初枝《はつえ》と、何人かの弟子、そして遥香を連れていった。

離れは、少し特殊な山里だった。住人のほとんどは老人だった。武川村には、ある年齢がくると、自ら望んで離れに移り住もうとする老人がたくさんいたのだ。

老人の他にも、病気や鉱山での事故で四肢のいずれかを欠損したものや、どこかから流れてきて、望んで住み着いている正体不明のものたちがいた。

離れは、藩の管理の外にあった。すなわち年貢が免除されているのである。そのため戸籍も曖昧《あいまい》だった。そこは静かに死を待つものたちと、世を捨てたものたちの隠棲の里だった。

新道が離れの古寺に入ると、往診を待つものたちがやってくる。

新道は馴染みの老人たちと世間話をする。馴染みの老人たちは、今年の冬は誰それが、春には誰それが死んだと話す。

新道は離れに関しては基本的には無報酬で往診していた。世間から切り離された人にこそ医療が必要と考えていたのだ。

自分の家だけでは消費しつくせない、もらいものの酒や、野菜も大八車に積んで持っていくこともあり、ほとんど慈善事業であった。

離れにて、ある夏のことだ。

新道が少女を呼んだ。

「遥香、おまえのあの〈技〉のことだ」

遥香はじっと父——祖野新道を見る。

「約束は、守っております」

〈技〉は決して使ってはならないし、人に話してもならないと、遥香は強くいいきかされてきた。もしそれで人を殺したりしたら、問答無用で斬るとも脅されていた。

もちろん遥香は生き物を殺す力など使いたくもなかったので、いいつけ通りに封印していた。

自分の力のことがよくわからず殺してしまった猫についてもひどく後悔し、庭に墓を作って線香を供えているほどだった。

怪訝《けげん》な表情の遥香に新道はいった。

「もちろん、約束は守っているだろう。だがよく考えてみれば、神様がおまえにあの技を授けたということには、何か意味があるのではないかと思うのだ」

新道は、まず遥香を滝に連れていき、体を清めさせた。

滝のそばの竜神様を祀《まつ》っている祠《ほこら》に、二人で並んで、これから、この里の某《なにがし》に技を使います、お許しくださいと祈った。

寺に戻ると激痛で涙目になりながら叫び声をあげる老婆の前に、遥香は連れだされた。

この老婆は、臓腑を蝕む病が進行し、痛みが増すばかり、何一つ打つ手がなく、安らかに死ぬ方法を探しているのだという。

老婆はのべつまくなしに悪態をついていて、手のかかる患者であることは一目瞭然だったが、遥香がその胸に手をおくと、ぴたりとわめくのをやめた。

老婆は不思議そうな顔をした。

「これは一体」

「痛いですか」新道が確かめるようにきく。

「いいや。痛くない。痛みがね、消えた。なんだか座敷にいるのに、体がふわっと浮いているみたいだよ」

老婆は遥香に不思議そうな目を向ける。

「あんたは何歳?」

「九つです」

「不思議な、不思議な心持ちだよ。これは何をやっているのかね？」

遥香は答えられない。私は何をやっているのだ？　傍らにいた新道が答える。

「不思議なことに、この子の手には、痛みを和らげる神が宿っているのです」

ほう、と老婆はいう。

「ずっと手を置いていてもらいたいね。いやこの子をあたしにくださいといいたいよ。もう最後まで、ずうっと手を置いていてくれ。こんなに楽になったことはないよ。ねえ、その先にもいけるんだろう？」

その先とは、老婆と遥香だけが共有している感覚であった。

「かまわないからね。もっと深い、深いところへやってくれ。二度と痛みのこないところへ。私のいっている意味はわかるね」

老婆はそういうと、お経をとなえだす。新道は遥香の肩に手をやり、頷いた。

――お婆さんのいうとおりにしていいんだよ。

遥香は手のひらに、輝く珠の如き命を感じている。

すぐにはできない。どれほど別の言葉に置き換えようと、殺せといわれているのだから当然だ。胃が重くなり、吐き気がする。心が滅茶苦茶に壊れてしまいそうな重圧を感じる。こんなことはみな放りだして逃げたい。

みなが見守っている。

全身から汗が滲んだ。

時が流れる。ぽたり、ぽたり、と汗の雫が落ちる。

やがて、命の輝きを、そっと深い宇宙へと押し戻した。

老婆は眠るように死んだ。

遥香の最初の人殺しだった。


老婆が息を引き取った後、遥香は泣いた。ひどく気持ちが揺れ動いていた。初枝が草餅をくれ、よしよしと慰めてくれた。

新道は遥香に、気持ちの整理をするようにいった。

「世の中の善悪はね、人の喜ぶこと、望むことをしてあげるのが善で、そうでないことをするのが悪だとお父さんは思う」

父の静かな声を聞いていると、遥香は次第に落ち着いてきた。相手が望んでいるのなら殺しても悪ではない。そうだろうか？　だが、お父様がそうだというなら、それこそが真実。

「お婆さんはそのままなら、苦しみと痛みで死んでいくところを、おまえが救ったんだ。誰もおまえを責めない。お婆さんも含めてみんなが感謝している。なあ、おまえは人が望むことをしたんだよ。さあ遥香、仏像を彫りなさい」

自宅に戻ってから、遥香は新道にいわれるまま、老婆のことを思って小さな木彫りの像を彫った。

彫った像は、家の裏にある岩窟に安置した。線香を焚き、新道と二人で手を合わせる。

新道は遥香の肩にぽん、と手を置いた。

「こうして、ここで時折線香をあげれば、あの人のことはよし」

3

新道の医業を手伝い、また家に住み込んで家事雑用をこなす初枝は三十を越えた女だが、その容姿はもうすこし若く見えた。新道に向ける眼差しにはいつも恋の光が宿っていることを遥香は感じ取っていた。

遥香は初枝を母のごとく慕っていた。

いつも、どうしてお父様と結婚しないのかきいたが、「そんな関係ではない」とか、「新道様は私のことなんて関心がありませんよ」とか、「私は御迷惑にならないぐらいにお傍にいられればそれでよいのよ」と曖昧にはぐらかされた。

〈技〉を使うとき、遥香は背後に菩薩様を感じている。

菩薩様が、自分の手に、後ろから手を重ねる。菩薩様はいつも後ろにいるから、その顔は見たことがない。もしかしたら菩薩様ではなく、仁王様かもしれない。あるいは異形の怪物かもしれない。

とにかく、大きな何者かを背後に感じていた。

その後も遥香は新道の命じるままに〈技〉を使った。

死は悪ではなかった。死は自然のあるべき終着点であり、悪とはむしろ苦痛のほうであった。

ある翁《おきな》は、孫娘によう似ている、と遥香を見て笑った。

「死んだらいえないもの、死ぬ前にありがとうを、いっておこうね」とその翁はいう。腹は水がたまり膨らんでいる。肺も悪いのか咳き込み、涙目で激痛に耐えている。遥香は翁の着物をはだけ、胸の上に手を置く。

翁は目を瞑《つむ》って呟く。

「不思議だねえ、これが噂の菩薩の手かい、本当に痛みが遠ざかっていく」

「はい」

「きれいさっぱりなくなったよ。なんだか宙に浮かんでいるみたいだ。おお、見える、見える。遠くにさあ、麦の畑があって、そこにみんなが、いるよお」

「はい」

遥香は脈動する輝きを摑む。

「あれが極楽かねえ。ありゃ、わしが一生かけて育てた畑だよ」そこで翁はやさしく遥香を見た。「あんたは神さんがついてるね。それがよい神さんか、悪い神さんかはわからないけどさ」

「はい」

菩薩様のことをちらりと思いうかべる。

「あんたいつか、金色様《きんいろ》に会いにいくといい」

「金色様？」

「なんだ、知らんのかね。金色様も神さんだよ。まあ、あんたとは全然違う種類のだが。山の上のほうに住んでいるんだがね。いつか会いにいきなさい。さあ、やっておくれ、わしは麦畑にいってくるから」

遥香は目を瞑る。

遥香は脈動する輝きを真っ黒な宇宙に戻す。

翁は微笑んだまま、呼吸をとめる。

距離をおいて様子を見ていた老人たちが一斉に手を合わせる。

遥香は思う。苦しむものに死を与える——そんなことは特別な力でも何でもない。やろうと思えば誰にでもできることだ。湿った布を鼻と口にあて窒息させればいい。

だが自分の手で死ぬ人間は、痛みから解放され、うっとりと夢幻に包まれながら死ぬ。安楽さは大きく違う。

父と血の繋がりがないことを、遥香はいつのまにか知った。

自分は武川の河原で拾われた子供だという。詳細はきかなかった。恐ろしく、あまり知りたくはなかった。その当時、子捨てはあちこちで行われていた。人通りのある橋のたもとや、寺に子供が置き去りにされることはよくあった。

拾われた日が誕生日で、名前も祖野新道がつけ、年齢も、その頃二歳ほどだったので、二歳から数えたのだという。

血が繋がっていなくとも、父は父であることに変わりはなかった。

遥香はいつも新道の傍についた。必死といえるほどに懸命に働いた。大人たちに混じることが多いせいか、心の成熟は同年代の子供たちよりもずっと早かった。

遥香は思う。

お父様は助かる患者に薬を売り、生を与える。私は助からない患者に死を与える。

私たちは表裏一体。

私はただのお父様の道具。お父様の影。

でもそれでいい。

大好きなお父様の、使える道具であることが私の誇りだ。

離れの村にて、金色様の話をまたきいた。

今日は特に用事がないから遊んでいなさいと新道にいわれて、ぶらぶらとあたりを散策していたときだ。

遥香は新道の傍らにいてこその自分だと思っていた。独りで僻地をふらふらとしていても、あまり面白くない。

いつも体を清めるときにいく滝へと向かった。

苔むした岩がごろごろと転がった薄暗い道を歩く。

夏の滝は、前日の雨のせいか、水量豊かに雄大に落下していた。滝つぼの水は澄んでいて、魚影が見える。足をつけると冷たかった。

滝つぼのそばで、山菜とりの途中で休憩している老女にでくわした。おそらくは離れの住人だった。老女は手ぬぐいで頬かむりをし、傍らには茸や山菜の入った籠が置かれている。

「こんにちは」頭を下げる。

「ああ、はいはい、おや、あなたは祖野先生の娘さん、菩薩の手の」

「はい。今日はすることもないので、遊んでいろといわれました」

手ぬぐいの老女はふうんと溜息をつくと、坐りなさいよと自分の隣を指した。

遥香はしばらく手ぬぐいの老女と話した。老女は、タマ、と名乗った。武川の大欅《おおけやき》の傍で生まれたことや、四兄弟のまんなかの子供として育ったこと、馴染みのものがみな離れに移り住んだので、自分もそうしたこと。今は江戸に住んでいる孫がいることなどを話した。

打ち解けてきたところでタマはいった。

「極楽ってあるのかね」

遥香は一瞬言葉に詰まった。そんなことはわからない。でも、菩薩の手で人を永眠させる時、今までに何人かは桃源郷のようなものを幻視し、それを言葉にしている。

「あるんじゃないですか」

「あるとしたら、どんなところなんだろうね」

「きっと綺麗で心地のよいところです」

「望んだものがみんなあるかね？　死んだおとうや、おかあが迎えにくるかね」

「おそらく」と呟く。

知らないことを言葉にして無責任だとは思うが、肯定したかった。

きらきらと光を反射する川面に視線を向けた。

なんだか平和に光る川を見ていると、夢幻の境地に引きこまれそうになる。

「そっか、なら安心した」タマはいう。

遥香は微笑んだ。

「ところで、あんた金色様についてはどう思うね」

「金色様」

このあたりではよく聞く神の名だ。

「前に、あちらに送った方で、金色様にいつか会えといい残した人がいましたけど。山の上にいらっしゃるんでしたっけ」

「あら、知らないの？　この滝のところからいくんだ。ずっと上だよ」

遥香は滝を見上げた。何丈あるか、到底登れる高さではない。

「人間ですか」

「人間じゃないよう。全身、金でできているんだよ」

なるほど、仏像のようなものかと思う。

だが続けてタマはいった。

「だいぶ前だけどね。金色様が道を歩いているのを見た人がいるよ」

「はあ、歩くのですか」

「ぴかぴか光っていたって」

うまく想像できなかった。山道を歩く金色の仏像。からかわれているのかもしれない。

かわせみがさっと水中に飛び込み、魚をくわえて飛びだしてくる。上手だねえ、とタマはいう。

「ここらではねえ。みんな、どうしても頼みたいことや、願いごとがあると、あの滝の脇を登って、金色様に会いにいくんだ」

「叶えてくれるんですか」

「いいやそれが、何やら説教したりするらしいよ。だからあんたも、将来、もやもや悩んだらいってみたらいい」タマは滝の脇にある崖を指差した。

「ようく見てごらん、あそこからだ」

崖の岩にはよく見れば足場があった。滝を巻いて登っていけるようになっている。だが岩をよじ登るような恰好になることは確かで、覚悟がなければ気楽にいける道ではなさそうだった。

「本当は金色様なんていないのかもしれないし、極楽なんてないのかもしれない」タマは呟いた。「わかっているんだよ。そんなことは。でも、あんたの言葉で安心したよ」

その晩、寝る前に初枝に今日のことを話した。

蚊帳《かや》の中で、初枝は、山は不思議ねえ、といった。

「山奥にどんどん歩いていって、金色様というのが本当にいるのか見てみたいです」

歩く仏像か、と初枝は笑った。

「このあたりの人は、たまにいうね。金色様って。滝の上のほうに祠か何かあるのかもね」

雨戸は開け放しており、虫の音が一杯に聞こえていた。灯りはもう消している。

「ねえ、〈鬼御殿〉ってのは聞いたことあるかい?」

「なんですか」

「ずっとずっと先の山奥にはね、鬼だって住んでいるの」

「鬼ですか」

金色様だけでなく鬼も。

「そう。これ、有名よ。私も子供の頃にきいた話だけどね。ずっと山奥には鬼の棲む〈鬼御殿〉があるから、あんまり山奥に入っていくと鬼に出会うし、出会ったら殺されるって。鬼はね、角やら虎の褌《ふんどし》やらの恰好ではなくて、普通の着物で、人間に化けているんだって」

「怖いお話ですね」

「山は怖いわあ。この離れだってなんだか怪しいのに、もっと奥のほうなんて、想像するだけで怖い。だからあまり山奥に入ってはだめ」

タマはその翌年、具合を悪くし、遥香の手によって、微笑んで死んだ。

4

十一歳になった。ある春の早朝のことだ。

遥香は、家の蔵から、一振りの刀を発見した。漆塗りの鞘《さや》に納まったその刀は、隠そうとでもするように、埃《ほこり》の積もった行李《こうり》の裏に入っていた。

遥香は外に持ちだすと、鞘を外し、刃をだしてみた。ところどころに錆《さび》が浮いている。凹みもある。ずしりと重たいそれを振ってみる。

誰のだろう。お父様のものだろうか。遥香は人を斬ることを想像した。

悪いものを、害なすものを、私が斬る。

お父様や、初枝さんの前に、自分が盾となって立ち、剣を振り、守る——そんな英雄的な妄想に遥香は夢中になった。

お父様は救うもの。私は殺すもの。

橋を渡ってすぐの城下町のほうには剣術道場へ通っている武家の子供もいる。実際に人を斬りたいとは全く思わなかったが、いざというときのために武技を磨き、一心不乱に汗を流せたらどんなに素敵だろう。もっとお父様の役に立つ存在になりたい。

「遥香に剣術を習わせてくださいませ」

畳に頭をつけて頼んだ。

だが、新道も初枝も、猛反対した。当然といえば当然で、女で剣を習うものなど村には皆無に等しかった。

「お侍でもないのに、女が剣なんてねえ」初枝は呆れたようにいった。

「遥香、なぜわざわざそんなものに関心を示す」新道は重苦しくいった。「おまえなら、それがわしらの暮らしに、不必要であることを、よくわかっておるだろう」

「遥香ちゃんが変な気になったのは、蔵で刀を見つけたからでしょう」初枝がいった。

「さっき蔵に入ったら刀の位置が変わっていたもの。あんな忌まわしいもの、二度と触れたらいけないよ」

「ごめんなさい」

遥香は見透かされていることに顔を赤らめ、俯《うつむ》いた。

「遥香。あの刀はな」

初枝が、はっと咎《とが》めるような視線を新道に向けた。

「新さん、まだ十一ですよ。子供の戯言ですよ」

遥香は消え入りそうな声で呟いた。

「ごめんなさい……」

新道は考え込むように顎鬚《あごひげ》を撫でてからいった。

「人の世はな、あちこちに地獄に続く穴が開いている。わざわざ入らんでもいい穴に自分から入っていくことはない。わしはな、地獄に続く穴に踏み込んででられなくなってしまった奴をたくさん知っている。穴の前には立て札が立っておってな、その穴に誘い込むための言葉が書かれている。入れば名誉が得られます、とか、楽をして富が得られます、とか、入らない奴は意気地なしである、とか。感情を刺激されてひょこひょこ入ると、しばらくして迷ってでられなくなり、生涯を穴の中で苦しみ、朽ち果てるのがおちよ。なあ、遥香。剣で人を斬れば死罪。そして女のおまえがそれを承知で全てを剣術に捧げようと、誰かを傷つけるか、最後には誰かに斬り殺されて終わりだ。そんな穴に入りたいと思うか」

遥香は首を横に振った。

そこで新道はふっと笑った。

「そもそも逆だ。何かあったときにおまえを守るのが我らであって、どうしてそれが逆になるのか」

真夜中、遥香は父の言葉を反芻《はんすう》する。

剣術修行はだめだった。私はただ剣を振りたかっただけだけど、お父様のいっていることは正しい。お父様は、私のことを思って、私が〈地獄に続く穴〉に足を踏み入れるのをとめてくれた。

そのまえに、何かいいかけていたけれど、そのことは気にしないことにした。

どこか遠くで、狼が吠えている。

——何かあったときにおまえを守るのが我らであって——胸に染みる言葉を何度も何度も反芻する。

お父様がいなくては、私は全然だめだ。

間違えてばかりだ。

早朝、家のそばの岩窟に入る。

木彫りの像は全部で五つに増えている。最初の老婆を含めて五人が自分の手で死んだ。

線香を供えて手を合わせる。

己が彫った像は、みなじっとこちらを見ている。どの像も物いいたげだ。

5

十五歳になった。

冬になる少し前のこと。山は一斉に紅葉していた。

離れの古寺に六人の老人がやってきた。

遥香が挨拶をすると、彼らはいそいそといった。

「ああ、菩薩の使いの娘さん。これは、実をいうともう新道さんにずっと前から頼んでいるんだけど、うんといわん。あんたからも頼んでくれ」

「何をですか」

聞けば彼らの主張は以下のようなものだった。

これまで、離れの病人たちが、いかに遥香の手で安楽に往生したのかを見てきた。

このあいだも仲間の一人が往生し、とても寂しくなった。

自分たち六人は、これまでずっと苦楽をともにしてきた仲間である。現在それぞれが重病ではないにせよ、どこかに不調を抱えている。もう生きているのも億劫《おっくう》になってきたし、先も長くはない。今回、菩薩の手の子がまたきてくれた。この機会を幸いとし、六人全員、菩薩の手で往生させてもらいたい。近いうちに一人で苦しんで死ぬよりも、今みんなで安楽に往生するほうを選ぶ、というのだった。

「それは頼めません」

遥香は小さく呟いた。

「なんでかねえ。わしらはもうこんななら、みんなで崖から飛び降りて死のうかいって、相談をしとったんだす。それなら寂しくないねえ、って。もういいんだよお。安楽に極楽へ逝かせておくれよう」

新道が現れて、苦い顔で宥《なだ》めるようにいった。

「何度でもいいますが、私たちはそういうことはやっていない。あれをやるのは本当に手の施しようのない人だけです。弱音を吐かないで、寿命を全うなさってください」

老人の一人が怒りはじめた。

「このへっぽこの藪医者が！　タマばあさんや、仁科のじいさんは、あんなにも気持ちよさそうに極楽に逝って、わしらにはできんてどういう理屈か？　あんた身分やら見てひいきをせん心構えだったたから、みんな感心して、尊敬してるだに、おう、わかるように説明せんかい！」

「そんなふうに罵声《ばせい》を浴びせることができるほど、元気ではないですか！　あなたたちはまだ寿命があるといっているんです！」

新道がいうと、老婆が縋《すが》りつくような声をだす。

「私ら先生を待っとったんよ。頼んますよお。ケチなことをいいなさんなよ」

「ねえ、祖野先生、あんたの薬きかんかったもの。これから冬で、体がしばれて辛いんよ。もうあちこちいうこときかんのよ。一人で苦しんで逝くことになったら怨むよ。ねえ、なんにも悪いことないじゃないのよ」

遥香は混乱しながら、奥へ下がった。初枝が、襖を閉め、遥香の肩に手を載せる。

「お断りします」

新道のはっきりとした声が襖越しにきこえてくる。

その後も押し問答は続いた。あまりにもしつこいので、最後には、「せめて次回、私たちがくるときまで、よく考えてがんばれませんか」ということになった。


武川村への帰り道、新道は言葉少なく消沈していた。

一行は積もった落ち葉を踏みながら歩く。

「なあ、遥香。彼らのいうことのほうにこそ道理が通っていたと思うか」

遥香は黙って首を横に振った。

「なんにせよ、あの人たちは私が医師だということを勘違いしている」

本当のところは、遥香は老人たちの主張にも一理はあると思っていた。だが、命を永らえさせる術に人生を捧げてきた医師に、己が死ぬ手伝いをせよと声高に主張するのは、やはりおかしい。

家の岩窟に安置された木像は六つになっている。できる限り増やさないようにすべきなのだ。

「遥香の手の力は、やむをえない場合だけだ。自害の手伝いに使うようになってはならない。そこだけは守らなくては」

「先生は立派です。そうですよ。あんなことをきくことない。最低ですよ」初枝もいった。「どこかで線を引いておかねば、医術ではなく、別の何かになってしまいます」

「そうだ」新道は頷いた。「一回認めたら、次も認めないわけにはいかなくなるしな」

6

遥香が十六歳になってほどないある日。下男をつれて、城下の武家屋敷に丸薬を届けにいった。祖野新道は藩医と交流があり、上士から足軽まで、藩士の知人も多い。城下町の武家屋敷に呼ばれて顔をだすこともしばしばあった。

武川村と城下町は半里の距離である。

帰路、もう少しで村に戻るというところで、遥香は馴染みの女友達と会った。

友人と立ち話をしたかったので、まだ家に仕事が残っている下男には、先に帰ってもらった。

昼間のことで、油断していた。

友人と別れて一人になったとき、向かう先の杉の樹の下に、カメが佇んでいるのが目に入った。

カメはこの近辺では厄介者の浪人で、姿を見るとみんな避けた。カメは幼名由来か、それとも別の由来あっての渾名《あだな》か、とにかくみなこの浪人をカメ、時にはクソガメ、と呼んだ。

カメは家が取り潰され、放りだされたが、仕官の見込みがあるでもなく、性格も歪んでいたため、どこかに職を見つけることもできない。

町外れに出没し、朝から酒を飲み、老人や、女、子供、弱いものを見つけては、酔って刀を振り回す。

強い男ではない。むしろ逆で剣の腕もなく、通りすがりの武士たちの前ではたちまち萎縮し、嘲《あざけ》られ、蹴られて土に這いつくばる。

カメは武士に会いたくないから、城や役所勤めの侍が通る大通りや、武家屋敷の並ぶ界隈には現れない。その横暴はあくまでも、人通りの少ない町外れの暗がりにて、自分よりも弱いものに向けられるのだ。カメに通りがかりを襲われ、強引に操を奪われた娘は何人もいると聞いていた。

寺子屋に通っていたときから、カメの痴漢、強姦、暴行、子供苛めは噂になっており、カメの姿を前方に見れば、一帯の子供たちは道を変えた。

遥香はカメの視線を感じながら黙ってその前を通り過ぎた。

足音が後をついてきた。

ひやりと背筋が冷えた。

いざという時、助けを呼べるかと、周囲を窺うが、道には人の気配はなかった。

遥香は走った。

足音が追いかけてくる。

衝撃があり、背後から着物をつかまれ押し倒された。カメは、血走った眼で遥香の体をまさぐりながらいった。

「なんで逃げる、んで逃げる。んーだ、ちょっちょっ、ちょっちょっだべや」

ちょっちょっは、ちょっとだけだ、という意味らしい。なんで逃げる、ちょっとだけだといっているのだ。

「大きくなったの、んん？　急に色気づいたの。んん？　ガキの頃から見とったど、おう？　ちょっちょっ」

遥香はカメを押しのけ、強い口調でいった。

「止《や》めろ。私のお父様は医者だ。藩のお武家様にも顔がきくんだぞ」

カメは口ごもって顔面を紅潮させる。

遥香は着物の裾を直した。ふいにカメは鞘から刀を抜いた。

「斬る」

刃物が鈍く光を放つ。

「な、何がお父様か。医者だか、何だかしらぬが、おまえが偉いのでもなかろうに、無礼者が」

遥香の全身から汗が噴きだしてきた。

刀を見ると、蔵の刀を連想する。

士族といえど正当な理由もなく、誰かを斬り捨てれば死罪となる。だが誰も見ていない道端において、理由は後からつけられる。誰も見ていなければ誰がやったかすら発覚しないとカメは考えているかもしれない。

彼が自分を斬る可能性はあるのだ。

そこでふとカメは意地の悪い笑みを浮かべた。

「あはあ、思いだした。だいたい、おまえカワタロウだがよ」

遥香は呆然とした。

カワタロウ、とは川に棲む妖怪の名だ。かつて武川の河原にはいたが、いつの間にかいなくなったという。手には水かきがついていて、病気をもっているとされる。

カメは、くひひひ、と妙な笑い声をだして、続けた。

「お医者の祖野先生な。カワタロウの子供をひきとったってよ？　おまえのことだろう。それですっかり先生がお父様かい。おまえ本当に運がいいなあ。それよりな、おまえの一族をやったもん知っとるど。くさあいくさあい、カワタロウをやったもんをよ、ん？

どうだ？　わしゃあ知っとるど。おまえの一族を冥土に送ったのは、わしの同胞じゃ」

「誰が」

同胞とはどこの誰のことだ？　カメなんぞにそんなものがいるのか？

「無礼な、私はカワタロウなどではない」

カメは、笑った。

「必死に否定しおる。無駄無駄、全部知っておるのよ。それよか仇討ちしてみい。わしの同胞は、剣の達人じゃ。すぐに返り討ちじゃ。わしも昔、剣術を教えてもらったことがあるの。わしでもかなわん。さあ、どうするカワタロウ？　おまえの父ちゃん、母ちゃんやったんは、剣の達人のお侍じゃって。医者に泣きつくか？　自分ではなんにもできんで、全部他人任せか、おう？」

なんという名か、聞こうとしたが、声がでなかった。ただひゅうひゅうと息が漏れた。なぜこんな男にこれほどまでの侮辱を受けないとならないのか。悔しさで涙が滲んだ。涙目で言葉を失っている遥香に満足したのか、カメは剣先を下げた。

「ちょっちょっ」

刀をちらちらと振り回しながら、唇をすぼめると、様子を窺うような上目づかいで近寄ってくる。

遥香は、声を震わせていった。

「もう刀をしまってください。お許しください」

カメは刀をしまわなかった。

「カワタロウの願いはきけんなあ。まあ、大人しくしておれば、命まではとらんよ。いいことしよう、いいこと」

遥香は近くにあった藁《わら》小屋に連れ込まれた。

冷たい憎悪で思考が麻痺していた。藁小屋に入るやいなやさっと手のひらをカメの胸にあてる。

カメは、遥香の手を愛撫の一種かと思い、ほう、その気になったかと笑った。そして間もなく、絶命した。

遥香はカメの死体を藁小屋にそのままにし、家まで駆けた。通りには誰もいなかった。動悸が激しく、眩暈《めまい》がした。新道の管理の外での殺人は初めてだった。

新道の言葉が甦る。

――どんな状況にあっても、私がいいといったとき以外にその力を使うことは許さない。使ったことを知ったら斬る。

冷静になればなるほど、気持ちが重くなってくる。世界がぐらぐらと揺れている。こんなことをして許されるはずはないのだ。

家の玄関に辿《たど》り着いたところで、へなへなと全身から力が抜けた。

7

三日間、遥香は高熱をだした。食欲もなく、床に伏した。主に初枝が看病した。

「本当にありがとうございます。初枝さんはまるでお母様のようです」

遥香は枕もとの初枝を眺めながらいった。初枝は手ぬぐいをしぼった。

「それはまた照れくさいことをいうね」

遥香は呟くようにいった。

「おまえはカワタロウだといわれました」

初枝は目を丸くして遥香を見ると、少しの間のあといった。

「誰に？」

「知らない人です」きっとカメの死体はもう発見されているだろう。その名をだすわけにはいかなかった。「ただ、おまえはカワタロウだと」

初枝はもう一度、誰に、ときき、遥香はわかりませんと答えた。

「カワタロウ、ね。あんたはカワタロウがなんなのか知っているのかね？」

遥香は首を横に振った。

水かきをつけた……。

「あんたはね、菩薩様の手に抱かれていたんだよ。変に気にしたら厭だと思っていわないでおいたけどね、いつか話すときがきたら、話しておけと新道さんにもいわれているから、教えてあげよう」

初枝は語った。

かつて武川からずっと川を遡った谷あいに一つの村があった。小豆村《あずき》という。田畑を耕し、小豆を売り、またときには材木を伐り流して売ったりしていた。

十五年前。享保の頃。

凄まじい地震とともに、箕輪山《みのわ》が火を噴き、灰が降った。

その後、虫が発生した。

虫の発生に天変地異が関係あったかどうかわからない。だが、おそらくあったのだろう。

蝗《いなご》と浮塵子《うんか》だったという。

虫のせいで、田畑は全滅した。

住民の半分が死に、そこは僅かな間に人の住めぬ土地になった。

生き残った小豆村の民は、流民と化し、川をつたって武川におりてきた。そして河原にひっそりと掘立《ほったて》小屋を建てて暮らしはじめた。

彼らはカワタロウと妖怪のような名をつけられて、蔑まれた。カワタロウは子を攫《さら》うだの、ものを盗むだの、疫病をもたらすだの、指の間に水かきがついているだのといった噂が広まった。

全国的に凶作が続き、人心は荒《すさ》み、治安も最悪の状態だった。

初枝は一度、数人の子供たちが、一人の老婆によってたかって石を投げている光景を見たという。子供たちは腹を抱えて笑いながら囃《はや》したてた。

――こりゃあ、カワタロウ! カワタロウ!

初枝が怒って子供たちに注意をすると、誰の許可を得てそこで暮らしているか!

――カワタロウならいいんだど。おらたちの親が、カワタロウはここら一帯から追いださねばならんから、石を投げたっていいといったんだど。

子供たちは不服そうにいった。


暖かい晴れた日のこと、初枝は河原を歩いていた。

あちこちに汚れた衣服の流民と思われるものたちが倒れていた。刀傷が目につく。

誰かが弱者を襲撃したに違いなかった。

みな殺されたばかりのようで、死体は新しかった。

ブナの木の下で幼子の泣き声がする。

見れば、一人の女が木にもたれ、坐っている。

初枝は、近くに寄るまで、女が死んでいるとは思わなかった。

女の両目は死してなお、毅然《きぜん》とした光を放ち、しっかりと前方を見据えていたのだ。

声をあげて泣く幼子は、女の胸に抱かれていた。

「あんたのお母さんね、本当にね、そのとき菩薩様に見えたんだ」

初枝はいう。

「立派な人間だというのはすぐにわかった。人間なんざ、将軍様もカワタロウも一緒だよ。家が燃えたら誰もがカワタロウだ。立派かどうかってのはそんなことじゃない。見ればわかるんだよ。私がその日、ちょうどそこを歩いていたのも、神さんが引き合わせたんじゃないかって思ったよ」

初枝はその幼子を拾い、新道と相談し、幼子は新道が引き取って育てることになった。

「いつか、あんた蔵の中で剣を見つけただろう。おぼえている? 少し前、もっと子供の頃。剣術修行をしたいって頼んでだめだったろう。あの蔵の剣はね、あんたがいた河原に落ちていたものなんだよ。犯人のものか、まさかだけど、小豆村の人たちが持っていたものかもしれない。誰がやったのか今でもわからない。役所にも届けたけどね。いつか証拠として役に立つかと思ってとってあるのよ」

でもね、と初枝は続けた。

「仇討ちなんて考えるもんじゃないよ。武家の子供でもないのだし、届けでたってそうは通らないよ。新さんの地獄へ続く穴の話じゃないけどさ、まず間違いなくそんなことに時間を使うのは無駄というものだ、ね」

障子の升目をじっと見ていると、熱のせいか、大きくなったり、小さくなったりしている。

猛烈に誰かに責められている夢を見る。

猛烈に誰かを責めている夢も見る。

夢の中で、争い、わめき、騒ぎ、疲れきって倒れる。

遥香は自分の心の臓にそっと手を置く。なぜだか唐突に思う。やろうと思えばできるのだ。そっと己の全てを解くことができるはずだ。

意識が遠くなる。

夢の中、さらさらと川の音がしている。花の香が混ざったそよ風が吹いている。菩薩様に抱かれている。

無力であることが心地よい。何もできない代わりになんの責任もない。生も死も、全てを菩薩様に委ねている。目の前には新緑が輝き、川面はきらきらと光っている。

——お母様。

遥香は物心ついてより、おそらく初めて、姿なき本当のお母様について思いを馳せ、闇夜の布団のなかで、そっと呟いていた。

――お母様。遥香は、ここに無事、生きております。

よくやっているね、と菩薩様はいう。

遥香を撫で、何度も、何度も、大丈夫、大丈夫、という。

そして遥香は土を蹴り、空へと飛び立つ。どこまでも、どこまでも飛んでいく。


明け方、まだ日が昇る前に遥香は目をさました。早起きの雀がどこかで囀《さえず》っている。熱は下がっていた。

自分の胸元に手が置かれている。生きている。死ねなかった。闇に沈もうとしたところで、押し戻されたように感じる。菩薩様がそうしたのか、己の無意識がそうしたのかわからない。あるいは結局のところ、妙な夢を見ただけで何もしなかったのではないかとも思える。もう一度試そうとは思わなかった。

素早く支度をした。

蔵の刀を布で巻くと、数少ない荷物を風呂敷に包む。今までありがとうございました、探さないでくださいとの書置きを残して飛びだした。

8

無我夢中で歩きに歩いた。

カメを殺したということは新道との約束を違《たが》えたということで、もう家にいる資格はない。発覚しなければそれでよいとは思わなかった。家をでる理由はもう一つ。もしも殺しが発覚した場合、新道や初枝に迷惑がかかるという思いもあった。

最初に辿り着いたのは、橋の下の河原だった。

菩薩様の胸に抱かれていた始まりの場所に戻れと、夢の中で天啓を得たような気でやってきたが、当然の如く、そこはただの河原でしかなかった。

遥香はしばらく誰もいない河原の土手に腰かけてから、そのまま上流に向けて歩きはじめた。

時折、何匹かの虻《あぶ》がまとわりつくのを、手で追い払う。

日が暮れると、あたりは真の闇に包まれた。遥香は暗闇の中でじっと、沢の音をきいた。沢の音は闇の中で大きくなり、小さくなり、時には水に石が落ちるような大きな音がした。

夜闇に懐かしさがあった。小豆村の流民の母に抱かれた最後の夜、自分は同じこの川の闇にいたのかもしれない。

あたりが明るくなると、再び歩きはじめた。猛烈に腹が減っていた。知っているようでいて世の中など何も知らない。土地勘があるのは、武川と城下町、そして新道についていった〈離れ〉ぐらいのもの。その他のところに旅をしようにも、金銭も知りあいも何もないのだから、生きてどこかにいくとすればもう〈離れ〉しか思い浮かばなかった。

家出をした翌日の昼過ぎ、遥香は離れに到着すると、いつも使っている古寺の縁側で腰を休めた。

遥香の到着に気がついた顔なじみの翁がすぐに現れた。

「あれま、遥香ちゃん、先生はどうしたの。いったい一人で何をしにきたね」

遥香は家出したことをうまく説明できずに、「ちょっとだけ立ち寄りにきました」といった。

少し考えてからつけ加える。

「ここで、暮らせますか」

「なんでよ、そんなあんた若いもんが」翁は呆れた口調でそういいかけたが、遥香の顔に追いつめられた真剣さを見たのか、小さく続けた。「まあ、んなもん、事情によるべ」

「お腹が減ってしまって」

翁はいったん去ると、焼き芋を持って戻ってきた。

芋を食べると、あまりにも美味しくて涙がでた。そして眠たくなった。

板の間で脚を伸ばす。歩き通しで疲れていたのだ。部屋の隅の布団隠しをどけると、少し黴《かび》臭い木綿の布団が畳まれている。広げて身を横たえていると、意識が沈んでいった。

目を開くと、暗かった。障子は開け放してある。夜明け近くの薄闇だった。昼からだから相当な時間眠っていたらしい。

遥香はそっと体を起こした。

――起きたかい。

声のほうを見ると部屋の四隅に、いくつかの影が遥香を囲むように佇んでいる。

遥香はひっと息を呑んだ。

暗くて顔は見えない。

――戻ってきたんだねえ。

最初の声がしたところとは別の隅から声がする。

――去年、あの先生にいっても埒《らち》があかなかったけど、あんたはやってくれるんだろう。

――そのためにひとりで戻ってきたんだろう。

――待っていたよ。待っていた。またわしらの仲間が苦しみながら死んでね。

――小さいときから、田畑でぼろぼろになるまで働いてね、悪いことなんか何もしやしない、お上にも逆らわない。きちっと年貢もおさめて、贅沢もせんで、地道にやってきたんだ。最後には笑って極楽を見たいという願いの何が悪いのかね?

いつか、新道が断固として断った老人たちが、遥香が目覚めるのをじっと待っていたのだ。

そうとわかっても、その佇まいは、人間というより、もはや幽鬼の類に近かった。

「わかりました、でもまずは、ええ、まずは、私の体を清めることが必要です」

遥香がそう呟くと、ぴたりと声は止んだ。

手荷物を抱え、ふらふらと寺の外にでた。

滝へ向かう。空が白んでくる。老人たちはついてこない。彼らはいつも遥香が、菩薩の手を使う前には、滝で体を清めることを知っているから、承知して待つことにしたのかもしれない。

滝につくと、あたりは水音でいっぱいになった。一面が朝の霧でけぶっていた。

手に水をつけて顔を洗った。痛いほどに冷たかった。

遥香は思った。

この離れで、生きるということはつまり――彼らの役に立つことだ。

彼らの役に立てば、私はこの静かな里で生きられる。――最後には笑って極楽を見たいという願いの何が悪いのかね？　何も悪くない。

なぜならば、私だって最後には笑って極楽を見たいからだ。

まず私は彼らを殺し――ああ、そうだ。頼まれるままに殺し、彼らの道具となればいい。役立つ道具であればいい。

頭の中で言葉が上手くまとまらない。私がここに一人できて、頼まれるままに五人を殺したと知ったら、お父様はなんと思うかな？

そうしてお父様や初枝さんの考えと反対のことをして、恩のある人の気持ちを裏切り

――生きる。

目に涙が滲み、手が震えはじめる。

それが私の生か。

いったい私は何のために生きているというのだ？

ふと滝の横の崖に穿《うが》たれた、金色様のところへ通じるという足がかりが目に入る。

そうだった。この先にはまだ何かあるのだったっけ。金色様やら、鬼御殿やら、お伽噺のような人の世の外側にある世界が。

遥香は周囲を見回し、誰も見張っていないことを確認すると、岩にしがみつき、登りはじめた。

9

滝の横の岩壁を登りきると、両側が切りたった渓谷が続いている。

深山の冷気が漂っている。

何かに追われるように、遥香は先へ先へと進んでいった。

霧が晴れ、太陽が真上に輝く頃、岩が抉《えぐ》られて階段となっている個所に辿り着いた。

遥香は岩の階段を登った。川を離れ、崖を登っていく道らしい。

次第に高度があがっていく。途中、岩肌にへばりつくようにして眼下を見下ろすと、森と、村と、下流の武川まで見渡せた。

崖を登って進むと社を見つけた。

遥香はそこで一息ついた。山岳信仰の修行者がたてたような社だった。

腰を休めるお堂があり、のぞくとその奥に、金色の何かが胡坐《あぐら》をかいている。

何か——よくわからない、見たことのないものだった。

堂の奥に坐して金色に輝いているのだから仏像に違いあるまいと思う。だが、よく見るとお釈迦様でも、仁王様でもない。これは仏像ではないのかもしれない。

仏像ではなく、具足——鎧《よろい》のようだ。

頭の部分——兜《かぶと》——はつるんと丸く装飾はない。目の部分には硝子《がらす》のような透明なものが嵌《は》まっている。その他の部分、口元も喉も全て金で覆われていて、隙間がない。

兜とすれば、ずいぶん息苦しくなりそうな兜だった。

腕も足も金色の光沢を放っている。金箔を塗ったものだとしても、相当な金をつかっている。はげ落ちている個所はなく、表面の滑らかさが目を引く。

もしもこれが全て金でできた鎧だとすれば、どれほど高価なものになるだろうか。

金色様というのは、これに間違いない。
遥香はじっと金色様を眺めた。
「こんにちは」
小さく声をかけてみる。
お地蔵様に声をかけるような気持ちで、返事など期待していなかった。
ピッと、小鳥の鳴き声のような音が、金色様からした。
目の部分に、得体の知れない緑色の光が灯る。
金色様の左手がすっと上がる。
「コンニチワ」
思わず遥香は小さな悲鳴をあげた。
鎧が喋った。
再び、金色様の中から、ムーン、と虫の鳴き声のような音がする。
「オドロキノ、ゴヨウス」
不思議な人間離れした声だった。
金色様の全身が、きらきらと輝く。
あまりにも異様だった。
カミサマ。
これは本物のカミサマだ。

カミサマは姿なき存在であるからこそカミサマなのだと漠然と思っていた。目の前に形を持って存在するカミサマというのは一体――。

金色様の膝が動き、立ちあがった。

「も、申し訳ありません」

遥香は慌てて地面に膝をついた。

「たいへん、無礼なことを、お許しくださいませ」

誰もこない遠い山奥で、わけのわからぬものと向かい合っている。逃げたかったが腰が抜けていた。

「私、あの、今日は、ここに、あの」

どうしてきたのかといえば、人を殺して怖くなって逃げてきたのだ。それをいったほうがいいだろうか。いわなかったとしても、カミサマなら全てお見通しで咎められるかもしれない。

ギシ、とお堂の板を踏む音がする。

「ごめんなさい。私は、人を殺しました。近所の浪人です。襲われて、怖いのと憎いのとで、ごめんなさい、ごめんなさい」

いったん平伏すると、もう怖くて顔を上げることができなかった。

また、ギシリ、と板を踏む音がする。

金色様は神様なのだから、私を裁くかもしれない。

遥香は頭を垂れた。どうやって生きたらいいのか、もうわからなくなってここまできてしまった。

あるいはカミサマに裁かれて終わりでいいのかもしれない。ここが終着点なのかもしれない。

「ごめんなさい、ごめんなさい」

疲労と恐怖も最高潮に達し、ぷつりと糸が切れるように遥香は気を失った。

第二章　荒ぶる修羅の四季（1771－1772）

1

木々に切り取られた空が明るんでいる。

早朝の空気はしん、と静まっている。

歩きながら少年は、ついさきほど見た灰色の熊のことを思った。

よく生きていたものだ。思い返すたびに、背筋が寒くなった。

沢の音をたよりに、渓流へと下りた。

河原に焚火があった。

炎の前に野武士のような男が二人、十を超えたあたりの童女が一人、計三人が焚火にあたっている。

男の一人は月代《さかやき》を剃り髷《まげ》を結っている。もう一人は総髪で、頬に傷がある。

少年は最初に童女と目があった。童女はにこりと笑う。次に男たちと目があう。男たちは手招きする。

少年は躊躇《ためら》わず、ふらふらと近寄っていった。火は暖かい。

「おい、小僧」月代を剃った男が笑いながらいった。「この山奥に、おめえ、いったいどこからきたんだよ」

少年は、親に殺されかけて逃げてきたと素直に答えた。

「ほう。このご時世では珍しくもない話だのう。よく逃げてこられたものだ。昨日は山の中か」

「はい」

「ふん、じゃあ、後は野垂れ死にか」頬に傷のある男が眉をひそめた。

「真っ暗な世の中よのお」

「どんぐりを食べて生きます」

「なるほど、なるほど」

二人は腹を抱えて笑った。童女は黙って少年に好奇の視線を向けていた。

「どんぐりかあ。どんぐりでは死ぬなあ。夜も寒かろう」

「名は？」

コヘ、という名が浮かんだが、口からでてきたのは「熊悟朗」だった。今朝見た熊。強く逞《たくま》しいもの。

「おうおう、熊悟朗ってな。強そうなこって。野人の名よ」

頬に傷のある男がいった。

「おし、じゃあ、熊悟朗、魚喰え、魚」

火の前に串に刺した岩魚《いわな》がある。

熊悟朗。自分で名乗っておきながら、改めて呼ばれると、なんともむずがゆかった。

「いいんですか」

「いいんだよ、いっぱいあるから」

熊悟朗は彼らを見る。

二人とも筋骨逞しく、腰に刀を差した大人の男なのに、恐怖を感じなかった。彼らからは火花が出ていないし、殺意の黒い霧も見えない。彼らにはどこかしら豊かな印象があった。

「おじさんたちは、お侍さんですか？」

侍でなければ刀など持たないだろうと思う。刀は山中ではあまり意味のない重たい荷物である。

「うん？　侍？　少し違うな」

「全然違うわ。我らが城勤めに見えるか？　見えないだろう」

「城は城でも別の城勤めよ」

「おっとそこまでだ。その先はいえないなあ」

二人の話はよくわからなかったが、浪人なのだろうと思った。腹が満たされると眠くなった。昨晩は眠っておらず、疲れもたまっている。

うとうとと目を瞑ったところで、肩を軽く揺すられた。目を開くと、頰に傷のある男の顔が近くにあった。

「熊悟朗よ。我らはもういく。ここで眠るなら置いていくが、おまえ野垂れ死にしたくないというなら、連れていってやってもいい。すぐに決断せよ」

はっと目を開いた。死に向かって転げ落ちる坂の途中で、今、垂れ下がった綱に手が触れたような気がする。

「つ、連れていって」

摑むより他はない。

頰に傷のある男はいった。

「よしこいつも縁だ。拾ったからには、雑用でもなんでもさせるからな。代わりに飯ぐらいはたんまり喰わしてやる」

頰に傷のある男の名は夜隼《よはや》といった。もう一人の月代を剃った男は、定吉《さだきち》といった。

彼らは山道をどんどん進んだ。

途中で樫の枝に骸骨がぶら下がっている場所があった。十体以上ある。下には骨が転がっている。

熊悟朗はごくりと唾を呑んだ。

男たちは特に気にする様子もなく、そこからさらに歩いたところで、童女と熊悟朗に目隠しをした。

その後、しばらくは彼らに手を引かれて歩いた。暗闇であちこち躓《つまず》く。もしかして彼らは物の怪の類で、人に化けて、自分をどこか彼方の地獄に連れ去ろうとしているのではないか、とちらりと思ったが、もはや為す術《すべ》もなかった。

その後、何度か目隠しをつけては外すを繰り返した。

最後に目隠しを外したとき、急な坂道の途中にいた。あたりには霧が少しでていた。

少し進むと、前方に大きく立派な門が現れた。

門の脇にある通用門を抜けると、少し唐風な、朱塗りの柱が目立つ壮麗な建築物が現れた。

貴人が住まうような御殿に思えた。

なぜこんな山奥にこんなものが、と熊悟朗は目を見張った。

建物に上がった。膝が震えた。

雲に乗った天女を描いた金色の屛風が目に入る。白粉の匂いがする。

屛風の向こうから、派手な小袖をまとった若い女たちが現れ、熊悟朗や童女を見てひそひそ話をはじめ、はしゃいだ。

頰に傷のある男、夜隼がいう。

「たまげたか」

「ここは、なんですか」

自分の暮らしていた里にはない世界だ。

「極楽園。山の中の竜宮城じゃ。世の中には俗人の知らぬ秘密がたくさんあるということじゃ」

頭領である半藤剛毅《はんどうごうき》という男の前に通されることになった。童女とは別になった。

夜隼と定吉は普通に胡坐をかいていたが、熊悟朗は畳に額をこすりつけていた。無礼があれば首を刎《は》ねられるから、そのようにしろと事前に夜隼にいわれたのだ。

襖が開き、頭領が現れる。

「夜隼、定吉、御苦労であったな。してその子は」

「こやつは、親に殺されかけたのを、逃げてきたみたいでして。途中で行き倒れになりかかっていたのを拾ってきました。門番の小三郎《こざぶろう》が死にましたでしょ。その代わりと、雑用でもやらせようかと」

「そうか。小僧、面をあげい」

顔をあげる。

目の前に坐した頭領、半藤剛毅は、いかめしい中年の男だった。黒い髭をたくわえ、髷を結っている。必要とあればどんな非人道的なことでも実行しそうな厳しさが表情にあった。圧力を感じたが、熊悟朗の目には黒い霧も火花も見えなかった。

半藤剛毅の後ろに、何かが胡坐をかいている。

金色の人間であった。

いや、と熊悟朗は思う。金色の人間などいるはずはない。

置物──黄金の具足──だがなぜ畳に黄金の具足が坐しているのかわからない。

生まれて初めて見る不可思議な意匠だった。本物の金ならば（あるいはそうでなくても）とんでもない宝物だ。なるほど宝だからよく見えるように飾ってあるのだ──違うかもしれないが、そう思うことにした。

頭領、剛毅の冷えた視線に気がつき、熊悟朗は慌てて目を畳に向けた。

剛毅の声が降ってくる。

「おまえ、自分が何故、捨てられたのかわかるか？」

部屋の空気は冷えていた。

熊悟朗は答えられなかった。捨てられた？　殺されそうになったから逃げてきただけなのだが。いや、それはつまり〈捨てられた〉とほとんど同じことだ。

剛毅の声に苛立ちが混じる。

「わしはこの屋敷の主よ。主が問うておるのに、貴様は返答も満足にできぬのか？」

「あ、あの」熊悟朗は俯いたまま、慌てて何かいおうとした。「あの、おいら、その」

答えなくてはまずい。なぜ捨てられたのか？　それはなぜ……？

ふん、と剛毅が鼻を鳴らした。

「それはな、おまえがいらない人間だったからだ」

ちらりと見上げると剛毅の目には侮蔑の色が浮かんでいる。剛毅は繰り返す。

「わからんか？　おまえが役立たずの余分者であったからだ」

熊悟朗の目に涙が滲んだ。心の深いところが真っ暗になったように感じた。そうだ。その通りだ。

「当然じゃ。役立たずの余分者に、飯を食わせる余裕などないのよ」剛毅は吐き捨てるようにいう。「ついこのあいだも飢饉があったばかりよの。なあ、役立たずの余分者よ。なんでおまえはここにいるのだ？　ここにいれば食べ物がでてくるとでも思っているのか？　まさか。役立たずの不要な人間は、わしも必要としておらん。わしが欲しいのは能あるもの。役立たずの間抜けではない」

沈黙が部屋におりた。

顔がほてる。涙が頬をつたう。

ばしん、と隣の夜隼が、ひれ伏す熊悟朗の背中を叩いた。

「ほれ、熊悟朗。お頭に、自分は役立たずではないといえ」

「じ、自分は、や、役立たずでは、ありません」

頭領の剛毅は眉根を寄せ、腕を組んで考え深げな顔をしている。

「置いていただければ、な、なんでもします。できることはなんでも。できないこともできるようにします」

頭領は熊悟朗の言葉を吟味するような間を置いてからいった。

「よし。夜隼の推挙なら仕方あるまい。ではおまえが役立たずであったら斬ることにしよう。日々、休むことなく役立たずではないことを証明してみせよ」

ざらついた不思議な声が続いた。

「ハゲメ」

頭領の半藤剛毅がいったのか、いや、隣の夜隼の台詞か。どちらの声とも違うような気がしたが、熊悟朗は、とりあえず今日の寝床を確保できた安堵でいっぱいで、特にそれ以上何かを気にする余裕はなかった。

頭領への挨拶が終わり、夜隼と庭にでる。

「では今日はゆっくりして、明日の朝から奉公をはじめい。おかねという女を後で紹介してやる。飯炊き女だが、だいたいの家事を取り仕切っておる。おかねから仕事をもらえ。お頭は恐ろしい男だが、きちんと働いていればよいことはある。それから人は飯を食ってきちんと寝なくては働けぬ。遠慮なくきっちり食って、きっちり休め。文句をいうものはおらんが、もしいたら、夜隼にそういわれたと、俺の名をだせ。あとは、そうだな。いくつか決まりがあるので守れ」

「夜隼様あ！　お帰りになられたのですね」

石燈籠の陰から女がでてくる。女は両手をつきだして駆け寄ると、夜隼の懐に飛び込んだ。

もういけ、と夜隼は熊悟朗に目で合図した。

熊悟朗は、ほっと息をついて庭の石に腰かけた。

着物姿の背の高い男が、庭にふらふらと現れた。皮膚が真っ黒で、唇が分厚い。髪は短く巻き毛。

熊悟朗を見ると、おや、と眉をあげた。

熊悟朗は慌てて立ちあがって頭を下げた。

見上げるほどに大きい。この怪人物の大きさは尋常ではない。鬼ではないのか。

「きょ、今日、このお屋敷に、小僧として入った熊悟朗です。よ、よろしくお願いします」

真っ黒な肌の男は頷いた。

「そっか。俺は黒富士《くろふじ》だ。よろしくな」

「あ、はい」

黒富士。なるほど、という名だ。何故黒いのか。何かを塗っているのか。いやそれを訊くのは失礼かと思っていると黒富士が面倒くさそうにいった。

「なぜ黒いのか。俺は異人だ。海の向こうからきた」

「あ、はい」

「俺の国ではこれは当たり前だ。まあ、この島の民には珍しく奇異に見えるのだろうが」

「はい、あの、ご出身は、天竺……とか」

「少し違う。おまえ天竺と口にだしながら、天竺のことを何も知らんだろ。この国とは全然違うところにいく途中の船が難破してな。いろいろあってこの国の海賊に拾われ、今はここだ」

「はい」

はいしかいえんのか、と黒富士は熊悟朗を持ち上げ、ぐるぐると振り回した。

悲鳴をあげていると、庭の先からよちよち歩きの、幼児が姿を現した。

「どじゃ、どじゃ」

といいながら、ふくふくした笑みを浮かべて、近寄ってくる。

黒富士は熊悟朗を地面におろした。

「こちら、我らが若君、桃千代《ももちよ》様だ。命をかけてお守りするように」

聞けば、半藤剛毅の二歳の息子だという。

桃千代は熊悟朗を見ると、見知らぬ者と思ったのか、微かに警戒をのぞかせながら、黒富士の裏にまわった。

「どじゃ、どじゃ」

柱の陰から女が顔をだし、桃千代様、こちらこちら、と手招きすると、満面の笑みを浮かべて、女のほうに去っていった。

「なんとも愛らしい」

熊悟朗は緊張から解かれ、ほっと息をついた。眩暈がする。一日でどれだけ驚けばよいのか。

おかねは中年の女だった。熊悟朗を見ると、信用できるものかと疑わしそうな顔をしながらも、てきぱき指示をだした。

その晩、屋敷では宴会だった。

熊悟朗は宴には参加せずに、おかねに指示されるまま、膳を運んだり、炊事場を手伝ったりした。

いかつい男たちが十五人ほどで、女たちはその倍ほどいて、みな若く艶《あで》やかだった。女はみな男にべったりとくっついている。

黒富士も、夜隼も、定吉も、行燈の炎を身に照らしながら楽しそうに喋っている。

盆に徳利を載せて座敷に向かう。

「おう、これが拾ってきた熊悟朗よ」

夜隼が酒を運んできた熊悟朗を呼びつけて、みなに紹介した。女たちは嬌声をあげた。無理やり一杯飲まされ、そこで足がもつれ、熊悟朗は意識を失った。

2

翌朝、まだ日が昇る前に、おかねに頬をひっぱたかれて目を覚ました。座敷は、酒の匂いが充満していた。

おかねは掃除を熊悟朗にいいつけた。

塵を箒《ほうき》で掃き清め、皿や、酒瓶を片付け……することは無数にある。その次は薪割り、井戸へいって水汲み。

日が昇っていく。

屋敷の裏には小さな畑があった。おそらくいずれはここの手入れもやらされるのだろうと思った。

仕事は嫌いではなかった。便所掃除や床拭きが好きかといわれれば困るが、体を動かし〈役に立っている状態〉に身を置くと安心した。

便所の汲み取りが終わると、おかねが訊いた。

「風呂は」

「まだです」

「うん、じゃあ、今日は終わり。汚い恰好で歩かれたら屋敷も汚くなる。仕事が終わったなら、入っておいで。手足をよく揉むんだよ」

おかねは手拭と、新しい着替えを渡した。

「男の子の着るものはあまりないから、座敷の女たちに襤褸《ぼろ》を縫ってつくらせたよ」

頭を下げる。

ふいに涙がでてきたが、おかねに見られないように後ろを向いた。

おかねにいわれるまま屋敷の裏手から木立に入って少し進むと、温泉が湧いていた。岩風呂になっている。桶も置かれていた。

絶景の風呂だった。

湯船から雲海がたなびく遠い山脈が見渡せた。彼方の谷間にはどこかの里が見える。煙の筋がいくつも上がっている。

露天風呂は湯が流れっぱなしだった。これまで暮らしていたところの五右衛門風呂と違い、最初の湯は綺麗で、最後の湯は汚いというようなことがないからこそ、自分のような下っ端が、昼過ぎから入ることが許されるのであろう。

仕事が多少きつくともいい。山の中で凍え死に、朽ち果てるよりはずっとましだと思った。

風呂からあがり着替えが終わると、河原で夜隼と定吉と一緒にいた童女が、岩に腰かけて、じっとこちらを見ていた。

昨晩の宴のとき、この童女は座敷の隅で、誰ともあまり話さずに、ぽつんと一人でいたことを思いだす。

熊悟朗は小さく、こんちは、といった。童女は頷いた。

「あんた、昨日の宴会でさ、夜隼殿に、こいつはこれからここで働く小僧だい、お見知りおきを！　みたいなかんじで紹介されていたけど、本気でここで奉公するの？」

「うん」熊悟朗は頷いた。

「ここ、鬼御殿だよ？」

熊悟朗は目を瞬《しばた》いた。

鬼御殿。熊悟朗は、ずっと昔に紙職人の父に、山中に、鬼たちが住む御殿があるという話をきいたことがある。時々神隠しが起こるのは、鬼御殿の鬼が攫っていくからだという。

いわれてみれば、確かにそうだ。

「そうか。ここは鬼御殿か」

童女は、高い声で笑った。

「やっぱり知らないでついてきたんだ。さあ、どうする？」

「どうするって、もう奉公するしかない」生きるために。

童女は、ふう、と息をついた。

「ねえさんは、ここの誰かの子ですかい」

「ああ？　まさか。あちきはね、ここの人たちに攫われたんよ」

「この人って、夜隼殿と定吉殿？」

「そ。あんたとあったとき」

「だって全然そんな、攫われた風に見えなかった」

「もう諦めていたからね。逃げるよりついていくほうがいいんだって。それよりお風呂はどうだった」

「ああ、よかったですよ。凄い景色で」

「昼に入ったほうがいいよ。夜は使うから」

「え、うん、使う？」

「女たちが男と一緒に洗いっこ。ぬるぬるぬるぬるっ」

童女は声を潜めていうと、噴きだして笑った。熊悟朗は何が面白いのかわからなかったので黙っていた。

「ねえさんのお名前は」

「あちきは紅葉《もみじ》。ふむ。あんた上等だ。がんばんなよ、熊悟朗」

童女は微笑むと、奥へと引っ込んだ。

極楽園は確かに鬼御殿であった。

日々、働いているうちに熊悟朗はここが特殊な山賊の塒《ねぐら》であることを理解した。

極楽園の女たちは小間使いを含めて三十人いた。もっとも若いもので三歳。これは極楽園で生まれた子である。

遊廓でいう遣り手の役をして、女たちを束ねているのは、おかねや、おこう、といった中年の女たちだ。彼女たちを除けば、女はほとんどが若くて見目麗しかった。

山賊たちは、下界で時折女児を攫ってくる。攫われた女児は、極楽園到着後は、温かい湯に浸かり、食事と、美しい着物を与えられる。そして時がくれば山賊たちの女となる。

熊悟朗が雑巾で廊下を拭いていると女たちはその背中を跨《また》ぎ越していく。熊悟朗はちらりと女たちを盗み見る。

鏡の前で紅をさしている女。すごろくに興じている女。絵を描いている女。庭で数人で円になり、毬を投げて遊んでいる女。芋を焼いている女。

女たちにも、男の夜伽をする以外の受け持ちの仕事はある。だが一般の農村の女たちに比べれば、時間にゆとりがあり、のんびりとした暮らしを営んでいた。

男たちの食指が伸びなくなれば極楽園での日々は終わる。おかねや、おこうは、極楽園に残る道を選んだ数少ない例である。多くはその後里に下り、山賊たちの紹介した岡場所で春をひさいで暮らすようになる。極楽園をでた後は自由なので、江戸でも京でも、どこにでもいくことができた。極楽園では女が下山することを姫下りと呼んでいた。十年暮らして姫下りをしたものもいれば、一年で姫下りをしたものもいる。本人の意向や、極楽園との相性で、姫下りについては男たちが協議して決めていた。

屋敷には、入室を禁じられている間がいくつかあった。

極楽園で奉公をはじめてから数日後のことであった。熊悟朗は掃除の折、入室を禁じられている奥の間の前を通りがかった。

襖が開いていた。禁を犯すつもりなどもとよりなかったが、覗くことまでは禁じられていない。

座敷の壁には天井まで届く棚がしつらえてあり、無数の書物が積まれていた。床には、初めて頭領に面接をしたときに見た黄金の仏像のようなものが坐していた。

ああ、あのときの宝物はここにあったか。

熊悟朗は思った。

仏像とも具足ともいいきれないそれは、外から差し込む陽光を反射させてぼうっと輝いている。熊悟朗に側面を向け、じっと動かない。

熊悟朗は、滑らかな表面の光沢に魅入られる。

これは一体なんなのだ？

カチリ、と、何かが擦れる音がし、次に金色の首がぐるりと熊悟朗のほうにまわった。

人間のような目鼻はない。ちょうど目の部分には透明なビードロのようなものが嵌まっており、その中で蛍の光を強くしたような蒼白い光が灯っている。

「フスマヲ、シメロ」

喋った。

熊悟朗は、ひっと息を呑み、慌てて襖を閉めると、足早にそこを離れた。庭にでると荒い息をついた。動悸がなかなかおさまらない。見てはいけないものを見たような——罪を犯したような気がした。


紅葉も女たちの中では新入りの端女《はしため》ということで、よくあちこちを掃除したり、使い走りをさせられていた。遊廓でいえば、客を取る前の童女、禿《かむろ》の地位にあたる。

熊悟朗と紅葉は仕事の合間によく二人で話した。

「熊悟朗は、親に殺されそうになって逃げてきたんだろ」

紅葉はいった。

「あちきも同じようなもんよ。家が貧しくて。兄ちゃんと、姉ちゃんはおったが、あちきの食べるものはないってね、九つになって女衒に売られたところを、その女衒を夜隼殿と、定吉殿が襲ったのよ」

「死んだの？」

「ばさあって、袈裟がけに斬り殺されちゃった。あちきも殺されるかと思ったけど、あちきには優しかった。綺麗なべべきて、オマンマ食えるいいところへ連れていってやるってね。なんだこいつらも女衒かと思ったさ。そしてここさ」

「ねえさんには、ここはいいところ？」

「あんたにとっては？」

紅葉は熊悟朗の目をのぞきながら返事を待っている。

「まあ、悪くはない」

山賊たちは、外では非道なのかもしれないが、仲間内では家族的ともいえる親密さがあった。

何より、ここは豊かである。豊かな場所にいると、自分も豊かであるような気がしてきて、気分がよい。

「紅葉ねえさん。思うに、普通の岡場所や、どこかの湯女《ゆな》のほうがここより厳しい暮らしだよ」

「じゃあ、あんたは、一生ここで下働きをするの？　お役人さんがやってきたらここの人は全部死罪だよ。あんただって仲間なんだから死罪だよ。そりゃあ、あんたの親は、あんたを殺そうとしたけどさ。あんたはここの人に拾ってもらって恩があるのかもしれないけどさ。もしもそうする必要がでてきたら、ここの人は躊躇わずに、あっというまにあんたを斬るよ」

熊悟朗は頷いた。彼女のいう通り。わかっている。だが、少なくとも今はここにいるのがいい。

「ねえさんは、賢いね。見た目はおいらと変わらない子供なのに、ずうっと大人と話しているようさ」

紅葉はぷっと噴きだし、目をきらきらと輝かせた。「あちきが賢い？　はん。すいませんでしたねえ、生意気で。あちきは変わりもんで、疎まれがちだったがね。あ。あとな、ねえさんっていわんで。紅葉って呼んで。ね」

「ねえ、金色の」熊悟朗は話を変えた。金色の……ええと、金色の。あれは何といえばいい？　鎧？　人間？　わからない。

「金色の、人って……ここにいるね？」

紅葉の顔から笑みが引っ込んだ。

「ああ、時々、金色の人、座敷に坐っていたりするね」

「さっき奥の間にいて。喋ったよ」

「あれは、ううん、あれ、あの金色の……人。金色の人は、たぶん凄く偉い人だと思う」

「紅葉ねえさんも知らないんだ」

「紅葉でいいって。たいして年も変わらんもの。あちきもなんだろうと思ってねえさんたちにきいたけど、あまり話題にしないほうがいいって。金色の人は凄く偉いってよ。本当なら、あちきらが関わることのできるようなものではなくてね……出自は月に由来するとか。まさかね？　月って人が住んでいるの？　あとね、足利の世からいるとか、太閤殿下の宝物庫にあったものだとか。半藤親方いるでしょう。あの人よりも偉いって。ここの、神さんとか」

月、太閤殿下の宝物庫。

「神さん」

「わからないけど、触らぬなんとかに祟りなしっていうじゃない。私は神さんが座敷に坐っているのを見ても、あまり見ないようにしているな。他のねえさんたちもそうしているみたいよ。何かわかったらまた教えてあげる」

熊悟朗の部屋は、極楽園の入り口にある大きな櫓《やぐら》門の上だった。門の上の部屋には、筵《むしろ》も布団も行燈も、書き物机もあった。もとは小三郎という男が住んでいたが、死んでしまったのだという。食事が終わると、その個室に戻り、布団を敷いて眠った。

江戸にいってみたい、と紅葉はよくいった。江戸にいって、相撲と歌舞伎を観たい。

「それから、三井越後屋で、買い物をするのさ」

「他には」

「吉原も見てみたいものだねえ」

「女の人も入れるの?」

「入れる日は、入れるんだってよ。桜のときとか。半藤殿は、極楽園の女のほうがずっといいっていうけどね」

ふうん、と熊悟朗はいう。

「江戸は粋な男がたくさんいるんだって」

熊悟朗は頷く。紅葉は続ける。

「札差がいいんだって。祝言をあげるなら金持ちさ」

「金貸しかい。しかし」

しかし札差はともかく祝言をあげる？　それはもう、鬼御殿にいる時点で無理ではないのか。

「気にせんでいいよ、熊悟朗」紅葉は空を見上げた。「あちきは、ただ話しているだけさ。心に雲みたいに浮かんだことを、ふわりふわりとね。あんたは茶々をいれんで適当に聞き流してくれたらそれでいいんだから。本当は江戸なんか、ちいっともいきたくないし、相撲も歌舞伎も別に観たくもないし。まあ、越後屋はいってみたいね」

「いつか姫下りしてからいったらいい」

「そうねえ」

紅葉は少し楽しそうにいった。

「そういえば、金色の人のこと、ねえさんがたにきいてまた少しわかったよ」

金色の存在は、その名も金色様といって大昔からいるらしい。現頭領の半藤剛毅の何代も前からいるので、百歳は軽く超えているだろうが、人間かどうかは定かではない。

むしろ人ではないとみな思っている。

というのは、厠《かわや》にいくのを見たものがいない。食事をするのを見たものもいない。男だが、女を欲しがらない。

いざ戦いとなれば、恐ろしい強さで、頭領も、黒富士も誰も勝てない。

普段は書物を好んで読んでいる。いったん〈眠る〉と、置物のように同じ姿勢で何日間も動かない。だが死んだわけではなく、しばらくすると動きだすという。

3

秋が深まっていく。

風呂や、御殿の舞台から見渡す山々が、赤や金に染まる。

極楽園の門の内側には厠があった。馬糞を桶にいれる仕事が終わった後、熊悟朗は夜隼に呼ばれた。

「おい、山神霜月祭にいくぞ」

「何ですか」

山神霜月祭。

「お祭りだ。下の村里の」

「へい、いってらっしゃいませ」

「おまえもだ」

熊悟朗は喜んだ。ここにきてから数カ月、大人たちは極楽園からの出入りを繰り返していたが、熊悟朗が外にでるのは初めてだった。

「いってもいいのですか」

「おう。その代わり、里人に何を訊かれても、何もいったらいかん。極楽園の存在は決して知られてはならんのよ。わしらは旅の楽師ということで話は通っている。もちろん我らの正体を知っているものは知っているが」

女たちは熊悟朗を鏡の前に坐らせると、白粉を顔にはたき、口に紅を塗った。

「似あう、似あう」女たちは笑った。

女たちもまた、着飾っていた。

「みな様も山神霜月祭にいかれるので」

熊悟朗はきいた。

「そりゃあ、そうさ」

「みんなでいくんだよ」

「よかったねえ。熊悟朗。あんたは御神輿《おみこし》に乗るんだよ」

御神輿に乗る？

「そうそう、びっくりだ」別の女も笑いながらいった。「紅葉と一緒にね」

「いついくのです？」

「お祭りは夜だから、夕方前だよ」

庭にでると、金色様が立っていた。

金色の体の上に真っ黒な着物をまとっている。目がある部分には、緑色の灯がともっている。真っ黒な肌の黒富士を初めて見たときも異形と思ったが、やはりこの方が一番だ。

この得体の知れぬ金色の殿様も祭りにいくのだろうか。

熊悟朗がぺこりと会釈をして脇を通りすぎると、金色のそれは、「キョウハ、タノシメ」といった。

五十人近い一行は、何人かを留守番に残して、馬四頭と、牛車十台を連れて山を下りた。

女はみな牛車が引く駕籠に乗せられ、男たちはその脇を歩いた。女たちと熊悟朗は、要所、要所で念入りに目隠しをさせられる。

最初に話を聞いた時には冗談だと思っていたが、村が近くなると、熊悟朗と紅葉は背の高い神輿に乗せられた。

ぐっと視界が高くなる。野焼きの匂いが混じった風が頰を撫でる。

これは貴人の風景ではないか。

自分のような、一番下っ端が、こんなところにいてもいいのかと思う。

神輿はこれでもかというほどに飾りつけられている。風車や、孔雀の羽根を模した飾りや、奇怪な鬼を象《かたど》った面が無数にぶら下がっている。

ちらりと横を見ると、化粧をして髪飾りをつけた紅葉と目があった。

「あちきと熊悟朗は、神様の御役目をするんだってよ。ほら、あちきはどう？　何かいうことないの？」

「おいら、こんなのに乗るの初めてだ」

紅葉は少し苛立ったようにいった。

「あちきもよ。ねえ、あちきは綺麗？」

「え？　ああ、うん。花魁みたいだ。まあ花魁って見たことないけど」

えっほ、えっほと神輿は揺れる。

先頭には金色の殿様。隣には黒装束で、翁の面をつけた半藤剛毅。後ろには着飾り、美しい傘をもった女たち。

熊悟朗が乗る神輿はそれに続く。夜隼や、定吉、黒富士、そして他の屈強な山賊たちが担いでいる。男たちはみな鬼や、天狗、あるいは得体の知れぬ化け物の面をつけている。

神輿の両脇に、里の村人がどんどん集まってくる。見物人だ。拝むもの、喝采するもの、触れようと手を伸ばすもの、紙吹雪をかけるもの。みな神輿の後をついてくる。

日没近い空の青は深みを増している。

鮮やかに染まった街路の銀杏《いちょう》や楓《かえで》に西日があたり、まるで世界そのものが燃えているようだった。

ふいに、熊悟朗は、自分たちが完全に本物の山神だという気になった。隣の少女の正体は、遥かな仙界からきた姫君。下で神輿を担ぐ、鬼や化け物の面の男たちも、面ではなく本物の妖怪変化。この日とばかりに派手に着飾った女たちは仙女、天女、魔性の女狐……。

普段の日常は仮の姿。今、皆が正体を現し下界の霜月祭を来訪している——そして我はその偉大なものたちの王子なり——熊悟朗は高揚した。

やがて大きな通りにでる。周囲は近隣の山村から集まってきたのであろう人々で埋め尽くされていた。

「すっげえ」

「神様らしくしなさいな」紅葉が窘《たしな》めた。「あんまりはしゃぐと、神様っぽくないよ」

道に目を向けると、襤褸をまとった数人の一団が手をあわせて、熊悟朗を拝んだ。

「今の見た?」

熊悟朗は笑いながら紅葉に囁いた。

「何をのぼせあがっているのか」

紅葉はいいながらも、頬を紅潮させ、笑みを浮かべている。

神輿は神社のほうに向かっていく。

日が落ち、道の両脇には一定間隔をおき篝火《かがりび》が並んで立っていた。神輿に乗るのは神社までと聞いていた。神社が近くなってくると溜息がでた。できることなら、ずっと乗っていたかった。

「極楽園は、普段から、ここらの村の信頼を得ているのね」

熊悟朗はふうん、と答えた。そんなことは知ったかぶって口にせずとも、村人たちの様子を見ていればわかる。

後に熊悟朗は知る。

極楽園は（半藤剛毅は）、霜月祭で下りる佐和《さわ》村と御殿のちょうど中間あたりにある森の奥に、隠田、隠畑を持ち、それを管理していた。隠田、隠畑の罪は藩の法令では打ち首獄門と重い。しかし厳しい年貢と、飢饉時の藩の無策ぶりに憤っていた近隣山村は、みな裏では何かしら、この隠田、隠畑事業に関わっていた。

そして隠田、隠畑からあがる米や作物は、この霜月祭のときに、山の民の奉献物という形をとって神社を経由して、佐和村を中心とした近隣山村に配られていた。

神輿は大きな焚火の前にいく。熊悟朗と紅葉はそこで神輿をおりた。そのまま男たちと一緒に天幕の裏へと案内された。

甘酒や、魚の干物が並んでいる。味噌をつけて焼いた餅を手渡される。串に刺してあり、焼きたてで熱い。大人たちがざわざわと話している。村の子供たちが走ってきて、歌舞伎役者のような化粧をした熊悟朗に畏敬の眼差しを注ぐ。目があうと、子供たちは慌てて走り去っていった。

半藤剛毅が近くにやってくる。熊悟朗は頭を下げた。

「お頭、お疲れ様です」

「神輿の上は面白かったか？」

はい、と答えると、剛毅は機嫌よく笑みを見せた。

「おまえも、もうわしらの仲間よ。この先もしっかり励むがよい。いずれ認められれば、杯をもらえるだろう」

熊悟朗は、胸をくすぐられるような誇らしさをおぼえた。頭領に――自分が属している組織に、さらに認められたいと強く思った。

「のりたいよお」

桃千代が駆けよってきて、神輿を見上げていった。

熊悟朗は桃千代を抱きかかえた。くりくりとした頭を撫でる。すっかり仲よくなっていた。

「おまえは七歳になったらな。桃」剛毅が苦笑しながらいう。

祭りが終わり、門の上の部屋に戻ると、また日々がはじまる。

冬がくる。

4

風が吹き、そこら中で落ち葉が舞う。

極楽園の庭や入り口には、掃き寄せた落ち葉が堆《うずたか》く積まれている。

女たちが焚火の前に集まっている。熊悟朗も通りかかるたびに暖をとる。

夜隼がやってきて、熊悟朗の前に練習用の武器をばらまいた。竹刀。長い棒。木製の小刀。木製の斧。十手。三叉《みつまた》。礫《つぶて》のつもりか胡桃《くるみ》まである。

「稽古をつけてやる」

熊悟朗はごくりと唾を呑み込んだ。

「おいらにっすか？」

「他に誰がいる。なあに、心配するな。苛めたりはせんよ。極楽園の男が弱くては話にならんからな。いいか。俺たちは、城勤めの侍とも、ならず者の浪人たちとも立ち合うことがある。常日頃から稽古は必要だ。何か武器を拾え」

熊悟朗は竹刀を拾った。棒は長すぎたし、木製の小刀は短すぎた。三叉は使い方がよくわからなかった。竹刀が一番わかりやすそうで、また技術を習得したい武器だった。

「多くの場合、そいつは下策」夜隼は呟いた。「いやいい、構えておれ。戦はな、有利をとるのよ。武器の相性や、場所の相性」

夜隼は三叉を手に取った。熊悟朗から距離をとり、対面する。

「ではかかってこい。当たれば勝ちでよい。隙あらば、いつでもこい」

改めて対峙すると、熊悟朗の背筋を悪寒が走った。

夜隼の背丈は七歳の熊悟朗の倍ほども大きい。仮に素手でも、夜隼が本気になれば簡単に撲殺されてしまうであろう。その大きな男が、木製とはいえ武器を構えて、ぎらりと光る眼差しでこちらを睨みつけている。

だが黒い霧も、火花も見えなかった。

熊悟朗が打ち込もうとすると、長い柄の三叉が動きを制する。

相手に竹刀を当てるには踏み込むしかないのだが、三叉はぴたりと狙いを定め、間合いに入り込ませない。

夜隼が三叉をぬっと伸ばす。熊悟朗がそれを竹刀で受けると、叉に竹刀が挟まる。夜隼はその瞬間、ぐるりと柄を回転させ、熊悟朗の竹刀を搦《から》め捕った。熊悟朗は地面に転がった。

「全然駄目だな」

「すみません」

熊悟朗は荒い息をついて起き上がった。全身から汗が流れおちた。

「もっともっと本気で打ちかかってこい。稽古にならん」

何度もやった。何度も竹刀を取られた。

挟まるから搦め捕られるのだ。そう思い、切っ先をあげたり、竹刀を後ろに引いたりすると、胸や腹に生じた隙を、三叉でこつんとつかれる。

「ほれ、また死んだ」

「夜隼殿は達人ですね」媚びてみる。

「阿呆。おまえが弱いのだ。俺がこの三叉槍の使い手というわけではない。わかっておると思うが、体格が同じでも三叉相手に刀では相性が悪い」

「三叉が有利」

「そうだ。おまえは侍と剣の腕前を競う試合をするわけではない。有利、不利は命の分かれ目よ。侍は腰のものに頼る。刀での戦いに慣れておる。そこに刀で向かうのは下策だ」

なるほどと熊悟朗は思う。

「やってみるか」

三叉と竹刀を交換した。

熊悟朗が三叉で夜隼の動きを制しようとすると、夜隼は円を描くように横に動く。慌てて夜隼を追いかけようと足元が乱れた瞬間、一歩踏み込んだ夜隼は、片手で柄を摑み、三叉を奪い取った。

その後、ほとんどすべての武器を試したが、何を使っても夜隼には当たらなかった。

「勝てませぬ」

「当たり前だ。今ここでおまえが勝つわけがなかろう。それぞれの武器の長じているところ、そうでないところを学べ」

「夜隼殿は優しい」

「俺がか？」

「こうして、お侍さんの家の子でもなければ、教えてもらえぬようなことを、おいらなんかに気安く教えてくれるもの」

夜隼の表情が厳しくなった。

「親方から、おまえに仕事の技を仕込むようにいわれているだけだ。おまえは役に立つ男になりたいのだろう」

熊悟朗は心細くなり口ごもった。

「や、役に立てますかね」

「さてな。おまえはどの得物を励むべきかの」

熊悟朗は再び地に落ちた武器を見た。

三叉、竹刀、木製の小刀、斧、十手、胡桃。

「実はな、いろいろ握らせて、一番向いている武器を稽古させようと思ったのだが、どれも似たりよったりだったな」

「夜隼殿に、感謝せえよ、熊悟朗」少女の声だ。

首を向けると、紅葉が石に腰かけてこちらを見ていた。紅葉は足をぶらぶらとさせながらからかうようにいった。「いいなあ、熊悟朗。夜隼殿に稽古をつけてもらって」

「あっちにいっておれ」夜隼はうるさそうにいった。

紅葉は語尾を伸ばし甘えた声をだす。

「夜隼殿お、紅葉にも教えてください」

「うるさい」

夜隼の横顔に、こつんと、胡桃を当てた。

夜隼が驚いて熊悟朗を見る。

「だ、だって、す、隙あらばと」熊悟朗はたじろぎながらいった。

翌日、夜隼は、熊悟朗の手のひらに収まる長さの、先が尖った棒状の鉄を持ってきた。

棒手裏剣という。

夜隼がさっと投げてみせると、木の幹に、棒手裏剣が綺麗に突き刺さった。

「稽古せい。毎朝、時間が空いたときにも、そうでないときにも。侍が刀を抜くよりも早く、喉元にこれを突き立てられるように。そうすればおまえの勝ちじゃ」

その日から、熊悟朗は棒手裏剣の稽古をはじめた。寝泊まりしている門の近くに、藁を巻いた杭を立て、それを人に見立てた。

時折、夜隼が様子を見にやってきた。藁を巻いた杭を的に、熊悟朗が得物を投げるのをじっと腕を組んで眺める。

「これが相手なら、刀剣の間合いはこのぐらい、槍の間合いはここじゃ、絶対にこの円の外側から投げるようにしろ」

夜隼は地面に小石を並べる。そして走りながら投げてみい、と注文をつける。

「いざというとき使えんと話にならん。この的はおまえを倒しにくる人間だと思い描けよ。いざというときに、臆せずに、きっちり急所に当てて相手を倒すことを想像しながらやれ」

「いざは、あるんですね」

「自分の死を思い描け。いざは、明日かもしれんし、来年かもしれん」

熊悟朗はその通りにする。


それから三年間、熊悟朗は棒手裏剣を投げる稽古を続けた。

時折、他の武具を持って、山賊たちの武芸の稽古につきあった。

十歳の夏、極楽園の男たち数人と一緒に、けもの道に仕掛けた猪の罠を見にいく最中、熊悟朗は、前方に兎を見つけた。

好機、と思ったと同時に、懐に手を伸ばし、棒手裏剣を投げた。

喉と、胸に深々と命中する。兎は飛び跳ね、もんどりうって倒れた。

「やるじゃねえか。熊悟朗」

「いつも鍛錬していた甲斐があったな」

「おめえも、まだガキだが、どんどん一人前になっていくの」

男たちが褒めた。天秤棒にぶら下げた兎が誇らしかった。

その日は猪もとれ、熊悟朗たちは意気揚々と極楽園に引き揚げた。

熊悟朗の手裏剣投げの技は、すぐに話題になった。

頭領の半藤剛毅が、熊悟朗を呼びつけた。手練を示せという。

熊悟朗は三間（約五・四メートル）ほど離れたところから、藁の的に棒手裏剣を投げた。一つ、二つ、三つ。頭部に見立てた部分に三つの手裏剣がたて続けに突き刺さる。

半藤剛毅は手を打つと、隣の夜隼を見た。

「こりゃまたよく仕込んだ。ほれ、例の、なんだっけ、いただろう。女と逃げた奴、なんだっけ、ほれ手甲《てっこう》男」

「はい」夜隼はいった。「徳蔵《とくぞう》で」

「そう徳蔵。当たるかの？　熊っこの手裏剣。手甲男に」

5

気《け》仙沼《せんぬま》徳蔵。

もとは藩に仕官し、刑場で勤めていたこともあったが、数年前に罷免されてからは、女郎屋で下働きをしていた。四十四歳で、常日ごろから、具足の手甲をつけて生活するという奇癖がある。

両腕とも肘の少し先から、拳《こぶし》までが黒光りする鉄の手甲に覆われている　特別誂《あつら》えの、拳骨の部分が盛り上がった異様な鉄甲である。冬は袖に隠れる形になるからまだしも、夏は剝きだしである。人目につくが、本人にそれを気にする様子はない。

本人曰く、恨みを買っているおぼえがたくさんあり、いつ襲われるかわからないから用心のためだという。

気仙沼徳蔵はかつて三十代のころに、太刀を振りかざす三人組の若者に襲われ、そのときの立ち合いで左手の指を一本失っている。手甲をつけて暮らすようになったのはそれからだ。

刃物に対する防御だけではない。鉄の手甲をつけての殴打は、鉄の塊での殴打と同じである。ときに女郎屋で用心棒の如き仕事をすることもあり、そうした場で威圧感を相手に与えることは重要な才能である。雇い主も手甲について文句をいうことはなかった。

よく賭場に顔をだした。賭場では上客で、〈手甲の徳蔵〉の名で知られていた。一度酔っぱらった博徒の喧嘩に巻き込まれたが、喧嘩自慢で知られていた相手の博徒が、徳蔵に軽くのされたことから、強いと評判になった。

ある日、徳蔵は、賭場で大きく負けた。住所も知れていたし、馴染み客であったので、ツケとなった。

その翌日である。徳蔵は、自分が下働きをしている女郎屋の、情婦といっていい仲であった女郎を連れだすと、そのまま夜逃げをした。賭場の借金は踏み倒す形になった。日頃から手甲をつける――という奇癖のおかげで、すぐ徳蔵の所在は知れた。お伊勢参りの参詣客で賑わう宿場町の宿に、手甲をつけた一筋縄ではいかなそうな男が、女と一緒にいるという。

賭場の俠客二人と、女郎屋に雇われた男が一人、計三人が連れだってその宿場町に向かった。徳蔵から女と借金を取り返すためである。

賭場からの借金取り二人が徳蔵を問い詰めたところ、乱闘になった。刀を抜いた二人がかりでも歯がたたず、女郎屋の男はその様子に恐れをなして、慌てて女だけ連れて逃げたという。

翌日、借金取りの二人は死体で発見された。顔も潰れ、凄まじい殴打の痕のある死体が裏通りに転がっていた。

女は女郎屋に連れ戻されて折檻を受けた後、絶望したのか、首を括って死んだ。

熊悟朗は、夜隼と共に山を下りた。夜隼は歩きながらいった。

「これからな、おまえの初仕事だ」

「おいら、何をやるんですか」

「人殺し」

表情を曇らせた熊悟朗に、夜隼はいった。

「なあに、どうしようもない野郎を殺《や》るんだ。知り合いなら気も咎めるだろうが、向こうは掟破りで、人殺しの、悪党よ。俺らがな、神に代わって罰を与えるというわけだ」

「神罰ですか」

「そう。人はみな知らぬだけ。人生は最初から最後までこれ、神事」

よくわからぬことをいう。

樹林帯を抜けた岩場で、夜隼と熊悟朗は握り飯を食べた。夜隼は語った。

「正しいとは何か、と俺はよく考える。俺らのやっていることは、藩の法に照らせば何から何まで打ち首獄門になることだ。だが、どうだ? 徳川の御政道は、あるいは我が藩の政《まつりごと》は、正しいのかの? 飢饉のときは人が人を喰う惨状になる。一方で、あり余る米を独占している奴らがいる。飢饉のとき極楽園はどうしたか? 半藤剛毅親方のひとつ前の親方甚平衛《じんべえ》様は、金色様と相談して、我らの隠田、隠畑のあがり作物を全部、下の里人に分配しよった。米蔵を襲って奪った米なんかも全部無償で里人に分配よ。いつも山神霜月祭でわしらが下りていく里のものなんぞ、このあいだの飢饉のときもまったく飢えとらん。山に神さんがいるおかげでな」

夜隼はじっと遠い山並みを見ながら話を変える。

「俺が子供の頃の将軍は綱吉《つなよし》でな、犬を殺すなという法令をだしおった。それはいいが、きりぎりすも飼うなときたものだ」

仔犬を捨てた男が、市中引き回しにされた上に斬罪。鶏を殺して売った男が獄門。

「生き物を殺すな。御立派な思想よ。家中がなんでも持ってきてくれて、飢えたことも、不自由したこともないものでなければ、考えつかんわ。綱吉が死んだら、法令は撤回。では、そのときに斬罪に処された民はなんだったのだ？　ということになるな。実はな、俺の親父は侍だった。野犬の群れに女子が襲われているのを助けたのよ。改易の上に切腹だ。犬を棒で殴ったというてな。殴った犬が死んだというてな。俺の姉は縁談が破談となり、最後には気が触れて身投げして死んだ。俺は流浪の身になったが、そのときに今の半藤親方と縁があって、ここにくることになった」

「それは、なんとも」

「なあに、熊っこ。おまえだって大変だったろう。みんな大変なのよ。極楽園というのは、そういうものたちが寄り集まっている。な、最初の正しいとは何か、という話だが、そんなことはわからん。だが悪とは何かといえば、そりゃあ、俺らだけでない。幕府も藩も何もかもが悪なのよ。我らは我らの流儀で生きるしかない。そう思わんか、熊悟朗」

熊悟朗は頷いた。心の底からそう思った。誰かの正義で殺されるわけにはいかない。

夜隼は熊悟朗の肩を叩いた。

「おまえは極楽園の子だ。極楽園が極楽園であるには、しなくてはならないことがたくさんある。よもや善し悪しがどうだと抜かすなよ。御恩と奉公。極楽園で飯を食っているんだ。与えられた仕事はこなさんとならん。厭な仕事でもな」

「平気です。おいら、なんでもやります。夜隼殿や、半藤殿の恩に報いるのがおいらの生です」

「そうだな。それなら俺も心強いぞ」

「おいらが殺る奴は強いですか？」

「ああ。強い、らしい。三人でいって、二人は死んだ。もっとも斬りにいったのではなく、金を返してもらいにいっただけなのだがな。今そいつは、知人の家に宿泊しながら、のらりくらりとしているらしい。殺された片方の親が、極楽園にゆかりのある爺でな、息子の仇を討ちたいが自分には体力がないからと、半藤親方に殺しを頼んだわけだ」

「夜隼殿と二人でかかるんで」

熊悟朗がおずおずと訊くと、夜隼は笑った。

「いや、おまえ一人だ。おまえは常日ごろから、できるだけ早く一人前として認められたいといっていたろう」

「一人前」

「俺はある意味、おまえの働きを見る目付のようなものだ。助太刀してやらんこともないが、できる限り一人でやれ。これが終われば、おまえは極楽園の杯をもらえる。晴れて本当の意味での俺たちの仲間となり、また気にいった女がいれば抱くこともできる。

まあ十歳じゃ、そんな気もないだろうが」

ある程度下りたところで、夜隼は熊悟朗に目隠しをした。

「これが最後の目隠しじゃ。帰りは道を教えることになろう」


小さな町だった。

旅籠《はたご》に、雑貨屋に、煙草屋に、油屋に、居酒屋。近隣の生活者たちが買い物をしに集まるところだ。

あれだ、と夜隼は小声で熊悟朗に教えた。

道を歩いてくる一人の男。

陰鬱な目をして、無精髭を生やしていた。両手の袖の間から手甲が見える。腰には一刀差している。

気仙沼徳蔵である。

「あの出で立ちでは、人間違いがなくてよいな。俺は奴を一、二度見たことがある程度だが、手甲のおかげですぐにわかる」

夜隼は小声で独りごちた。

十分な距離をおいてから、二人で後をつける。

日が落ちる少し前、徳蔵は居酒屋に入った。料理も酒もだすという店だ。

夜隼と熊悟朗は、店から少し離れた路地裏に身を潜める。

「ここで見張ろう。奴が店からでてきたら後をつけるんだ。もしも人目がなく、相手が油断していると見えたら、しとめることにしよう」

熊悟朗はごくりと唾を呑んだ。

「酔っているならば、まさに千載一遇の好機。だが人目があったり、店をでるときに人数が増えて一人でなくなっているようなら手をださない。下手を打って逃げられたら、もう捕まらんかもしれないからな」

「はい」

「ではよく見張ってろ」と夜隼は離れる。

「夜隼殿は」

「煙草を買ってくる。戻ってくる。まあ奴も店に入ったのだからしばらくはいるだろう。万が一俺が戻るまでに奴がでてきたらおまえ、後をつけておけ」

夜隼はいなくなった。

熊悟朗は店の前をじっと凝視する。

これから人を殺す——しかも、人を何人も殺している大人の男を、一対一で相手にする、と考えると動悸が激しくなり、胃が重くなった。

徳蔵を殺さなければ半藤剛毅親方は自分を見限るだろう。役立たずは斬られるのだ。そうでなくとも極楽園から追放されたら、野垂れ死にだ。

夜隼が煙草屋に向かってからほどなくして、酒場の扉が開き、気仙沼徳蔵がでてきた。

推測よりも、遥かに早かった。

酒瓶を持っているところを見ると、店で飲食をせず酒は家に持って帰るらしい。

熊悟朗は一人で後をつけることにした。

徳蔵の足取りはどこか鬱々としている。

やがて民家が尽き、川沿いの野原の道となった。

緩い下り坂の道で前方が見渡せる。

ずっと前を歩く徳蔵の背中を見ながら熊悟朗は思った。

今以上の好機はないのではないか？

夜隼はいないが、もとよりあまり助太刀を期待するなといった風だったし、一人でやったほうが、自分の評価はあがる。

相手は油断していて、周囲に人目はない。

今、後をつけるだけにしたならば、明日も同じように徳蔵をつけまわすことになる。

明日には今と同じ好機がこないかもしれない。徳蔵は外にでないかもしれないし、雨が降るかもしれない。こんなことは早く終わりにしたい。先延ばしにしてもよいことはない。

死体はそのままでよいといわれた。掟を破って女と逃げた気仙沼徳蔵の末路が噂になるようにだ。ただ殺せばそれでよい。

熊悟朗は土を蹴った。

距離をつめる。徳蔵は振り向かない。どんどん背中が近くなる。

棒手裏剣を放つ。

首筋を狙ったのだが、少しずれた。

一つは、左肩に刺さり、もう一つは肩甲骨に当たったのだろう。地に落ちた。

「おいでなすったか？」

肩に得物が刺さっているのに、はっきりとした太い声だった。

徳蔵は酒瓶を地に落とすと、ぐるりと振り返った。

熊悟朗は息を呑んだ。

人間ではなく、魔物だった。

全身から墨のような、どす黒い雲を吐きだしている。黒雲の中では、火花が散り、あちこちで稲妻が走っている。紙職人の里の父親とは比べ物にならない。雷神か何かと見まがうほど禍々《まがまが》しい殺意。

熊悟朗を捉えた徳蔵の目に、微かな驚きが宿る。続けて失望したような舌打ちをし、ぶつぶつといった。

「そりゃあなあ、誰かくるだろうと思ってはいたよ。ヤッちまったもんはしょうがあるめえ。そりゃ狙うわなあ。だがなんだ、なんだってこんな餓鬼がくんのよ。手甲の徳蔵様に、餓鬼をあてがうたあ、どういう了見だ？」

「侮《あなど》るな。お、おまえを成敗する」

熊悟朗はいった。極楽園の一員であることを誇りに思っている。俗世の物差しで餓鬼だと舐《な》められるのは癇《かん》に障る。

「ああん？」

喉元めがけて棒手裏剣を投げる。だが軽く手甲ではじかれた。徳蔵は一歩踏み込んだ。

「何投げてんだこのど阿呆！　なんでおまえみたいな餓鬼に成敗されんといかん。おおかた、あの賭場の誰かに頼まれたんだろう？　おい、おまえ帰って親分に伝えろ、いい年こいて臆してないで、テメエがこいってな！　それにおまえいくらなんでも、その年で死罪になりたくあるまい」

熊悟朗は呻いた。

徳蔵はふっと息をついた。

「みなし子に恩を着せて、殺しをやらせる外道どもと、利用されておることもわからず、外道の道に足を踏み入れて喜んでおる哀れな餓鬼か。おい、これは俺の借金の問題だ。おまえはまだ間に合う。変なことに関わるな。親分が怖いなら、役人に話をつけてやってもいい。まっとうな道を歩け！」

熊悟朗の心中に、ほんの僅かに動揺が芽生えた。ことによれば徳蔵のいっていることは正しいのかも——いや、正しいか正しくないかなど、無意味。夜隼もいったではないか。極楽園の子の御恩と奉公、何をきこうと敵と味方は入れ替わらない。動揺の芽はすぐに消滅した。

「観念しろ、徳蔵」

地面を蹴る。徳蔵は吐き捨てるようにいった。

「話が嚙みあわねえな」

——相手の間合いに決して入らず、相手を中心に円を描くように動け。死角から撃たないと、かわされる。特に投げるところを見られたのではな。

これは夜隼が練習のときにいった言葉だ。

熊悟朗は徳蔵の右に回り込む。

「子供は殺さんと決めていた。だが、ここまでいかれているなら別よ、のう？」

徳蔵が熊悟朗を追いかけようと体を反転させる。

棒手裏剣を胴に。

刺さったかどうかわからない。

続けて首に。

徳蔵は亀のように首を縮め、両手で顔を覆う。

鉄と鉄がぶつかる音がする。手甲で防がれた。間髪入れずに、足。これは命中。腿に突き刺さったのが見えた。

徳蔵は吠えた。

真っ直ぐに飛びかかってくる。熊悟朗は背後に飛びながら間合いをとる。徳蔵は勢い余って転ぶ。腿に棒手裏剣が刺さっていたおかげで体の均衡を崩したにちがいなかった。

徳蔵は顔を護るようにして蹲《うずくま》った。

熊悟朗はその背中に残っている棒手裏剣を投げた。これで使いきった。

ひとまず離れた。残る武器は分銅鎖だ。薄い板なら簡単に割れる。

指に鉄輪を嵌める。鉄輪には鎖がついていて、その先に分銅がついている。小さな己の体では重量のある武器よりこちらが使い勝手がよい。相手が瀕死なら首を絞めるのにも使える。

徳蔵が立ちあがった。

「あいてて」

徳蔵はいうと、ようやく刀を抜いた。

小太刀である。

「しょうがあんめえな、おい」

二歩踏み込めば相手の間合い、という距離で対峙する。

熊悟朗の全身から冷たい汗が噴きだした。

棒手裏剣で致命傷を与えられなかったのは大きな誤算だ。

熟練した大人が手甲までつけている。

武器の相性も悪い。熊悟朗の持つ分銅鎖の長さは一尺弱。手の長さを勘定にいれれば、徳蔵の小太刀のほうが長い。

先に斬られる。さもなくば、徳蔵が分銅鎖を刀なり手甲なりで受け、絡まった鎖を摑んで熊悟朗を手元に引き寄せれば——後は大人と子供——それで終わりだ。

唐突に形勢が逆転し、追い詰められたように感じた。

熊悟朗は西日を背にしていた。無論、これまでの稽古で、それがかなりの有利になると知っていて、徳蔵がかがみこんだ隙にその位置をとった。徳蔵の顔に西日があたっている。徳蔵は眩しそうに目を瞬いている。

「おまえ、うまいな。投げるの。ずいぶん稽古したのか」

熊悟朗は答えない。

草むらで虫が鳴いている。徳蔵は穏やかな顔でいう。

「ちょいと話させてくれ。俺にもな、昔、おまえぐらいの子がいてな。コロリ（コレラ）で死んじまった。十歳だった。その頃はカカアもいて」

咄嗟《とっさ》に熊悟朗は、身の危険ならぬ、心の危険を感じた。

この話はまずい。きいてはいけない。

「寛一《かんいち》ってんだ。俺の子。それでな、まだあいつが」

熊悟朗は我を忘れたように踏み込むと、であっと叫びながら分銅を相手の顔面に放った。

徳蔵の鼻から血が溢れる。

続けて、もう一打、もう一打。崩れ落ちた徳蔵の脇に回り込み分銅で打ち続けた。

誰かが駆け寄ってくる足音が耳に入る。

「でかした、でかしたぞ」

夜隼の声だ。どこかで見ていたのだろう。熊悟朗は荒い息をつきながらしゃがみこんだ。

夜隼は倒れた徳蔵の背中にぶすりと小刀を刺した。引き抜くと、徳蔵の着物で刃についた血を拭いた。

「よし。怪我はないな。誰も見ておらん。今のうちだ。急いで離れるぞ」


塒に帰る鴉が鳴いている。

熊悟朗は、日が沈んだ小道を、夜隼に従って歩く。

夜隼は歩きながらいう。

「煙草屋から戻ってきたら、もうおまえがいない。徳蔵の野郎、でてくるなら一杯引っかけてからだと思ったんだが、予想外に早かったようだな。心配しながら追ったんだが、いやはや、おまえ本当に天晴れよ。俺が坂道でおまえたちを見つけたときには、もう徳蔵はおまえに押されまくっとったわ。あいつはあれで結構恐れられていたのだが、まさか本当におまえ一人でやっちまうとはな」

熊悟朗は、意気揚々と話す夜隼の言葉をただ黙ってきいていた。

「なかなかどうして最初の一人目は体が動かんものだし、度胸もでないものだ。それがおまえときたら、自分の倍もある背丈の相手に臆せずたった一人で立ち向かい、相手の小太刀を振らせもせずに勝ちよった」

熊悟朗が顔色悪く塞ぎこんでいるのを見て、夜隼は言葉を止め、大丈夫か、といった。

「無理もないか。確かに、大仕事だったからな。気にするな。殺らねば殺られていた。奴だって二人殺っているんだ。当然の覚悟であったろうよ。これは誇りに思ったらよい」

帰りの山道では、もう目隠しをされなかった。極楽園への出入りを学んだ。

極楽園に戻った熊悟朗は、半藤剛毅から親子の杯を受け、また男たちと兄弟の杯を交わす。幼すぎて酒は飲めないが、水で割ってある。そして改めて彼らの一員となる。みなが笑っている。女たちも、十歳の少年が晴れて格が上がったことを祝う。

極楽園には、外で何をしてきたのか、女たちに語ってはならぬという掟がある。女たちは、いつか姫下りで下界の里におりるかもしれないからだ。熊悟朗も夜隼も掟に則って何もいわない。女たちは何故熊悟朗の格が上がったのか、その理由は知らない。ただ祝うだけだ。

半藤剛毅の後ろには、金色様が坐している。金色様は何も語らず、行燈の炎が黒い着物からでた妖しい鉱物めいた体を照らしている。

その後、長い間、熊悟朗は悪夢にうなされ続ける。

黄昏時の野原。小太刀を構える徳蔵。殺らねば殺られていた？　いやそんなことはない。他ならぬ自分にはわかるのだ。真っ黒な霧が化け物のように噴出していたのは最初だけで、あの小太刀のときには、既に黒い霧も火花も消えていた。全身のあちこちに棒手裏剣が刺さり、血を流していたのに。奴は殺意を持っていなかった。本当に話をしようとしていた。徳蔵は小太刀を振れなかったのではない。振らなかったのだ。

だからどうしたのだ。無抵抗のものを殺したことを悔いてなどいない。

認められたいから殺した。

同じ日に戻ったなら同じようにするだろう。

これはしなくてはならない仕事なのだから。

さらに二年後。

熊悟朗が十二歳の初夏、掃除をしていると紅葉がでてきた。童女は十四歳になっていた。

少し暗い顔をしていた。

「どうした」

「いてて、熊っこよお」紅葉は眉根を寄せていった。「あたし、きのう、ついに殿方にさ」紅葉はそこまでいってから口を噤《つぐ》み、熊悟朗をちらりと見て、顔を逸らした。

それだけで何が起こったのか熊悟朗にはわかった。極楽園で暮らせば自然に早熟になる。

二人は屋敷の裏の岩に坐った。

「じゃあ、紅葉、水揚げを」生娘を？

「ん。初めてを、でありんす」

喪失を嘆いているのか、自慢しているのか、複雑な表情をしている。

紅葉は隣に坐っている熊悟朗の手を握った。熊悟朗は握り返した。

何か胸の奥底で痛みのようなものをおぼえた。

いいや、わかっていたはずだ。熊悟朗はその痛みが表情にでないように気をつけた。冬に雪が降るのと同じく、起こるべきことが起こったにすぎない。そんなことで悩むようならここでは生きられない。

「して、相手は」

「定吉殿」

「その、初めての相手って決まっているのかい」

「うん。あちきを攫ってきたのが夜隼殿と定吉殿だから、初めてはそのどちらかってことになっているんじゃない？　あちきは夜隼殿がよかったけど」

紅葉の屈託ない話しかたに、熊悟朗は、紅葉にとってはこんなことはなんでもないんだ、と微かに失望した。

「熊悟朗は？」

紅葉は黒目がちな目で熊悟朗を覗き込んだ。

「おいら？　おいらの、何？」

「相手」

何をいっているのか本当にわからなかった。ふいに正体不明の激しい苛立ちを感じた。

紅葉はなおも訊く。

「誰か、いないの？」

苛立ちは怒りに転じる。

「わからんね。何をいっているのか。虚仮《こけ》にしているのかね？」

「違う。何怒っているの？　選べるんだよ。もうここの杯をもらっているんだから。半藤親方が、そろそろ熊っこにきいてみいってあちきにいったんだ。あちきが熊悟朗と仲がよいのを知っているからさ。内にいる女たちの誰が好みかきいてこいって」

熊悟朗は、眩暈をおぼえながら、無言で立ち上がりその場を離れた。紅葉は追いかけてこなかった。

井戸水で顔を洗う。

十二歳の熊悟朗にとって、紅葉と、もっと年少の童女を除く極楽園の女たちは、少し恐ろしい存在だった。みな熊悟朗よりも年上である。女たちに絡むことで、目上の男たちの反感を買いたくもなかった。

ごく最近から、密かに性交に対する好奇心が高まってきていたが、〈ねえさんたち〉はその対象でありながら、対象でないという複雑な屈折を抱え込みはじめていた。

——選べるんだよ。

そういえば前にもいわれたと熊悟朗は思う。徳蔵退治のとき夜隼にだ。——晴れて本当の意味での俺たちの仲間となり、また気にいった女がいれば抱くことができる。だったか？　あのときはきき流していた。

本当に選べるのか。

ではこれまであまり考えなかったことを考えてみよう。

二十人もいる美女のうち、筆おろしの相手を選ぶなら、誰か。

遠い日の女の声が脳裏をよぎる。

——あ、ほい、あ、ほい、なっなつまではァ、神の子ょオ。

あんな女だけは厭だ。極楽園の女はみな美人だ。だが見た目はともかく、あの女と同種のものがいないとも限らない。誰がいいのかよくわからない。実のところ誰でもいいような気もする。

だが怖い。

男慣れした山の遊女が、十二歳の自分の肉体の全てを笑いものにするのではないかという不安もある。優位にたちたいわけではないが、心に傷を負いたくない。

数日後の晩、櫓門の部屋で、ぼんやりと、女と性に関する空想をしていると、紅葉が梯子《はしご》を上ってきた。

「熊悟朗」

女が自分の居室に足を踏み入れるのは初めてだった。

「ん。まあ初めて遊びにきたけど、いい部屋だねえ。ここを一人で使ってるたあ、上等なもんさ。いいかい？」

「もう寝る時間だ」

熊悟朗は冷たくいった。数日前の一件以来紅葉とは口をきいていない。無論、紅葉が何か悪いことをしたわけではないのはわかっている。

「あちきと添い寝は厭かい？」

「親方にいわれたのか」

熊悟朗は睨みつけながらいった。

「門番小僧の、ふ、筆おろしをしろって」

「熊悟朗」

紅葉は、小さな子供の駄々を咎めるような顔をした。

「お、俺は、紅葉ねえさんを選んだおぼえはないなあ」

紅葉は熊悟朗の言葉を無視して、熊悟朗の寝床に寄ってくる。

不意に紅葉は泣きそうな声でいった。

「難しいものではないんよ」

「はあ？」

「誰にいわれたんでもないよ。あんたはあちきを選ばなかったかもしれないが、あちきがあんたを選んだんだ。ね？　あんたはあまり嫌がらないで、ただ猫か何かがそばにいるものだと思ってくれればそれでいいのサ」

闇の中で紅葉は囁く。

あんたは天涯孤独。

あちきも天涯孤独。

二人とも、山の上の空を、風に吹かれてひらひらと漂う落ち葉みたいなものさ。

ここの男たちはみなあちきの体で遊ぶことしか考えていない。情なんて何もないのさ。でもあんたはさ、そんなことを考えていないだろう？　少しは考えていたって、そんなことばかりを考えていないから、怒ったんだろう？

あちきは、本当は誰か一人でいいんだ。そんなの当たり前だよ。そりゃあ、あの御殿で、みんながあちきの体を抱くだろうよ。あちきはそのために連れてこられたんだから。男たちに逆らえば、あちきは捨てられて行き場所もなく、山犬と鴉の餌さ。そうだろう？　仕方ないんだよ。仕方のないことが世の中にはたくさんあるんだ。

ねえ、後生だから、そばにいさせておくれ。

真っ暗な中で、何か信じるものが一つでもあるんだって、あちきにそんな夢を見させておくれ。

何も望まないよ。あれをしろ、これをしろだなんていわない。難しいものだと思わないで。

いつかあちきが死んだとき、ほんの少しでいいから、あちきのことで胸を痛めてほしいんだ。もちろん、あちきもあんたのことをそう思うから。

紅葉は熊悟朗の体にもたれかかる。闇の中で温もりと、心臓の鼓動を感じる。

熊悟朗は何もいわず、紅葉の体をそっと抱きしめる。

第三章　咎人捜し（1742－1746）

1

柴本巌信《しばもとげんしん》は同心として、藩の奉行所に仕えている。

巌信が有名になったのは、同心に就任して二年目の春のことだ。

巌信と相棒が塩屋で聞き込みをしているとき、すぐ近くの長屋の前で喧嘩が起こっているので、役人がいるならとめてくれと町人が駆け込んできた。

巌信と相棒は、駆け足で現場に向かった。

長屋の前には不敵な笑みを浮かべた大きな男が立っていた。異様に盛り上がった肩の筋肉に、太く筋ばった腕。一目で膂力《りょりょく》の凄まじさがわかった。戦の世ならば、武者として名をあげていたかもしれない。男の両手の甲には、太陽を象《かたど》ったような刺青《いれずみ》があった。

「こ奴は」

相棒が呻いた。

同心を木刀で殴り倒して逃げる、という事件が一カ月前に起こっており、その犯人は、手の甲に太陽の刺青がある大きな男だという話だった。

彼にのされたのであろう、顔じゅう血まみれになった男が一人、路上に転がっている。

太陽の刺青の悪漢は、厳信たちが同心であることを名乗っても、態度がまったく変化せず、むしろ挑むような調子になった。

にたりにたりと笑いながら、壁にたてかけてある木刀を片手で握ると、ぽんぽんともう片方の手のひらを叩いた。

「旦那は、強いのかね？　そりゃあ、武家の者ならば、命のやりとりも、お手のものなんだろうね？」

腕試しをしてやろうか？　おまえたち二人では真剣を抜いたところで俺をしょっぴくなんざ無理だけれどな。悪漢の薄ら笑いはそういっていた。

「ちょいと前にも、あんたらによく似た、情けないほど弱い男がおったのお。ちょいと稽古をつけてやったら、気を失いおった。もしかしてお仲間だったかい」

相棒が低い唸り声をあげ、刀の柄《つか》に手をやるのを、厳信は制した。

厳信は悪漢に向かって頷き、太刀と脇差を帯からとると、相棒に持っていてくだされと、渡した。

悪漢は、嘲りの笑みを浮かべた。

「なんだよ、抜かんのか？　こけおどしの道具だったか？」

厳信は懐に手をいれ細縄を摑むと、土を蹴った。

恐ろしいまでに素早い動きだった。悪漢の木刀がはじかれた次の瞬間、厳信は悪漢の懐でしゃがみこんでいた。

すっと厳信が立ち上がるのと同時に、悪漢は派手に転倒した。

悪漢はぐねぐねと地を這った。両足が細縄で縛られていた。勝負ははじまった瞬間についたといえる。

神業と呼ぶにふさわしい捕縛の速度だった。

見物人から歓声があがった。

厳信はのたうちまわる悪漢の両手首を即座に縛り上げた。

「おい、暴れたくば好きにしてよいが、牢屋敷まで引きずっていくことになる。よいか？」

厳信の息には乱れもなく、声はどこまでも冷たく落ちついていた。

周辺にさらに野次馬が集まってきた。それを掻きわけるようにして悪漢の仲間が二人現れた。

二人とも、最初の男と同系統の荒々しい男たちであった。

俺の仲間に何しやがる、とばかりに厳信に手を伸ばすが、厳信がゆらりと動いた次の瞬間、手を伸ばした男は地面に叩き伏せられていた。

投げた。

二人いたうちのもう一人は、引きつった表情で刀を抜いた。投げられた男も慌てて起き上がる。

相棒が刀を抜こうとするのを「ここは拙者が」と再び制する。

「い、いや、大丈夫でござるか」相棒がきく。

厳信は悪漢の仲間から目を逸らさずにいった。

「もしも真剣で殺してしまって、後から殺すほどのものでもなかった、とわかっても取り返しがつきませぬ」

地面には太陽の刺青の男がもぞもぞと這っている。

厳信と悪漢の仲間二人は、ほんの僅かな時間もつれあった。

まず最初に一人が手にしていた刀がはじかれて飛び、続けてもう一人が投げられ、あれよという間に二人とも数珠つなぎに縛られてしまった。ほとんど奇術であった。

今度の歓声は最初よりも大きかった。

厳信と相棒は、野次馬をかきわけ、縄で繫がれた三人の悪漢を奉行所まで引っ張っていった。

——奉行所に、恐ろしいまでの使い手がいる。

そんな噂が広がりはじめた。

それ以後も厳信の活躍は続いた。

どのような修羅場においても、厳信が顔をだせば、すぐにその場は収束した。相手は縛られてしまうか、厳信に畏怖して逃げだしてしまうかのどちらかだった。

厳信が捕りものにでると、その技を一目見ようと後をついてくるものが大勢現れた。本人はそんな人気など素知らぬ顔で、いつも厳しい顔で、ほとんど笑顔を見せなかった。

厳信の捕縛術は、江戸で学んだものである。

捕縛術は、太平の世で、形骸化しつつある剣術とは全く方向性の違う、極めて実戦的な格闘術だった。十手、さす叉、袖搦み、突く棒などの扱いをまず習得する。それらは勝ち負けではなく、「捕りもの」という現場をいかに迅速に収束するかの訓練である。

その道場には、柔術と大陸から伝来した格闘術に、捕縛の術を組み合わせた捕縛柔術なる独特の技術を教える師範がいた。

厳信はそこで、初老に近い小柄な師範が若く大きな道場生と組みあい、あっと思う間に縄をかけてしまうのを見た。

すぐに弟子入りした。

自分よりも腕力のある相手を、傷つけずに戦闘不能にする。まさに、己が極めたい武はこれだと思った。

縄というのは、これほどまでに武器として使えるのか、と目から鱗の妙技の数々がそこにあった。

相手の足もとに飛び込んですぐさま両足を縛って転がせてしまう技。殴りかかってくる相手の拳を縄で受け、そのまま縛ってしまう技。縄を使って相手を投げる技。一朝一夕に身につくものではなかった。道場に通い、日々組手をし、空いている時間には、人形を相手に縛る練習を際限なくやる。考えずとも手が勝手に動くようになるまで縛り続けた。

敵を倒して縄をかけるのではない。縄を武器にして、敵を倒すのである。呼吸を読む、体勢から繰りだしてくる敵の動きを予測する。力の均衡を崩す一点を見定める。

巌信は習得した術理をさらに独自に発展させていった。もとより剣術のように広く知られた技術ではない。そのため巌信の動きを先読みできる人間は皆無だった。

２

柴本巌信は仕事が終わり、屋敷に戻ると一人になる。

巌信は、柔術の道場に特別の師範として顔をだすことも多く、また自宅の庭を使って部下たちに「捕縛術の勉強会」を開くこともあった。与力の提案もあり、自宅は道場の裏手にある古い家を、藩から役宅として与えられていた。

親とは同居していない。所帯も持っていない。数カ月前まで下男を一人雇っていたが、雑用に使いにだしたところ、城下で馬に蹴られて死んでしまった。

もともと静かな家が、更に静かになったと思う。

座敷に木像が一つあった。

厳信が自分で彫ったものだ。

柔和な印象の菩薩像で、半目で口元には微笑をたたえている。

厳信は日々、夜になるとその菩薩像の前に坐り、ものを考えた。ときには菩薩像に話しかけた。成人男性と同じ寸法の坐像のため、遠くから見れば人と話しているようにも見えた。

夏の夜だった。

虫の音がきこえる。

厳信はじっと木像を眺めていた。

かつて木像が喋ったことがあった。そのときのことを思いだしながら、木像の頬を撫でる。

庭の方に、ざくりと砂利を踏む音がした。

厳信は細縄をそっと手にすると立ちあがった。

曲者が忍んできたのなら、行燈の光から離れたほうがいい。これが的ですと相手に教えるようなものである。厳信は灯りを持たずに、ぬき足で庭に面した縁側にでた。

ぎょっとした。

庭には黒い布に包まれた塊がある。その傍らには黒衣を纏《まと》ったものが片膝をついて坐っている。

――曲者。

黒衣の曲者の顔は月光を照り返して輝いている。どうも人間の顔ではないようだ。何か面でも被っているのだろう。

「何奴じゃ」

「オタノミモウス」

黒衣の曲者が口をきいた。

妙な声だった。

「その前に、何奴じゃと訊いておる」

「ツキカラキタモノダ」

厳信はごくりと唾を呑んだ。

「ふざけているなら、捕縛するぞ」

「ソウデスカ」

「そうですか、じゃないわ。わしが誰だか知ってここにいるのか？　その脇に転がっているものはなんじゃ」

曲者から、ピッと小鳥の鳴き声のような音がした。曲者は坐したままいう。

「ソノホウ。ブギョウショノドウシン、シバモトゲンシンデアロウ。セイギヲオシツケ、チツジョヲツクル。ソウイアルマイ」

厳信は曲者を凝視した。

「ホバクジュツニチョウジ、タミノシンライアツキソノホウニ、コノムスメヲタノム。ナニヨウカハ、コノムスメカラキクガヨイ」

厳信は庭におりて曲者の傍らにある黒い塊を見る。夜具に包まれた女だった。仰向けに寝ていて、髪が乱れている。

「生きているのか？」

「イキテイマス。ネムッテイマス。ショクジトネドコト、セワガヒツヨウデス」

変な喋り方だ。抑揚がなく、急に丁寧になったりする。何より妙なのは面にある緑色の光点だ。どのような仕組みの光なのかわからない。

「それならばいくところはここではあるまい。まず医者か、あるいはどこか別の」

「ダメダ」

「いや、駄目とは」

「ワシハ、キサマニタノンデオルノダ。モシモタダシキオコナイガデキナイノナラ、キサマヲコロス」

殺すときたか。厳信のこめかみに青筋がたった。

「無礼よの。何者なのか知らんが、おまえは怪しすぎるわ。無断で他人の屋敷に侵入した咎のみならず、殺すだのなんだのもはや捨て置けん。捕縛せんといかんな」

「ソウカ。デハマズ、ヤッテミイ」

黒衣に仮面の男は立ちあがった。

刀剣の類は身につけていないように見える。もっともどこに隠しているかわからない。用心するに越したことはない。

厳信が素早く手を伸ばし、曲者の腕に縄をからめようとした瞬間、ぐるりと世界が反転した。

厳信は庭の砂利に突っ伏した。

受け身はとったものの、衝撃で頭の中が真っ白になる。

投げられたのだ。

――いつ、どうやって？

慌てて立ちあがった。

黒衣の男は最初の位置に立っている。

厳信はむっと唸った。黒衣から金色の光沢がのぞいていた。見れば、手も顔も、みな金色の鋼《はがね》らしきものに覆われている。具足を纏っているらしい。

――なんなのだ、こいつは。

縄が切断されていた。これでは短すぎてもう使えない。瞬時に斬ったということは刃物を隠していたか。久しぶりの敗北だった。まだ決着はついていないが、もしも曲者が自分を殺すつもりなら、倒れたときにすぐにでも、刃物で刺せたはずだ。曲者がとどめを刺さなかったから今自分は無傷でいる。――これは敗北である。

「コレデヨイカ。シバモトゲンシンヨ。オタノミモウス」

「ふざけるな」

厳信は摑みかかった。投げ技ならば厳信にも大いに心得がある。縄を持たずとも、藩では並ぶ者のいない柔術の使い手である。だが黒衣を摑んで足をかけても、曲者の体は見かけより重量があるのかぴくりとも動かない。

曲者がギイ、と厳信に顔を向ける。

恐ろしい面だった。目鼻がはっきりしない。ビードロの向こうに目のような、緑色の光が輝いている。口や鼻のために開いた穴が見当たらない。

鎧を着た武者と組み合っている――とは思えなかった。相手から呼吸音がきこえない。鎧の下にあるはずの肺や、筋肉の動きを感じない。汗の匂いもしない。

人の気配を持たぬ存在。

そんなものがいるのか。

いや――これは――。

面？　なのか？

ムイン、となんともいえない妙な音が武者の体内からした。

危険を感じて、さっと厳信は飛び退いた。だが、開いた間を武者は一瞬にして詰める。再び厳信は宙を舞い、砂利に衝突した。

意識が遠のいた。

厳信は夜叉の悪夢をよく見る。

暗闇の中に、般若の顔が浮かんでいる。それが夜叉である。その夜叉を倒そうと、ありとあらゆる技を試みるが、超自然的ともいえる力によって、自分の動きがなめくじのようにのろくなっており、何も通じないという夢だ。

夜叉に殺されるすんでのところで目を覚ます。

瞬時の意識の混濁のなか、夜叉の高笑いがきこえた。

こいつは、あの夜叉が、いつもの悪夢の中からでてきたのではないのか。

鼻孔に土の匂いが入る。

目を開くと、武者が見下ろしている。

「オンナノセワヲタノム。コノムスメノカタルアクヲ、ヨクハンジテクレ」

後ろ襟を摑まれると、宙に持ち上げられ、無造作に屋敷の中へ放り投げられた。

畳を転がり、襖を破った。

壁にあたってとまる。

しばしの間、厳信は壁に背をもたせて放心した。

勝てない。

絶対に勝てない存在――悪夢の夜叉が、再びこの曲者に重なる。太いはずの自分の筋が細く、速いはずの自分の動きがのろく、相手が得体の知れぬほど大きく感じる。

これまでの修行を否定されたような苦い気持ちが押し寄せてくる。だが、武芸で名を売った男としては、夜、家に侵入されて逃げるわけにもいかない。

ようやく呼吸を取り戻し、庭にでると、もう曲者はいなかった。

夜具に包まれた女だけが残っている。

厳信は女を縁側から屋内に引き入れると、布団に寝かせた。女と夜具の間には、鞘に収まった刀が入っていた。

厳信は刀をとりだすとまじまじと眺めた。

3

女は朝になると目を覚ました。まだ若い娘だった。

「ここは、いったい」

光の差し込む明るい座敷で、娘はあたりを見回した。

枕元に坐っている厳信を、その視線が捉える。厳信は咳払いをした。

「柴本厳信の屋敷である。怪我などはしておらぬか」

「はい、怪我はしておりません」

「なんなんだおまえは」

「は。あの、わ、私は武川の、遥香、と申しますが」

娘は身を起こすと、きょとんとしていった。その視線は破けて転がっている襖に向けられる。昨晩厳信が突き破ったものだ。

「金色様は？」

「金色様というのか、あいつは。あの変な奴は」

「はあ」

娘は呆然としている。

「待っておれ、茶をいれてやる」

厳信は茶を持ってきた。濡れた手拭で顔を拭くようにいう。ついでに、朝飯を載せた膳も持ってくる。

「すみません、なんと御礼をいってよいか」

「礼はよい」

「お訊ねしたいことがございます」娘はいった。「ええと、柴本様……でしたね？　あの、私は何故、ここにいるのでしょうか？」

厳信は腕を組んだ。目に厳しさが滲む。

「いえ、その、すみません。考えたのですが、どうしてもわからなくて」

「金色様とやらが、昨晩ここにお主を持ってきたからだ。世話を頼むといってな」

娘は目を見開いた。本当ですか、と訊くので、本当だ、と答える。

「柴本様は、お武家様で」

「うむ。奉行所で同心をしている」

遥香は同心様……と呟いた。

「なんだというのか、さっぱりわからん。まず昨日までのことを話せ」

「ああ？」

厳信は娘から話を聞いた。娘は武川の医師、祖野新道のところで暮らしていたという。

もとは小豆村の流民の娘だったが、拾われて育てられていたらしい。祖野新道は出自を教えず娘として育てていたが、ある日その事実を知り、苦しくなって家出をした。

山中のお堂で、あの金色様と出会った。

なんでも悩みをきいてくれる存在として崇められている神だった。

金色様はそこで仏像のように坐していたのだが、娘がやってくると口をきいた。

いろんなことを語り合ったという。

やがて娘は気持ちが落ち着いてくると、山を下りることにした。

金色様が途中まで送ってくれることになった。ずっと歩いているうちに金色様がおぶってくれた。疲労していたこともあって眠ってしまった。

そして気がついたらこの屋敷にいた。

そのような概略であった。

厳信は思う。なんとも不自然な、穴だらけの話だ。己が流民の出であったことを知ったからといって家出する理由になるだろうか？　育ててくれた恩に感謝し、より孝行に励むのが普通ではないのか？

「祖野新道とは、聞きおぼえがあるな」

名医で評判だった。

「尊敬できるお方です。いつも患者を第一に考えて、私も本当によくしていただきました」

「よい育ての親だったか」

血の繋がらぬ父娘で、どうしても他人に伏せたい部分というならば、ありがちな歪んだ愛情の形が思い浮かぶ。

「それはもう」

同心としての勘から、遥香が何かを隠していると感じる。要するに、家出の動機に直結する部分は話したくないのだろう。あえて深く訊かずに次の疑問へと話を進める。

「山奥であの変な者に出会った、というのは、わかった。だが、その後、なぜここにくることになったのだ？　わしはあの変な者とは面識がない。お主もわしとは面識がないはずだが」

「確かに、私もその、自分が何故ここにいるのかまったくわからないのです」女は身を縮めた。

「あ、もしかしたら」

「なんだ」

「いえ」

「どんなことでも遠慮せず話せ」

「柴本様は、奉行所勤めとおっしゃいましたね。私は金色様と話しているとき、己の復讐を口にしました。私が拾われた朝、周囲には、流民の死体が転がっていたそうです。私を抱いていた母らしき女も死んでいたそうです。私は彼らを殺した悪人が憎い、もう家出をしたのなら、仇をとりたい。あなたが神様なら其奴の名を教えてくださいませ、とそのように頼んだのです。おそらく、その……柴本様が、同心であるから」

　女は困惑した顔で厳信を見た。

「金色様はどこかで柴本様のことを知っていて、同心を紹介してやるから助力を願いなさい、というようなことでここに連れてきたのではないでしょうか」

「確かに、そうしたことはわしの仕事だが」

　あの曲者は、この娘の語る悪を判じてくれ、などといっていた。

「きっとそうでございます。しかし、それなら、そういえば、自分の足できちんと奉行所に向かったものを！　真夜中に、金色様は、私をいきなり柴本様の自宅のお庭に置いていったのですね？　なんて失礼なことを」

厳信は腕を組んだ。

「しかし、それにしても、無茶苦茶な頼み方であったぞ。あんな奴は初めてじゃ。あれは人間か」

遥香は首を捻った。

「単なる人間とは思えません。やはり何か山神の類では」

一笑に付したいが、全身が金色の鋼の異形と、羅刹《らせつ》のごとき強さを思いだす。

「山神が、わしにものを頼んだか」

「山神故、人の世の決まりごとに疎いのでしょう。でもいくらなんでも無茶苦茶です。とんだご迷惑を」

厳信は額に手を当て、目を瞑った。

「よい。では、捜す」

「は、あの何を」

「武川の流民殺しの、犯人をだ」

遥香は後ろに下がり、畳に額をつけた。

「かたじけないことでございます」

「礼はよい。捜しても何もわからんかもしれんがな。さあ朝飯を食べよ」

遥香は食事をはじめる。終わる頃に声をかけた。

「では、食事をしたら、いくぞ」

「はっ」遥香は立ちあがった。「ど、どちらへ」

「まずわしは奉行所に出仕せんといかん。その後、お主を連れて、お主の家へいく」

目の前にいる女が語ったこと全てが嘘である可能性がある。女のいうことを半分でも信用するためには、確かめられるところから裏をとっていくしかない。

昼すぎに武川の祖野新道の屋敷に到着した。

遥香の姿を見ると、家人の女が走りでてくる。

「初枝さん」遥香がいった。

「どこにいっていたの」

初枝さんと呼ばれた女は、幼い子供にそうするように抱きすくめた。遥香は、すみません、すみません、と呟いている。

「あなたはうちの子でしょう！」

「はい」

彼女の家出をずいぶん心配していたようだ。厳信は怪しいところがないか、じっと二人を観察する。

遥香は厳信を奉行所の同心であると紹介した。

「まさか、遥香が何か」初枝の顔色が変わる。

「いや、人捜しを頼まれた」

厳信は無表情にいった。

ただちに中に案内され、お茶をだされた。

剃髪した生真面目そうな医師、祖野新道も現れ、娘がご迷惑をおかけして、とひたすらに頭を下げる。

「いったいどのようなご縁で、柴本様に」

厳信は遥香が真夜中に金色様に連れられてきたところから、一部始終を話した。だが彼らは半信半疑といった風だった。彼らの表情を見ていると、自分でも嘘くさい話をしていると思った。

「こちらも、わけがわからんのです。とにかく全身、金色の鎧に身を包んだものを見たことはなかろうか」

「いえ」祖野新道と、初枝は顔を見合わせた。

続けて、遥香を拾ったという初枝から、そのときの様子を訊く。朝の河原に流民とおぼしき者が複数倒れていたとのこと。女がまだ幼い遥香を抱えていたこと。遥香が持っていたのはそのとき、その場に落ちていた刀だという。

「十四年前のことです」

「わかり申した。では刀のほうは、こちらで預かってよろしいか」

彼らは、もちろんでございます、何卒《なにとぞ》、と頭を下げた。

「いかように、御調べなさいますか」遥香が訊く。

「刀」厳信は遥香から預かった刀を撫でた。

「これを手掛かりに考えてみる。あちこちで聞き込みをしてみよう。十四年も前のことでは難しいとも思うが。そういえば、その当時この件、届け出はされたのか」

「はい」初枝がいった。「ただ、当時のお役人様は、カワタロウがどこかで刀を拾い、酔っぱらってカワタロウ同士で斬り合ったのだろう、といって終わりました。その、こういってはなんですが、あまり調べてくれた様子はなかったです」

厳信は頷く。

「他にも何か手掛かりになるようなことはあるだろうか」

「あの」遥香がおそるおそるといった風に口をだすが、ふいに、やはりいいです、と暗い顔でやめる。

「なんだ。できるだけたくさん知っておきたい。つまらぬことと思っても、話すだけ話してくれ」

「ずっと前に、通りすがりの名も知らぬ男が、おまえの両親をやったのは、剣の達人じゃ、といっておりました」

「なぜ早くそれをいわん」厳信は呆れ顔でいった。「その男にあたれば、すぐにわかろうが。どこの誰か」

「いえ、ですから、私にそれをいったのはどこに住んでいるかも、まったく知らない通りすがりの男なのです。それもずいぶん前のことで」

「ずいぶん前というのは何年前か。通りすがりとはどこで通りすがったのか」

「えっと、その五年も前です。その男に会ったのは武川の街道のほうでした。ただ心ない悪ふざけかもしれませんが、そういって去っていったのです。以後その男は見かけておりません」

遥香の口調はしどろもどろであった。厳信は再び彼女が何かを隠していると察する。

知らぬ者がいきなり現れてそんな重要なことだけ告げて去っていくものか。

「どのような男だった。身分は、背恰好は」

「いえ、その、浪人風といいますか、月代は剃っておらず、腰に刀を差していました。すこしだらしないかんじの男で。中肉中背。ええ、でも、なにぶん昔のことで、あまりおぼえていません」

厳信はそれ以上追及しなかった。

「わかった。調べてみよう。もう家出などなさらぬようにな」

遥香はもちろん、祖野新道の家に戻ることになった。

真夜中になると、木像の前に坐った。

行燈の光が、菩薩像をぼうっと照らしている。

遥香から預かった刀を、膝の上に置いてみる。鞘から抜く。刃にはいくらか錆が浮き、長い間手入れをされていないことがわかる。匂い口にへこみがある。初枝や祖野新道に怪しいところ、演技をしている様子はなかった。遥香が語った身の上は嘘ではないのだろう。

「遥香か」刀を脇に置いてから名を呟いてみる。

美しい娘だった。

厳信はふうっと息を吐いた。

だが確実になんらかの嘘をついている怪しさがある。その嘘の部分を抜かせば、大切に育てられてきた故の純粋さや、人としての誠実さ、気品も感じた。

目を瞑ると遥香の顔が浮かぶ。

厳信は二十八となったこの年まで未婚であった。慕われることは多かったが、これまでは自分から特定の女に惹かれることはなく、慕ってきた女も、面倒くさくなると冷たくして疎遠にするのが常だった。縁談も無数にあったが、はぐらかしてきた。

菩薩像の口元が、嘲りの笑みを浮かべている。

厳信は、ふん、と鼻で息をつくと菩薩像におどりかかり、縛り上げた。

4

翌日から厳信は奉行所の古株や、牢番所をあたった。

奉行所にて、年配の同心頭は苦笑しながらいった。

「柴本よ。よくあることだろう、そういうことは。大昔のカワタロウ殺しが、なんだというんだ」

「実は、ふとしたことで知り合った者より、この件を是非に、と頼まれておりまして」

「下手人の目ぼしは」

「まったくありません。それを調べているところです」

「しかし、これまたずいぶん旧悪っちゅうもんでないかね」

同心頭の言葉に厳信は頷いた。

藩の法では、犯罪発生時から十二カ月がすぎると、反逆や放火などの特別な重罪をのぞいた一般の犯罪は〈旧悪〉として実質捜査されなくなる。今回の場合、十四年も前の話である。何らかの証言があったとしても、それを裏づけるものは見つからないだろうし、加えて被害者が、名前もわからぬ流民だとすれば、万が一犯人がわかったところで、お咎めなしとなるのは確実である。

もちろん、厳信はそれを知っていて聞き込みをしているのだった。

「確かにそうですが、いったん頼まれると調べずにはいられん性分でして。そこから見えてくるものもあるかと」

「これまでの柴本の仕事ぶりを見ている俺としてはな、新米でもないし、あまりうるさいことをいおうとは思わん。だが、同心の仕事の本分はそこにはないと見るが」

「心得ております。空いた時間でやりますので」

聞き込みをした成果はあまりなかった。当時、河原にいた流民のことはみな漠然とおぼえていたが、何人か殺された事件の後、河原からどこかに移動していなくなったという。誰が殺したのか、どこに移動したのか知っている者はいなかった。

厳信は部下に剣術道場への聞き込みを任せると、自分は遥香から預かった刀を持って、刀鍛冶と、具足や刀剣を扱っている商人たちに聞き込みをしにいった。

遥香から預かった刀に見おぼえのあるものはいないかどうか。そしてもう一つ。金色の鋼の武者について何か知らないかどうか。

「妙な鎧を扱ったことはないかね」

商人は不思議そうにいった。

「妙な鎧、というとどんなものでしょう」

「南蛮のものか何かわからんが、手足の指から首全体や顔まで、全身を覆うもので、滑々《すべすべ》として継ぎ目のない——まあ、日の本の具足とは全く形の異なるものだが、知らぬか」

「ちょっと見たこともきいたこともないですねえ」商人は首を傾げた。「色は、どんなです」

「金色だ」

「は、ははあ。金色ですかい。そりゃあ、目立ちますな。そんなものの扱いがあったら絶対に忘れませんけどね」

刀のほうも、鎧と同じく何の手掛かりも得られなかった。ありふれた寛文新刀だった。

数日後に厳信の部下が、奉行所に顔をだして報告した。

城下には剣術道場は二つあった。どちらも随時五十人から百人近い門下生がいる。

「両方いって、手早く門下生にあたりましたが、みな知らぬというばかりでした」

「師範、師範代にもあたったか？　十四年も前のことだから新しく入ったものは、知るはずもないぞ。古くから道場にいるものだ」

「へい。それはもう。大里流の道場のほうで、師範代の掘柄《ほりえ》慶佐枝門《けいざえもん》という男と話しました。掘柄は〈そういえばそんなこともあった〉といってから、〈自分は何も知らんが、田村駿平《たむらしゅんぺい》という男にあたってみよ〉とのことでした」

「その田村駿平というのは何者か」

「田村はかつてこの道場に通っていた者で、掘柄がいうには、剣だけ見ていた自分と違い、田村はあちこちに顔も広い——とのことで。まあ、当時の道場生の中では情報通の男だから、何か調べるなら、とりあえずそっちにいけということでしょう」

「なるほど。で、田村にもあたったか」

「いえ。掘柄がいうには、田村は十年以上前から道場には顔をださなくなっていて、最後にきいた話だと、藩の西の外れの、海の近くの鳴江《なるえ》村で、醤油を商っている良家のお屋敷に婿入りしたとかなんとかで。明日にでも、そっちにいってみますか」

「いや、それは自分がやろう」


茶店にて団子を食べる。

厳信の目の前には遥香がいる。

祖野医師の家を訪ね、誘いだしたのだ。

調査の経過を話題にした。

「とりあえず、今のところわかったのは、ここまでよ」

遥香は、本当にかたじけのうございます、と頭を下げる。

「これが仕事だから、当然だ」

「柴本様は、甘いものがお好きなのですね」

「うむ」厳信は団子をほおばる。「なんだか甘いものは、ほっとした心持ちになるからな」

「あちこちで、柴本様のお噂をききました。藩内一の辣腕《らつわん》名同心で、どんな暴れん坊も瞬く間に縛り上げてしまうと。まさか、ここまで有名な方だったとは」

「尾鰭《おひれ》のついた噂だよ。縛るのは仕事だから上手なのであたり前だ。漁師が魚をとるのが上手なのと同じだ。それでも金色の曲者には負けた」

「その節は本当に失礼を。金色様は、今思うと夢の中からでてきたような不思議なお方ですが、柴本様のような名同心と私を引き合わせてくださったのですから、やはり私には恩人です」

巌信はじっと遥香を見て、そして目を逸らす。蜜蜂が外から迷い込んできて、どこかに去っていく。

「それにしても、いったいどんな者が、流民を斬ったのでしょう」

「わからぬ。単に〈普段、刀を持っているのは誰か〉と考えれば武家の者だが、刀は道具にすぎぬ故、百姓、町人、無宿人、誰でも考えられる。下手人がもしも流れ者で、もう藩内にいないのだとすればお手上げだ。なんにせよ、恨みによるものではなく面白半分の所業ではないかと思う。通りすがりの男はあなたに、下手人は〈剣の達人〉といったのだろう？」

「はい。確かに」

「わしは〈剣の達人〉はそんなことをせんと思う。本物の剣の達人ならば、河原で流民を斬ったところで弱い者いじめをしたとその名声を汚すだけだ。まともな者のすることではあるまい。だが剣術道場の線はとりあえず最後まで調べておきたい。次はその田村駿平、というのを追ってみようと思う。もっとも会ったところで何か知っているという確証はなく、何も得られぬかもしれんが」

「柴本様と話していると、私は不思議に落ちついてきます」

「それでよい。捜す、捕える、罰するは我らの仕事。遥香殿は、安心して、家業に精をだしていればよい」

百姓、町人には奉行所が裁判の基準としている法を知る権利は与えられておらず、遥香は〈旧悪お咎めなし〉のことを知らないのではないかと厳信は思う。もちろん教えようとは思わないし、仮に彼女が誰かからきいて知っていても「そのような先例が多いだけで、全てがそうなるわけではない」と説明するつもりだ。実際、旧悪を掘りおこしながら調べていったら、今現在の犯罪も露見して重罪人としてお縄になった、ということはよくあるのだ。

「とにかく、わしは下手人を見つけたら絶対に許さん」

遥香は厳信の顔を眺め、頬を紅潮させ下を向いた。

「こんなことをいうと怒られてしまうかもしれませんが、一度は自分でいいだしたことながら、私は、なんというかもう、仇に対する復讐心が日毎に薄くなっていっているようです」

「ふむ」

「だって私以外の人間からすれば、大昔の他人事……しかも流民のことでしょうに、こんなに一生懸命に怒ってくださる方がいるのだ、ということを知って、何もかも救われていく心持ちで」

「幸せになりなさい。生きている者がそうなることを、亡くなった人たちは願っているはずだ。うん、まあ幸せといえば、そういえば」厳信はあくまでも話の流れで、というように続けた。「あなたも、お年頃の娘さんであるから、縁談などもいろいろあるのだろうね」

「いえいえいえ」遥香は慌てながらいった。「私なんか、いえ、そんなの無理なんですから。もう、いえ、生きているだけで幸せですからまったく」

「無理ということは決してあるまい。祖野家の方々も、亡くなったお父様もお母様も、みな、娘がよい縁に巡りあうことを望んでいると思いますぞ」

そういったところで、遥香の目に涙が浮かんでいるのを見てぎょっとした。

「いや、これはお節介にも余分なことを、すまなかった」

「いえ、そんなことは。こちらこそ、すみません、すみません」遥香は謝りながら涙をぼろぼろと流した。「そうではないのです。ほ、本当に、か、かたじけのうございます」

厳信は胸の内で思った。

わしはあなたと話していると、心臓のどこかに小さな傷でもできて、そこが疼くような気持ちになる。――あの曲者は、わしに娘を世話しろ、といいおった。

世話とは何だろう。この件について報告することがなくなれば、自然と遥香と縁は切れる。曲者のことはともかく、果たして自分はそれでいいのだろうか？

風の強い日だった。

鳴江村に向かった。風に潮の香が混じっている。海沿いの林の梢《こずえ》が揺れている。

屋敷からでてきたのは、四十は越えているであろう中年の女だった。巌信が奉行所からきたことを話すと顔つきが変わった。

「ようこそ、旦那様、こんなところまでわざわざ」

女は深く頭を下げて挨拶した。

田村駿平が婿入りしたという家である。

「実は、田村という方に、いろいろ訊きたいことがあって参りました。田村駿平殿に面通り、かないますか」

女は眉根に皺を寄せた。

「田村？　ああ、田村。田村駿平って、ああ。ああ、はいはい。お婿さん、旧姓田村ね、はあ、それは、申し訳ないですが。もうおりません」

「いなくなった？」

「でも、もうこれまた七年も前ぐらいですかね。かわいそうなことになって」

「何が起こったのです」

「ご存知ない？」

厳信は頷く。

「毒茸をね、間違って食べて。看病するまもなく、あっという間でしたね。裏山から戻ってくるなり、吐いて、倒れて」

「なんと」

「死んでしまいましたな」

「それは残念なことです。生前、どんな人でしたか」

「ええ、はいはい、武川の武家の出でしたがね、もう武士の時代ではないなんていって、剣も棄てたといって。なんでもよくできる人でしたよ。惜しい人でした。はい」

道場の師範代、掘柄は田村の死を知らなかったにちがいない。鳴江村と武川はかなり離れており、よほどの事件でなければ伝わらない。

林の中の小道を抜けると海にでる。

厳信は誰もいない浜を歩いた。

晴れ間のない曇天の下、高い波が盛り上がっては形を崩して飛沫《しぶき》をあげていた。

下弦の月が浮かんでいる。

厳信は自宅の座敷にいた。

菩薩像の前に坐った。茶を呑む。

菩薩像はいつぞやのまま、縄で縛られている。

これで、あたれる限りの線は調べた。カワタロウを誰が殺したのか知っている者は、どこにもいなかった。

「よかったなあ」

菩薩像が口をきいた。

巌信はぎょっとした。

見ると、半目であったはずの眼が、ぎょろりと開いている。上品な微笑を浮かべていたはずの口元は、今は下卑た大きな笑いに変わっている。

おほうほう。

菩薩像は笑った。

おほうほう、おほうほう。

「ずうっと昔、喋ったっきりだったから、最近では、あんときのこたぁ夢だったんじゃねえかと思っていただろう？　木像が喋るはずはないと思っていただろう。なあ？　どうしたんだその顔？　おいらよかったなあっていってんだ。笑えよ」

菩薩像の顔が、般若に変わる。

「おまえが殺したんだもんなあ！　カワタロウはよう！　まともな者のすることではない、ってあの娘にいっていたよなあ。本当だよ。本当！　まともな者のすることではないよ！　よおおおく思いだしてみな。そりゃあ、何から何まで、まともな者のすることではないもの！」

　般若は自分を縛っている縄を忌々しそうに見る。

　厳信は尻を擦りながら後退し、呟いた。

「知らん、黙れ」

「いやらしいねえアンタ、本当に、しれええっとした顔で、聞き込みしやがってよぉ。テメーは、〈誰がやったか〉を捜したんじゃない。〈誰がやったか知っている者〉を捜したんだ。いなかったな？　誰だってこれ以上の調べはできんだろう。掘柄から田村の名がでてきたときは冷や汗もんだったが、その田村も死んでいたしなあ！　これでもうテメーさえ黙っていれば、どこをどう探ろうが旧悪露見しねえってのがわかって、一安心だ」

　魔像はがたがたと揺れた。厳信は思わず叫んだ。

「コジュウがやったことじゃ！」

「コジュウってのは誰だあ？」

　厳信は立とうとしたが、体に力が入らない。

　わしではない。

　コジュウだ。全部コジュウがやったことで、そのコジュウは――。

　像の目は見開かれ、口は裂けている。背後には後光の代わりに地獄を思わせる紅い光が差し、二本であった腕は百本にもなって縄の隙間からうねうねと、磯巾着のようにうねっている。

千手般若。

こんなことはありえない。ありえないのなら夢か。

目玉がぎょろりぎょろりと動く。

「おまえは嘘のかたまりじゃ。おまえの彫ったこの木像が最たるものじゃ。こりゃあなんじゃ？ わしはなんじゃ？ 供養？ 死んだ人間があの世から木像を見て、木像を彫ったから許す！ とでもいうのかよ？ こんなものを作れば死人が帰ってくるのかねえ？ おほほっほう。ほんに誤魔化さんと生きていけんからの」

おほうほう、おほうほう。

周囲の闇が濃くなった。

5

その当時、厳信は十四歳で、武川の剣術道場の門下生だった。何十人もの道場生と一緒に、日々、剣術に切磋琢磨《せっさたくま》し、竹刀を打ち合わせていた。

二歳年上の、小幡新三郎《こはたしんざぶろう》という男がいた。

小幡新三郎の腕前は厳信よりもずっと上であった。道場で剣を打ち合わせても勝てたためしがない。

新三郎がよく声をかけてくれたこともあり、厳信は新三郎に、尊敬と憧れの念を抱いていた。

ある日のこと、その新三郎が稽古の終わった後にいったのだ。

「コジュウよ。ちと話がある」

コジュウというのは、厳信の幼名であった。

厳信は新三郎に誘われるまま、道場からの帰り道を一緒に歩いた。二人の家は途中まで方向が一緒だった。

「コジュウはいつ、元服だ？」

「はい。父上がいいますに、来年か、さ来年だとのことです」

「俺たちも、いずれは仕官して、道場で磨いた腕を世のために活かすことになるな」

「はい」

周囲には誰もいない。黄昏の光が畦道を染めている。

ふと新三郎はいった。

「たとえば人を十人斬ったことのある野盗崩れの武芸者と、竹刀しか振ったことのない門下生が向き合ったとして、力量に大差なければ、野盗のほうが強いとは思わぬか？」

「は、はあ」

一体何を、と厳信は思った。新三郎はいや何、それはな、と続ける。

「俺はこのさき真剣での立ち合いがあったとき、案外、あっさりと死んでしまうように思うのだ」

「まさか新三郎殿が」

「道場稽古は実戦ではない。実戦で腕を磨かねば」

だがそうはいっても、道場ではよほどのことがない限り、真剣の勝負を禁じていた。太平の世である。そう簡単には真剣で腕を磨く機会などない。

新三郎は、不敵な笑みを浮かべると、厳信の耳に顔を寄せ囁いた。

「カワタロウを斬りにいかんか」

厳信は眉根に皺を寄せた。

「なんと？」

「むしろ、はっきりいってしまうと、ドブ爺だ。ドブ爺を斬ってしまわんか。俺は一皮剝けたいのだ」

少し前から河原に住みついているカワタロウ。ドブ爺とは、そのカワタロウの一人である。

ドブ爺は、剃髪した頭に手拭を巻いており、いつも丸木の棒を手元に置いている。背が高く、頑強そうな顎の持ち主だ。爺というが、さほど老人というわけでもない。よく河原で魚を焼いたり、仲間と将棋をしている姿が橋の上から見られた。

近隣の子供がカワタロウをからかいに現れると恐ろしい剣幕でおどりでてきて、棒を振りまわして追い払うのが、このドブ爺であった。ドブ爺は子供たちにとっては相当に恐ろしい存在だった。

ドブ爺とその仲間たちには悪い噂も多く、畑や、民家に入ってものを盗んでいると囁かれていた。

「俺の弟がな、仲間たちとカワタロウをからかいに河原にいったのだが、ドブ爺に捕まって棒で殴られたそうだ。幸い、たいした怪我もなかったのだが、武家の子をなんと心得ているのだ？　年貢も納めん者たちが――おのれカワタロウ如きが、どこまで増長するのだ、という話だ」

新三郎は憎々しげにいった。

「きいた話だが、カワタロウは、もうじきに、役人たちが動いて、今年中に追い払うことになるという。場合によってはそのとき何人か死人もでるだろう。だが俺は、そうなる前に、俺の弟を殴ったドブ爺だけは俺の手で始末をつけたいのだ」

決行は翌々日の満月の夜となった。

小幡新三郎と、コジュウこと後の柴本厳信。そして、同じく同年代の道場仲間の田村駿平の三人の少年が、カワタロウ討伐をするため神社に集まった。

みな真夜中に家を抜けだしてきたのである。

三人は今回のことに関していくつかの取り決めをし、それを守る誓いをたてた。

〈河原では正体がばれぬように、決してお互いの名を呼ばぬこと〉

〈ドブ爺は新三郎が手を下すこと。他の者はドブ爺には手をださぬこと〉（これは発起人の新三郎が強く主張した）

〈今宵のことは絶対に誰にも口外しないこと〉

〈仲間を残して途中で抜けぬこと〉

〈万が一発覚して問い詰められたら、自分一人でしたこととし、他の二人の名はださぬこと〉

真剣で人を殺した経験を得れば強くなるのだと本気で思ったし、河原の流民を成敗すれば皆のためになると思った。

後に厳信は激しく悔いる。

そのときの己ときたら、新三郎の言葉の何もかもが正しいという気になっていたのだ。

社屋の縁の下に、着物を畳んで隠す。黒装束に着替え、烏帽子《えぼし》を被った。烏帽子は相手に元服していないことを悟らせないためであった。

満月の照らす夜道を進んだ。狼がどこかで遠吠えをしていた。

河原には焚火がいくつか燃えていた。ぱらぱらと炎の前に人が坐っていたが、多くは掘立小屋の中にいるのか、あまり人気はない。

巌信の足は止まった。

ここに至って初めて、帰りたくてたまらないことに気がついたが、ここで臆病風に吹かれたら、この先の何もかもがうまくいかなくなるような気がした。

おるわいおるわいカワタロウが、と田村が呟き、新三郎が小さな笑い声を洩らした。

炎の前に一人の男が坐っていた。

初老の男で、三人が近寄ると、えっと目を見開いた。真夜中に、刀を差し、烏帽子をつけた男が唐突に三人も現れたのだから、当然の反応だった。

「オイ、ドブ爺を呼んでこい」

新三郎が微かに震える声でいった。

初老の男は背後に連なる掘立小屋に、おおい、でてきてくれ、と声をかけた。わらわらと流民たちがでてくる。

流民たちは三人を見るとぼそぼそといった。なんだありゃあ。しっ、刀を持っているよ。ドブ爺ってのを呼んでって。ドブ爺って誰ね？　ああ、ジロウさんのことじゃねえんか。おおいジロウさん、あんたに、なんか用があるって。

新三郎がさっと刀を抜いた。つられるように巌信と田村駿平も刀を抜いた。

流民たちが静まる。

ふらふらとドブ爺がでてくる。いつもの棒は手にしていなかった。

「な、なんでやんしょう」

ドブ爺は明らかに怯《おび》えていた。

「おい、おまえ、死の覚悟はできているだろうな」

新三郎は大きな声で威嚇した。

厳信は友の後ろに立つ。なんの説明もないのだから、ドブ爺からすれば、何故死の覚悟をしなければならないのか、さっぱりわからないだろうな、と思った。

「へえ、それは、そのいったい」

「喋るなっ」

新三郎が怒鳴った。

「分《ぶん》もわきまえず、調子に乗りおって。お、おまえを斬りにきた」

周囲の流民たちがざわめき、また静かになった。

ドブ爺はおずおずと地面に膝をついた。そして、そのまま地面に額をこすりつけた。

「どうか、この通りでございます。どうか、勘弁してくんなせえ」

泣き声であった。

そこにいるのは、昼間威勢よく棒を振り回す無頼漢ではなく、哀れで無力な中年の男だった。

厳信は拍子抜けして、隣にいた田村と顔を見合わせた。どうしよう。奴はこういっているが、勘弁してやることにするか？

厳信は、田村駿平の刀の切っ先がだらりと下がっているのを見た。だが次に目を向けた新三郎の刀の切っ先は逆に上がっていく。

あれ、斬るのか？

厳信は少し慌てた。もうこれでいいではないか、と思ったのだが、新三郎の目的はもとより相手の謝罪や降伏ではなく「人を斬ってみること」であったのを思いだした。

新三郎は土下座をしたドブ爺を前に構えている。周囲の者は怯え慄《おのの》き遠巻きに見ている。

——クソ餓鬼が。

どこからともなく声がきこえ、梅の実が新三郎の顔にあたった。

新三郎はあたりを見回した。

「誰だ、今やったのは！」

闇は返事をしない。

「でてこいっ。こなければ全員、連座で皆殺しにするぞ」

新三郎は吠えた。

その顔に、再び梅の実があたる。

——正真正銘の大たわけなのか？　おまえの顔をおぼえたわ。侍の息子か？　親には内緒で本物の人間を斬りたくなったかよ。貴様に扶持をもらって生きる資格はないわ。

嘲笑《ちょうしょう》のざわめき。

厳信は新三郎の顔から理性が消失するのを見た。見下している人間に仲間の前であからさまに侮辱される――新三郎のような自尊心の肥大した少年には耐えがたいことだったにちがいない。新三郎は奇声をあげながら梅の実が飛んできた方角の闇に走った。

群がっていた人々が逃げ惑う。

厳信は新三郎が走っていった先に目を凝らして呆然と立ちつくした。闇の中で罵声、悲鳴、新三郎は誰かを斬ったのか？　いきなり背後から蹴り飛ばされた。

前につんのめったが、なんとか体勢を立て直し、慌てて横薙《よこな》ぎに刀を振る。

刀は空を切った。

「誰だ！」

叫んだが返事などあるはずもなかった。

首を巡らすと、すぐ近くにドブ爺が立っていた。焚火に照らされた顔は亡者のようだ。ずしりと一歩、厳信のほうに足を踏みだす。ドブ爺の手には石が握られている。

厳信は一歩後退した。

斬るか？

さっと頭に取り決め事項が甦った。

〈ドブ爺は新三郎が手を下すこと〉

厳信は新三郎が消えていったほうの闇に叫んだ。

「おおい！　新三郎殿。ドブ爺！　ドブ爺がきた！　こっちに戻ってくれ。新三郎殿、ここぞ！　ドブ爺をやってくれ」

しまった、と思った。

〈決してお互いの名を呼ばぬこと〉

であった。

だが、失敗にうろたえている暇はなかった。

ドブ爺が手にした石を投げつけてきたのだ。それは厳信の肩にあたり、再び体の均衡が崩れた。烏帽子もずり落ちる。

「皆殺しにしろ、こ奴ら皆殺しにしろ」

少し離れた闇の中で新三郎が叫んでいる。いや、新三郎だろうか？　流民が叫んでいるのでは？　餓鬼どもを逃さずに皆殺しにしろ、と。わからない。どっちだ？　わからない。

耳のそばを何かがひゅん、と通り抜けた。ゴツリと石が地面にぶつかる音。

ドブ爺とはまた別の方角から流民が石を投げているのだ。焚火から離れなくては的になる。頭にでもあたればただでは済まない。

「コジュウ、駿平、ここぞ、こ奴を」

新三郎も叫んでいる。だが、どこにいるのかわからない。

足がもつれて転んだ。

慌てて起き上がる。

そこから先の記憶は抜け落ちている。

空が明るくなる頃、厳信は一人神社へ向かう道を歩いていた。残りの二人のことはわからない。黒装束はあちこち破けている。刀はどこかで落としてしまった。体の節々がじくじくと痛んでいる。

神社に入ると着替えた。黒装束は林の中に捨てた。残りの二人の着替えはまだ綺麗に畳まれて残ったままだった。おそらくまだ河原にいるか、ここに向かっている最中だろうが、待とうとは思わなかった。〈仲間を残して途中で抜けぬこと〉という取り決めを破ったような形になるが、今更そんなことはどうでもいい。いつまでも二人が現れないかもしれないではないか。一刻も早く帰らねば。

家に戻ると、しばらく熱をだし寝込んだ。

母親に体中にできた傷のことを見咎められたが、仲間たちと激しい剣の稽古をしたからだ、と誤魔化した。

6

十日ほど経った後、ようやく熱が引いた。そこからさらに二十日ほどしてから、厳信は剣術道場に顔をだした。

慣れ親しんだ道場がまるで違う建物に見えた。

門下生の中に、田村駿平の姿を見たが、新三郎の姿はなかった。

田村駿平は、厳信の顔を一瞥《いちべつ》もしなかった。厳信もまた彼とは距離を置いた。あの後どうなったか少し気になったが、もうあの夜のことは思いだしたくない気持ちのほうが強かった。

掛け声をあげて剣を振る。道場では小手だけつけて、胴や面の防具はつけない。いつもと変わらぬ稽古をしながら、厳信はふと思った。

――己は剣が嫌いになっている。

剣を振ることにかつて感じていた喜びはもうなかった。

休憩時間になると、みな涼を求めて道場の外の日陰に坐った。河原のカワタロウ殺しについて話している者たちがいた。

「家もない哀れな流民を斬るなんざ、鬼畜の所業よの」先輩の道場生がいう。「胸がむかむかしよるわ」

「死体にゃ女もおったってよ。惨《むご》いの」

「そういう愚か者がおるから、剣の道――ひいては士道が誤解されるのだ」

「とっとと捕まえて、晒《さら》し首にすればよい」

「ふん。人を斬りたくば、我らにかかってくればよいのにな。返り討ちにしてやったところを」

「弱いからできんのだろうて。弱いもんは自分より弱いもんを探すのよ」

道場生の一人が何気なく同意を求めるように厳信に顔を向けた。厳信はおもむろに眉をひそめ、頷いていった。

「どこの外道の仕業かわかりませんが、本当に酷いことです」

厳信はその場を離れ、井戸水で顔を洗った。臓腑がひっくり返ったような苦しさをおぼえていた。

休憩が終わり、稽古試合がはじまる。

厳信の前に竹刀を構えた道場生が立つ。掘柄という一昨年道場に入った者だ。厳信より一つ年下である。

向かいあい、礼をして、剣を構える。

もとより童顔の掘柄だったが、今日はさらに幼く見えた。厳信は胸の内で苦々しく思った。

――おまえは知らぬのだろう？　平らな地面で、対面した相手の動きにのみ集中して戦うことが、実際にどのぐらいあるのかなんて考えたこともないのだろう？　いかなる稽古を積んで神速の剣さばきに達しようとも、闇の中で飛んでくる石が避けられると思うか？　いつ殺されるかわからぬ恐怖など、想像もできぬだろう？　できたところで、想像と、実際に味わうのとでは全く別物ぞ。

掘柄の竹刀が厳信の手を小手の上から激しく打った。

厳信の手から竹刀が落ちる。

呆然としている厳信に、師範の怒鳴り声が飛んでくる。

離れて、もう一度向き合う。

――おのれ。舐《な》めおって。

厳信の渾身の一撃を、新人の掘柄は苦もなくするりとかわすと、厳信の胴に素早く一本をいれた。

厳信は膝をつき悶絶した。

剣を捨てよう。その瞬間、そう決めた。

道場からの帰り道を一人歩いていると、鴉の群れが、森へと帰っていくのが見えた。

不意に涙がこぼれた。

――俺は一体何に成りたかったのだ？

厳信が道場にいかなくなって一カ月もした頃、新三郎が何者かに襲われた話を聞いた。

城下町でばったり会った道場関係の知人が、教えてくれたのだ。

新三郎は、夜、親戚の家から帰る途中にやられたらしい。

血塗《ちまみ》れの新三郎を大慌てで出迎えた家人は、急いで医者を呼び、手当てをしたが、両手、両足の指が全部斬り落とされた状態だったという。

新三郎には意識があり、誰にやられたのかは、暗くてわからなかったと答えたという。なんとか血止めの手当てをして一命をとりとめたが、夜になると毎晩絶叫するようになった。手の指が一本もないために食器が持てず、食べ物を口に運んでもらわねば食べられなくなった。さらに足指が全てなくなったため歩行も困難になり、すぐに転んだ。座敷に引きこもるようになった。

新三郎は一カ月後に自殺をした。家人が目を離した隙に庭の桜の古木の虚《うろ》に刀を挟みこみ、そこに自分から倒れ込むというやり方だった。

巌信は慄《おのの》いた。

彼が襲われたのは、あの夜、自分が名を呼んだからか？

もちろん、そうなのかどうなのか、確かめる術はなかったが、残虐なやり方に、二度と剣が持てぬように、長く苦しむようにという懲罰的なものを感じる。

自分の名はあの場で呼ばれただろうか？

新三郎が叫んでいたはずだ――。仮に呼ばれていなくとも、新三郎を少し脅して痛めつければ、仲間の名ぐらい吐くだろう。

自分も殺される――さもなくば指を全部斬られるのではないか？

いったんそう考えると、生きた心地がしなかった。

だが、曲者は巌信の前に現れなかった。

巌信は元服すると、すぐに修行と称して逃げるように江戸にいった。

7

江戸で捕縛柔術を習いはじめてしばらくした頃のこと、捕縛柔術の師範が道場生たちを自宅に呼んだ。みなで端午の節句をしようではないか、という。厳信も誘われ、練習の帰りに道場生たちと一緒に師範の邸宅に向かった。

紫陽花の生け垣に囲まれた家だった。

門を抜けて驚いた。

何十人もの子供たちが、走り回ったり、おはじきをしたり、毬で遊んだりしている。大人たちもいる。赤子をあやしたり、料理を作っている女たち。縁側で煙管をふかしている町人もいれば、刺青がのぞく侠客のような男たちが餅をついていたりもする。

「ここはいったい。ずいぶん大勢いる」

同じ道場生で、厳信が骨折したときには素早く骨つぎをしてくれた仲のよい若者が、教える。

「子供たちは呼ばれたのではなく、ここの子です。お師匠が拾ってくるんですよ。流行り病や飢饉で親を失った子や流民の子なんかをね。それで飯を食わせて、寺子屋まで行かせてくれるってんだから、まあ仏様みたいな人です。まあ、実はあっしもそうやって育ててもらっている流民の子なんです」

——流民の子。

ここにいる町人や侍たちは、そんなお師匠の考えに共鳴し、何かといえば食べ物を持ち寄ったり、子守をしにきたりして、無償の協力をしているのだという。

「しかし、これだけの人数が出入りするということは、お師匠の家屋敷は、開けっぱなしなのか」

「そりゃあ開けっぱなしですよ。あっしはここに住んでいますが、しょっちゅう知らない人の顔を見ますもの。でもまあ、ものを盗まれたことは今のところないようです。盗むようなものがないからかもしれませんが」

どこからか毬が飛んでくる。

厳信はそっと毬を拾う。

まだ五歳ぐらいの愛らしい男の子が走りよってくる。

厳信は毬を男の子に渡した。

「ありがとう、お侍さん」

「ケンタロウ、こっちこっち」仲間が男の子の名前を呼ぶ。

ケンタロウ、タロウ、流民、カワタロウ。

不意に、新三郎の興奮気味の声が脳裏に甦った。

——カワタロウを斬りにいかんか。

「あれはあっしの弟です」

若者がいうが、巌信は答えずに額に手をやった。足元がぐらぐらと揺れているような気がする。いや、この地震は、ただ自分の中だけで起こっているのだ。ひどく気分が悪い。

師範がにこにこと笑みを浮かべてやってくる。

「おお、巌信君。おまえ年が近かろう。ちょっと童らのお守りを頼もう」師範はそこで心配そうにいった。「あれ、どうした、おまえ、怒っているのか」

巌信は師範の家からの帰り道を駆けていた。

激怒していた。

いや、これは激怒なのだろうか。初めての感情だった。頭の中が空っぽになり、腹の底から叫びが湧いてくる。心がごうごうと燃えている。きっと激怒なのだろう。俺は許せぬ、許せぬ、許せぬ。絶対に許せぬ。

カワタロウ狩りの夜の記憶はほとんど消えているが、たぶんカワタロウを斬った。闇の中で、刀を振ったことだけはおぼえている。

あの日の全てはコジュウがやったこと。コジュウのことは決して許せぬ。

藩に戻り仕官し、全身全霊をかけて体得した捕縛術をもって仕事に挑んだ。

最初の捕りものから、己が死んでもよい、と思っていた。

死んでもよいのだから、死は怖くない。足は竦まず、踏み込みは深い。

そもそも刀を抜いた下手人が怖くなかった。

当然のことだが、真剣を持つ下手人は、剣の腕前を競いたいわけでも、殺しをしたいわけでもない。

彼らは十中八九、まずは威嚇によって己の逃走経路を確保しようと考えているのだ。

厳信は相手に思考の余裕を与えなかった。構えを見れば相手の死角がわかる。次の瞬間には、その死角に踏み込み、相手が反応するよりも速く、もう縄をかけている。敵が何かされたとわかった瞬間、どう抵抗をしてくるのかも、全て読める。

だが死んでもよいとは思っても、死にたいわけではなかった。

早朝から、勤めの終わった夜まで、狂ったように稽古をした。ありとあらゆる筋を鍛え、縄を投げた。何十人もと日々組手をした。もっと速く、もっと強く、もっと臨機応変に。

稽古と実戦、稽古と実戦、その繰り返しが、厳信の術を磨きあげていった。

そして、同心となってから数年が過ぎるうちに、厳信は、並ぶ者のいない尋常ならざる捕縛の名手になっていた。

常に弱者を助けた。不正に与《くみ》しなかった。

木をもらい菩薩像を彫りはじめた。

永遠の戒めと思いながら彫った。

彫っては捨て、彫っては捨て、ようやく納得のいくものができた晩、菩薩像は唐突に般若の顔に変じ、笑いだした。

長い舌がべろん、べろんと暴れまわる。

おほうほう、おほうほう。

――何やってんだおまえは？　クソというのは、自分がクソではないことを証明しようと必死になるから面白いの。そうしてクソ顔にミソを塗ったりゴマをまぶしたりして化粧をしよるが、さらに汚いクソになっていくだけのことよ。

おほうほう、おほっほほうほう。

――まさかこれで済んだと思っているわけじゃないよな。神様も仏様も、いちばん見たいのは、テメーが血反吐《へど》はいて、のたうち回って、泣きながら悶え苦しむ姿なのよ。ほうれ、あの誰だっけ？　死んじゃったの。しん、しん、あ、ほれ、新三郎ちゃんみたいによっ。

おほうほう、おほほほほう。

――わしらは誰も許さない。たとえ、おまえが将軍様でもな。いずれくる死を待つがよい。

厳信は唇を嚙みしめ菩薩像にいった。

――それでよい。勝手に待つがよい。

それから五年、菩薩像は口をきかなかった。

雀のさえずりで目を覚ます。

厳信は座敷で体を起こした。体のあちこちが強張っている。菩薩像は元の木像に戻っていた。

悪夢からは逃れられんか。

厳信は沈鬱な気持ちで立ちあがる。

自分でも驚くほど冷静だった。

ただの悪夢ならまだいい。今悪夢は現実を侵食しはじめているように思う。

遥香から刀を預かったとき、感銘といってもいい不思議な気持ちになった。あの日、自分が落とした刀にちがいないが、本当に全く見おぼえがなかった。

田村に会ったら、まずは自分がコジュウであることは伏せて話をしようと思った。向こうが十四年も前の自分の顔を判別できるとは思っていない。ただ、それとなく自分の知らぬことを知っていないものか探りをいれてみるつもりだった。最終的には正体を明かしてもいい。頑なに知らぬというなら、それでもよかった。

だが、田村駿平が死んでいるとは予想外だった。

新三郎は死に、田村も死んだ。

あの晩の襲撃者で、残ったのは自分一人。

金色の武者が流民の娘を自分のところに持ってきたのは、「名同心だから」ではなく「責任を負うべきもの」だからではないのか。あるいは奴は何か企みがあって「試している」のかもしれぬ。

わからぬ。わからぬ。混乱して狂いそうだ。

巌信は菩薩像を庭に引きずりだすと、斧で壊し、油をかけ、火を放った。

曇天に煙があがっていく。

巌信は炭になっていく木像を眺めながら、もう一度ゆっくりと考えを整理した。

8

巌信と遥香は小道を歩いた。森の樹木は薄らと色づいている。やがて小高い丘にでた。

「涼しゅうなってきましたな」

「本当に」

二人は倒木に腰をかけた。

「いつも刀をぶら下げて重そうですね」

「まったくだ」

「私も少し前に、剣術道場にいきたいとお父様に頼んだら、叱られました」

「なんと？　道場で何を」

「それはもちろん」遥香はいった。「剣術を習おうと思ったのですが」

馬鹿なことを。厳信は思わず笑った。遥香もつられて笑う。

「捕縛術を習うとよい」厳信はいった。「女の身で剣を持ち歩くわけにもいくまい。だが細縄なら持てるだろう。夜道で不届き者に襲われたときに使える技がいくつもある。縛り上げてから、役人を呼べば感謝されよう」

「たまに縄を見ていると、柴本様に縛られるのはどんな感じなのだろうと思います」そこで遥香は微笑みながらつけ加えた。「冗談でございますよ」

厳信はじっと遥香の顔を見る。

厳信は最初に彼女がやってきた朝から、その表情を意識的に、また無意識に観察してきた。彼女が〈全て知っている演技者〉なのか〈真に何も知らぬ者〉なのかを見極めるためにだ。

だが話せば話すほど、わからなくなっていく。

何も知らぬように見える。ほぼ完璧にそう見える。だが、ほぼ完璧にそう見えるというのは、演技しているからこそではないのか。いざそう思うと、彼女がじっと自分を検分しているようにも思えてくるのだ。

遥香は急に恥ずかしげにあたふたといった。

「あ、あの、ふざけすぎまして。そんな厳しい顔をしないでくださいませ。今の、本当に冗談ですから」

「うむ」巌信は頷く。「それで、例の件のことだが、ついにわかったぞ」

遥香が巌信の顔を見上げる。その瞳は微かに震えている。

「田村駿平だ」

「前におっしゃっていた剣術道場の師範代が訊いてみろといっていた田村駿平」

「そうだ。わしは田村駿平を追って、彼が婿入りした家までいってみた。そして、確かに家人から、それらしい話を聞いた。田村が婿養子として入った家には、よく親戚の子供たちが遊びにやってきていたそうだ。田村は子供たちに庭で剣術を教えていたという。まあ、教えるほどの腕前であったかは疑問だが、しょせんは子供相手のことだからな。そして子供たちによく武勇伝を語ったが、その中に〈昔、河原に住んで悪行をしていたカワタロウを退治した〉という話があったそうだ」

「カワタロウは悪行をしていたのですか？」

「知らん。かわいそうな飢えた流民のことだ。盗みの一つや二つ、決してしなかったとはいいきれぬが、田村が子供にそう語ったのは、カワタロウが実際に悪行をしていたからではなく、自分が倒したのは悪人であるということにしないと恰好がつかないからだろう。喧嘩を売られたので、何十人ものカワタロウに向き合い、襲いかかってくるカワタロウを一人で斬り伏せていく、という話だったようだ。間違いなく田村が犯人だ。田村はその当時、武川の河原からそれほど離れていないところに住んでいた。おそらく剣術道場では弱く苛められていて、むしゃくしゃした気持ちを流民に向けたのだろう。剣術道場の師範代も田村と同期の道場生ということだから、もしかしたら知っていたのかもしれん。だからこそあたってみろといったのだろう」

「そして田村にも会ったのですか」

厳信はゆっくりといった。

「田村駿平はもう死んでいた」

遥香の目が見開かれる。

厳信は頷いた。

「死んでいたのだ。毒茸を間違って食べて死んだらしい」


筋書き通りだ。

厳信は思う。

嘘は真実の中に僅かに混じるのみ。

田村駿平がカワタロウに手を下したというのは本当。毒茸を食べて死んだのも本当。だが、田村が子供相手に武勇伝を語ったことは創作。

己は嘘つきか？　そうとも。今にはじまったことではない。あの夜からこのかた、嘘の道はいつまでもどこまでも続いているのだ。

「これにて、下手人捜しは終わりだ。仇討ちもできなくなった」

遥香は天を仰ぎ、長い溜息をついた。その目から涙が一筋流れ落ちた。しばらく彼女は放心していた。

「なんと御礼をしたらよろしいことか。すみません。私あの、これを」

遥香は懐からおずおずと包みをだした。いくらか金を包んでいるのだろう。厳信は包みを押し戻した。

「もらうわけにはいかん」

しばらく女が押しつけて男が押し戻すという所作が繰り返された。

「なぜですか」

「袖の下をもらうことは禁じられておる。そうでなくとも、欲しいとも思わん」

「そんな、本当にここまで尽力していただき、口で礼をいうだけなど、こちらが恥ずかしくて耐えられませぬ。ではどんな御礼でしたら受け取っていただけるのですか」

「厭でなければ」厳信は遥香から目を逸らした。「また、その、逢っていただきたい。私はあなたが好きなのだ」

遥香はきょとんとした。

何か不思議な間があった。

遥香の頬は赤らんでいる。

厳信は今度はこちらが検分する番だと思いながら、彼女の顔をじっと眺める。

遥香は少し掠《かす》れた声で喜んで、といった。

その年の終わり頃、二人は婚姻の儀を結んだ。

長い交わりだった。

厳信は脱力した女に布団をかける。

格子戸の向こうで細い雨が見える。

火鉢に火をいれる。

遥香には不思議な癖があり、できる限り手で厳信に触れないようにしている。特に行為の最中はそうだ。どうしてなのかを訊くと、どうしてもです、という。

妙に不自然だった〈下手人が剣の達人だと告げた通りすがりの男〉のことはわかった。何度も訊くうちに、遥香は、それがカメという嫌われ者の浪人であることを白状した。調べてみると、藤沢松信《ふじさわまつのぶ》というのが本名であった。ただ誰もその名では呼んでおらず、カメで知られていた。さらに、このカメが、田村の甥であることもわかった。おそらくその昔、田村が甥に何かを語ったのだろう。そのカメも、傷のない突然死のようなものでごく最近死んでいた。遥香が名前をだすのを躊躇ったのは、もうカメからは事情を聴取できないことを知っていたからという。

それにしても、この件に関わるものはみな死んでいる。

厳信は、こうして床を共にしても、遥香はまだ何か隠していると感じている。

それがなんであれ、これ以上触れようとは思わない。

そんなことより彼女を護らなくてはならない。コジュウの罪は、もはや彼女に尽くすことでしか贖《あがな》えない。己の持つものは全て彼女に与えよう。

無論、後ろめたさだけでここにいき着いたわけではない。惚れた気持ちも本物であった。

厳信は雨を見ながら考える。

しかし金色の武者だ。

あれがなんなのか。どうしてもわからない。

人ではない——と思う。

月からといっていたか？

この世の外側からきたか。

第四章　霧の朝に旅立つものたち（1547―1607）

1

時折、私はこんな夢を見ます。
夢の中で、私は輝く刀を持っています。
ひと振りするたびに、刀は閃光を発します。
私の前には、数人の男たちがいます。
みな私に何かを懇願しています。
ですが、私にみなの声は聞こえません。
私はこの刀の切れ味はどれほどだろう、と考えています。
彼らの一人が私の間合いに踏み込みます。

私が刀を斜めに振りおろすと、閃光と共に、一人の首が飛びます。

さらにもう一人が間合いに入ったので、すかさず水平に薙ぐと、私を止めようとした別の一人の両手首が飛びます。

殺すか、殺さぬか。こんなときの私にはそれだけです。

殺さぬのなら殺しません。仮にそれで私の命が奪われようと、貫きます。

殺すのならば殺します。相手が誰であれ情などはありません。

踏み込んで、突くと、逃げようと背を向けた一人が倒れます。一人、また一人。

やがて立っている者は私以外に誰もいなくなります。

私は転がる無数の骸《むくろ》を見渡します。

とても哀しい気持ちになり、消えてしまいたくなります。

体が次第に重くなっていき、しゃがみこみます。そして真っ暗闇になります。

目を開くと、私は青空を眺めながら地面に横たわっており、女が私を撫でています。

あたりに真っ赤な花が咲き乱れています。

私は彼女に、夢だったのだろうか？　とききます。

彼女は首を横に振ってこう答えます。

——忘れなさい。私はあなたを許します。あなたは何一つ苦しむ必要はないのです。

あなたが斬った人たちはあなたが眠っている間にみな花になりました。

——やはり私は、あの人たちを。

――あなたは使われただけです。仕方のないことです。そして今度は私があなたを使います。

私は彼女の顔を穴があくほど見つめます。

彼女は私。私は彼女。

そんなふうに思い、手を伸ばすと、すっと彼女の姿は薄れ、消えてしまいます。

私は自分の周囲に誰もいないことが怖くて怖くてたまらなくなり――そして夢から目を覚ますのです。

この夢のことは、誰にも話したことはありませんでした。


私の名は燕《つばめ》といいます。

私は物ごころついたときには、幽禅《ゆうぜん》家で働いていました。

幽禅家の敷地は人里離れた僻地にありましたが、とても広大でした。

私たちが住む邸宅と、蔵と、奉公衆の宿舎がありました。

庭は広く、池が三つあり、小川があちこちに流れていました。桃の木と、蜜柑の木と、柿の木が生えており、田畑もありました。畑には芋と、瓜と葱と、小麦を植えておりました。

敷地の外れには墓地がありました。石造りの建物に石棺が安置されていました。

敷地は城壁によって囲まれ、周囲は深い森になっていました。

幽禅家には、代々守られている厳しい掟があり、それを〈律〉と呼んでいました。この〈律〉は運命とか、宿命とか、幽禅家の義務、といった意味も含んでいて、家人にとってはとても重要な言葉でした。

幽禅家は、極めて特殊な家でした。

一族の伝承によれば、祖先は空を飛ぶ船に乗ってやってきたことになっていました。しかしながら、天の船が爆発してしまい、この地に取り残されたそうです。そのときの天人たちの子孫が現在の幽禅家というわけです。

これらの伝承は、私たちを権威づけるために創作された神話などではありません。実際に〈天器〉と私たちが呼ぶ、数多くの天人の遺産がありました。

幽禅家では、幼いときから、幽禅家にだけ通じる特殊な言葉を教わり、その言葉で書かれた書物を読みます。

十五歳になると、外をよく知る者に連れられて森の外にでて、最低、三年は外界で暮らし、知識と経験を積みます。そして時期がくると城壁の内側に戻ってきます。後は、滅多なことがなければ外界とは関わりません。

御影《みかげ》様というのが、私の主人であり、幽禅家の当主でした。書物を読み、動植物を愛でるのがお好きな、のんびりとした方でした。

子供が二人いました。一人はやんちゃで活発な男の子、仙真《せんしん》。もう一人は物静かで思慮深い女の子、ちよです。

私は二人の母でした。

御影様の弟に虎轟《こごう》様という方がいました。虎轟様はのんびりとした御影様とは対照的に、武芸に秀でた頼もしいお方でした。かつては外界で相当に腕を鳴らしたこともあったようです。

虎轟様は、日々、弓で的を射たり、剣を振ったりしておりました。時折、森に狩りにでて、鳥や兎をとってきました。

奉公衆と呼ばれる幽禅家に奉公している者たちが男女あわせて十数名おりました。

家事、機織《はた》り、田畑での野良仕事、酒造り、虎轟様の武芸の鍛錬の相手、門番、と奉公衆は忙しく働いておりました。とはいっても、幽禅家の邸宅にはあまり立ち入ることがなく、彼らは奉公衆用の宿舎で寝泊まりしていました。

彼らは有事の際には兵となります。

武器の扱いなど戦の教練は、主に虎轟様が行っていました。

みな頼もしく、働き者の気のいい人たちでした。

御影様、虎轟様。仙真。ちよ。

幽禅家の一族は、いつも膳を並べて食事をしておりましたが、私はその食事に交ざったことはありません。

私は太陽の光が食事なので、ものを味わうということを知りません。食事のときには襖の外に立って、窓から差し込む陽光を浴びています。

私だって幽禅家のものなのに、御影様や、虎轟様、仙真や、ちよと違う体なのは、どうしてなのだろう。

私は何度も思いました。

四人の持つ肉の体は、あらゆることを感じとれます。ちよがいうには、「針で刺すとチクリ。毬を転がすところころ、風が吹くとすぃーっ」だそうです。味には、「辛い」「甘い」「苦い」「酸っぱい」があるそうです。「濃い」「薄い」も。

私の肌は硬く、何かを感じるのに向いていません。四季のうつり変わりも、肌を撫でるそよ風も、漠然とわかるものの、彼らほど敏感ではありません。特にちよが話す「痛み」という感覚はよくわかりませんでした。

夜になると私は庭園内を警備します。これまでのところ、侵入者がきたことはありません。

そのかわり、晴れた日中には、日向で太陽光を摂取しながら眠ります。

眠っているとき、私の心は植物のように少しずつ成長していっているような気がします。私の心を漂う無数の思念の断片、おそらく眠る前に見聞きしたことなどが、もとからある知識に関連付けられたりして整理されていきます。そして目覚めるときは、前よりも少しだけ賢くなっているような気がします。

仙真は、早い時期から私を母とは呼ばなくなりました。御影様や虎轟様のように、燕、と呼び捨てで呼ぶのです。

「仙真。失礼です。母に向かって」

「燕、そなたはわれの母ではない」

仙真は幼い目で私を睨みつけます。

「母でなければ、なんだというのです」

「動く鎧だ」

「それは見た目がそうだというだけで」

「明らかに母ではない。書物を読んでも、奉公衆の家族を見てもそう思う」

「仙真。他所《よそ》ではそうかもしれませんが、うちでは違うのです」

「何が違う？」

「幽禅家は天孫の家系です」

だから他所とは違うのです。

仙真は笑いました。

「天孫の家系では、鎧が子を産むというのか？　燕が子を産んだら、それは鎧の子になるだろう」

「仙真。あなたの知ることだけが、この世の全てではないのですよ」

妹のちよのほうは、仙真と異なり、私を母として慕ってくれます。

「母上は、母上じゃ。体が違っていても母上よ。事情があってこの姿なのじゃ」

嬉しいことをいいます。

ちよは、私にまとわりつきながらいいます。「のう、母上。母上の体はわれらと異なるものだけど、中身は人間なのでしょう？」

「当たり前でしょう」

「兄上は、自分たちには本当の母上がいて、今、母上を名乗っているものは、心のない妖物だといっておりました」

「まさか。仙真はまったく困った子ですね。安心しなさい。どんな姿であろうと母は母です。心がなければ、こんなふうに話せないでしょう」

ちよは膝の上に乗って私の顔を撫でまわします。

「母上は子供のころから、その姿でしたの」

ちよに問われて、自分の「子供のころ」が、全く思考に浮かびませんでした。

「おぼえていません」

私は仙真やちよに、文字を教えます。幽禅家では、母の役割はたくさんあるのです。知識こそが、数ある幽禅家の宝の中で最も偉大であると教えます。

仙真が紙に字を書きながら私にききます。

「今勉強しているのは、外の世界とは違う文字なのだろう？　あまり意味がないのではないか」

「大いにあります。ご先祖様の言葉で書かれた本を読めるのですよ。その知識は、幽禅家以外の者は誰も持つことのできない貴重なものです」

「そうよ、兄上。黙って勉強したら」

ちよがしかめっ面でいいます。

それから私は〈律〉について話します。

天の船が爆発して以後、私たちは数世代を重ねて、この地に根付いたこと。いつの日か天の船が迎えにくること。それまで天の技術、天の民の文字や、知識、〈天器〉の数々を外界の者から守りぬくこと。そのために私たちは生きていること。

もしご先祖からの知識を守りきれなかったときには、天の民の怒りをかい、二度と天に戻れないこと。

「われは別に戻らんでもいいなあ」

「仙真」私は静かにいいます。

「私たちはみなその生を天の民にお借りしているのです。天の民との約束を違えれば何が起こるかわかりませんよ」

平和な日々でした。

御影様は書物に囲まれ、何かを思索しながら、日々を過ごしておりました。書物は膨大な量がありました。ほとんどは天の民ゆかりのものをご先祖が写本したものでしたが、中には原本もありました。原本は、この世のものとは思えぬ不思議な紙に、墨ではない特殊な技（全ての文字の大きさが均一なのです）で書かれていました。また絵が貼ってあったりするのですが、それがまた恐ろしく精緻で、世界をそのまま写し取って紙に封じ込めたかのようなものでした。

私がぼんやりと日向でまどろんでおりますと、仙真が「燕は、何のために生きているのじゃ」などといってきます。

「仙真や、ちよを守り、立派に育てるためです」

「燕に守ってもらわんでも、大丈夫じゃ」

仙真はところ狭しと跳ねまわり、奉公衆と相撲をとったりしています。ちよは文字をおぼえると書物に夢中になり、難しい顔で書物を読んでいる姿をよく見かけるようになりました。

月のない秋の夜に、どれ、今日は祈ってみよう、と御影様が提案しました。天人が、私たちのことを忘れずに迎えにくるように。私たちに、天人の加護があるように。

私たちはみんなで庭石に腰かけて、じっと星を眺めました。

真っ暗な夜空にばらまかれた小さな星の無数の輝きを見ていると、私たちはいつしか無言になりました。

「吸い込まれそうだな」虎轟様がいいます。

「なんだか怖くなります」

ちよがいいました。

天人の教えを受け継ぐ幽禅家は、星の光が、果てしなき遠方にあるものだということを学んでいます。私たちが立つこの大地が星のひとつであるということも学んでおります。

天空の底知れなさを思うと、私もまた怖くなります。

2

今川《いまがわ》家からの書状が届いたのは、仙真が十五歳、ちよが十二歳のときです。

御影様は実に渋いお顔で書状を睨みつけて「なんでまた今更」と呟きました。

私たちが暮らす森は、外の世界の地図に照らせば、今川家の領土の中にありました。

今川家は、当時は、駿河、遠江、三河、の三カ国を支配する相当な勢力をもつ大名家でした。

とはいっても、今川家と私たちは、相互不可侵の約定を結んでいました。そのため私たちの森に彼らは入ってこないし、年貢も何もありません。

この約定を今川家に結ばせたのは、御影様の曾祖父、月影《つきかげ》様でした。

もちろん俗界の大名が簡単に納得するはずもなく、すぐに戦いになりました。

幽禅家には、遥か遠距離から、狙った人間を殺傷できる〈天器〉がありました。天界より伝わったその武具は緋雷矢《ひらいや》という名で、細長い筒状のものでした。

種子島と似たような武器ですが、性能はあらゆる点で飛躍的に種子島より勝っており、使用時に火種を持ち歩く必要もありませんでした。

これに撃たれますと、兜をつけていようが鎧をつけていようが守れません。弾は稲妻が針のようになったもので、恐るべき長距離を直線に飛びます。

その気になれば、城下町の屋根から、城の天守閣に顔をだした城主を射ぬくことも容易に可能でした。

当時の今川家との戦いは、幽禅家の記録――〈天人家記〉によれば、奇襲のような形で、高台から緋雷矢で、兵を率いていた敵将を狙ったとあります。今川家の軍勢は二百名でした。進軍中にいきなり自軍の将の頭が破裂し、さらに続けて、副将の頭も破裂し、統率者を失った彼らは恐怖にとり憑かれ逃げ帰ったのでした。

彼らはその一件で、「入らずの森の奥に住む一族は、姿も見せずにこちらの将の頭を破裂させる力を持っている。これは近寄らぬほうがいい」と幽禅家を恐れ、こちらの提示した不可侵の約定を認めたのでした。

今回の書状は第十一代今川家当主、義元なる者からで「現在の戦の世にて、力ある者を一人でも多く召し抱えたいが故、ご先祖の代から恐れ敬ってきた神仙の力を持つあなたたちにも、ぜひ力添えをお願いしたい。それなりの地位を用意して迎える心づもりだ」という内容でした。

御影様は、書状には返答しませんでした。

代わりに、虎轟様と相談して、今川家が攻めてきたときの訓練をはじめました。長らく使われていなかった天の武具、緋雷矢、その他が蔵よりだされ、手入れが為されました。

書状を無視した翌年でした。

今川家の騎兵が、屋敷を目指して森に入ってきました。

騎兵は森の中の城門で番をしていた奉公衆に、門を開くように告げました。

奉公衆が断ると、「では主君に翌日までに開門するように告げよ。もしもこれに従わぬのなら、領主に対する反乱とみなして皆殺しにする」といって引き返していきました。

虎轟様が、森の中にひっそりと設置した物見台――杉の高木に足場をつけたものです――から覗いたところ、敵兵は百名余りで、森の入り口に陣を張ったそうです。奉公衆を含めて二十名にも満たない私たちに対し、五倍の兵は多いですが、それだけ恐れているのでしょう。

私たちは即座に対応しました。

外敵、侵入者と戦うことは〈律〉で定められています。〈律〉とはこんなときには便利なもので、選択に迷わなくて済みます。

私は鋼の如き体ですが、さらにその上に武者鎧を纏い、なんだかよくわからない奇怪な姿になりました。

奉公衆たちも、それぞれが鎧を纏い、槍や弓をとりました。

仙真はこの事態に異様なほど興奮し、自分も天の武器を手にとって応戦をするといってきませんでした。十六歳ですから立派な大人です。今川家の書状以来、仙真やちよには緋雷矢その他の〈天器〉の扱い方は教えてありました。

すぐに以下のような作戦がたてられました。

まず、最重要の防衛拠点である城門のところに、私と奉公衆の男一人が向かい、防衛する。

虎轟様は単身緋雷矢を持って、城門とは別の、秘密の地下道より外にでる。

そして森の外の今川陣中の指揮官を、遠距離より緋雷矢で仕留める。

御影様と仙真、残りの奉公衆は屋敷のある敷地内で、それぞれ守りに徹し、城壁を登り侵入してきた敵を排除。ちよは戦いには使いどころがないので、墓場の地区の隠れ穴に避難。

虎轟様の狙撃が頼りの作戦でした。将が倒れれば退散していくだろうという目算です。

配置につく少し前に、ちよに声をかけられました。

「母上、ご武運を」

ちよは怯えて泣きそうな顔をしていました。

「大丈夫ですよ」私はいいました。「しょせんは、格下の相手です。とはいっても、ちよはしっかり隠れるのが仕事です。幽禅家以外の誰が捜しにきても、でていくのではありませんよ」

そして私は門の前に陣取りました。

その日の午後に、再び騎兵が数騎やってきました。

彼らは私を見るとぎょっとしました。

「開門の準備はできたか」

「おまえたちに、この門が開かれることは永遠にない」

私は門の前で十文字槍を振り回し、騎兵の頭に叩きつけました。戦闘の開始です。

騎兵の一人が仲間を呼びに道を戻っていきます。

ほどなくしてぞくぞくと敵が現れました。

緋雷矢をはじめとする天の武具は城門の防衛戦では使用しませんでした。秘伝の宝器ですから、できる限り見られたくなかったのです。

私は敵の放つ矢は盾で受け、近寄ってきたものは容赦なく十文字槍で叩き伏せました。道が一本道であるため、目の前に現れた敵にのみ、対処すればよいので楽でした。一緒に組んだ奉公衆の男は、雄作《ゆうさく》という弓の達者な中年の男で、門の上から弓矢で援護してもらいました。

十人ほどの死体が転がったころ、彼らは一度撤退しました。

「燕様、お見事、流石《さすが》ですな！」

雄作が門の上から声をかけてきます。

「雄作。あなたは私よりも脆《もろ》い。死なぬように」

雄作は、ゲハゲハと笑いました。

「ありがたい御言葉。いいんです。わしなんかは、いつでも死ぬ覚悟はできていますから。ただ、燕様の鬼神の戦いぶりを拝んでいると魂が震えてきますわ」

「お世辞など結構です」

「こうして御一緒に戦うことができて、わしは本当に嬉しいです。実は、奉公衆の面々がみな思いながら、畏れ多くてきけん質問があるのですが。この機会にきいても宜しいですか」

「何ですか」

雄作は、そのお、と頭をかきました。

「燕様の御体は何故に、へえ、そのような神々しい輝きを放っておるのですか」

「私にもわからぬのですが、おそらくは天人の祝福によるものでしょう」

「まるで月の光を集めて固めた鎧を纏っているようですな。燕様はその……亡き瑠璃《るり》様とは、関係がございますな？」

「瑠璃様とは？　誰ですか？」

何のことか、私にはわかりませんでした。

「へえ、お声が似ておられると思ったので。すんません。わしら下々の人間が突っ込んだことを。失言でした」

よくわかりませんでしたが、特に気にしませんでした。

そんなことより再び敵がやってきます。

私は槍を構えます。

夕刻になると敵がひけました。私は雄作を屋敷まで戻らせ、翌朝まで、門を警護しました。

私の目は暗闇でも視《み》えるので篝火をたく必要はありません。耳もいいので半径二町ほどのなかで物音を立てれば位置もわかります。そのため、闇に乗じて近づいてくる敵兵にも、対処できました。

翌朝になっても雄作は戻ってきませんでした。持ち場を離れるわけにもいかず、現れる敵を一人で屠《ほふ》りました。

中には、名乗りをあげて一騎打ちを申してる者もいました。

「たった一人で、よくぞここまで持ちこたえた。名のある武人とお見受けする。是非下られよ。我と共に戦ってくれ。ここで果てるはそなたの天命ではない」

などとわけのわからぬことをいってかかってくるのですが、一切返答せず、また容赦はしませんでした。ここで果てるのはもちろん私の天命ではありません。あなたの天命です。

正午から敵は消えました。

道に転がる敵兵の死体は二十体ほどに増えていました。

日が傾きかけたころ、前方から緋雷矢を肩に担いだ虎轟様がやってきました。

「燕、ご苦労だった。首尾よくやったぞ」虎轟様は疲れた顔でいいました。

「はっきりとはわからんが、敵の将らしき奴をやった。森の外で陣を張っていた連中は引き揚げたから、間違いはないだろう。ここはもういい。一緒に戻ろう」

このときほど虎轟様が頼もしく思えたことはありませんでした。

虎轟様は、敵陣の後方に回り込み、杉の木に登ると緋雷矢で指揮官らしき武者鎧の男を狙ったそうです。

私たちの勝ちでした。

屋敷に戻ると庭に敵兵が何人も倒れていました。

私が門の周辺で、交戦していたところ、お屋敷でも同じように御影様と仙真、そして奉公衆たちが、侵入者と戦っていたのでした。

敵兵の数から、激しい戦いが繰り広げられたことがわかります。

慌てて屋敷に駆け込むと、御影様とちよがいました。

二人とも無事でした。御影様のお顔は暗く、ちよは泣きじゃくっていました。

その理由はすぐにわかりました。

仙真が布をかけられ、遺体となって座敷に横たわっていました。

今川軍は、正門に向かう部隊と、少数で崖と城壁を登り城内敷地に潜入する部隊とに分かれて攻めてきていたのです。

最後には侵入者全員を討ち果たしはしたものの、被害は甚大でした。

虎轟様が敵兵撤退の報告を済ますと、御影様は表情のない顔で「大儀であった」と呟きました。

私は息子の死に慟哭しました。

涙のでる体ではありませんが、思考が止まり、強い喪失の感情に震えました。

防衛戦というのは勝ったところで何も手に入らないのです。仙真というかけがえのない存在を失ってしまった空虚さだけがありました。

奉公衆宿舎の様子を見にいくと、彼らも相当に戦ったようで、半数ほどが遺体となっていました。門の上から私を援護してくれた雄作も、屋敷に戻ってから今川の兵にやられたとのことで、手当てを受けながら横たわっていました。

「燕様、済まねえことです。畜生どもが、暴れまわっていまして。あいつら城壁の一部をぶち壊して、梯子をかけてきやがった」

翌日の午前中に、仙真を一族の墓場に埋葬しました。

石棺に彼の遺体を納めます。

御影様は天から伝わったとされる経文を読み上げました。幽禅家以外の者が知ることのない言葉で記された経文です。

御影様は読んでいる最中に、急に喉が詰まったようになり、嗚咽《おえつ》しました。ちよも、私も、虎轟様も、残った奉公衆の男女も同じく、黙って打ちひしがれるより他はありませんでした。

その日の午後は、命を賭して戦ってくれた奉公衆の葬儀も行いました。御影様は彼らの死を悼み、同じく天から伝わった経文を読み上げ、僧侶の役割を果たしました。

御影様は残った奉公衆に充分な路銀を与えると、暇をだしました。

「今川の兵がこの先どう動くかわからぬ。先祖代々のこれまでのあなたがたの働き、天の民は永劫に忘れませせぬ。誠に幽禅家は、あなたたちあっての存在でした。どうかここを離れ、別の地にて生き抜いてくだされ」

私は少し不思議でした。今川の兵の動きがわからないからこそ、防衛には奉公衆が必要だと思ったのです。それなのに、何故解散させるのか。ですが、後になれば、ああ、このときにもう御影様は、全てを決めていたのだな、とわかります。

3

数日後、私は御影様のお部屋に呼ばれました。

静かな夜でした。

座敷に二人で向かい合って坐ります。

「まだ敵がくるかもしれません。奉公衆にも暇をだされたことですし、私は引き続き警備にあたったほうがよろしいのでは」

御影様は首を横に振り、暗く悲痛な声でいいました。

「なんにせよ我らは滅びるのだ」

「滅びません。虎轟様の大活躍で、敵は去ったではありませんか」

「次にきても防げるか？　たぶん無理だろう。今川の兵は、数万もいるのだ。此度《こたび》は小部隊を退却させただけだ。虎轟が将を倒せたのは、奴らが森の入り口に陣を張ってくれたからだ。たぶん、わしらを侮っていたのであろうな。だが、きっと次にはわしらの負けだ」

確かに、相手が学習して、〈緋雷矢〉の対策として本陣がわからぬようにしてきたら、防衛は難しいかもしれません。

「もう、潮どきなのかもしれんの。なあ、燕。今晩はいろいろおまえと話したい」

「なんなりと」

御影様の目が冷たく光りました。

「仙真はなあ、おまえの息子ではない」

私は返す言葉を失い、固まりました。どのような意味で発された言葉なのかわかりませんでした。

「本当に、不思議だ」御影様はしげしげと私を眺めながらいいました。「なあ？　おまえはまるで人間みたいに喋りよる。燕よ。おまえは人間か？　あれらの母と本気で思っているのか？」

「私は人間です。生身の人と、身体を形作るものが異なっていることはわかっています。見た目が違うこともわかっています。それでも私は子供たちを愛し、この御屋敷の全てを愛しています」

「なるほど」

「御影様は疲れていらっしゃる」

「最近な、わしはキョウが正しかったのかもしれんと思いはじめておる。もう手遅れだが」

「キョウとは誰ですか」

奉公衆にも見当たらない名でした。御影様は泣きだしそうな顔で私を見ました。

「もうよい」

「教えてください」

御影様は溜息をつきました。

そして御影様はぽつぽつと、恐るべきことを話しはじめたのです。

「燕よ。今から十年も前、この屋敷には強い男たちがたくさんいたのだ。女たちもたくさんいた。だが、今はいない。子供と我らだけだ。何故だか教えてやろう。京での山名《やまな》と細川《ほそかわ》の戦乱以後、この国が戦の世になってから、幽禅家の中に妙なことをいいだす者がでてきた。わしの従兄弟にあたるキョウという男だ。キョウがいうには、天の武具を使って今川の領地へ乗りだし、城をぶんどり、大名となり、奴らに代わって善政を行い、全国に名を知らしめるべきではないかと」

私は驚きました。

一つに、屋敷に今よりももっと大勢の人間がいた、ということに驚き、次にキョウとやらの発想に衝撃を受けたのです。

「記憶にないか」

「ありません」

御影様は続けました。

「キョウは、今はそういう世の中で、またとない機会だという。〈天器〉を用いれば、全国をも手中に入れられるとな。その考えは不思議に魅力があってな。キョウの派閥は、幽禅家を二分した。〈律〉に照らせば、もちろん絶対にやってはならぬことだ。〈律〉では、幽禅家は、天からきた武具や防具や爆薬や知恵を、天の民が戻ってくるまで守り続けることになっている。そりゃあ、そんな陰気で、隠れた生き方など捨てて、素晴らしい武器を見せびらかしながら天下に名乗りをあげたい、という考えのほうが魅力的だわな」

御影様は壁に背中をつけました。

「わしや虎轟、そしてちよの母は、隠棲を続ける派、つまり〈律〉を守ろうという派閥だった。我らが天から与えられた武具を使うときは、あくまでもこの森の中の御屋敷を守るときに限ってだ。私欲の戦に使うのは〈律〉に反する。

と、いうか、考えてもみい。領土などとって何になる。その方向に進んだら、わしらの武器でいったい何千人が死ぬことになる？　領土をとった暁には平穏があるのかといえばそんなことはない。むしろ逆だ。諸国の侵略に対処し、内政をはじめねばならなくなる。わしらは神の力を持つ武具を手にしているかもしれんが、わしらに神の力があるわけではないのだ。わしらは世間知らずだ。きっと外交も内政も満足にできんだろう。ある日、家臣に食べ物に毒を入れられるか、寝首をかかれ、何もかも奪われて終わりだ。

もちろん先代の当主も〈律〉を守る考えでな、耳を貸さなかった。業を煮やしたキョウは、先代当主を殺しおった。

仕方がなかった。わしは、〈律〉に従い、戦争を起こしたがっている者たちを粛清した。キョウと、キョウの考えに共鳴した者たちを。わしの命を受け、彼らを一網打尽に殺したのがおまえだ」

おまえとは？

「おまえだ。燕。おぼえているか？」

「いいえ」

何の記憶もありませんでした。それなのに、御影様が嘘をいっているとはどうしても思えませんでした。墓場にある死者を記した石板、確かある年代に死んだ人間がやたらに多かったように思います——そういえば大黒柱の刀傷、そういえば血痕のある壁。そういえば、と私は思いだしていきます。

「それでいいのだ。わしがいったんおまえの記憶を空白にしたからな」

心が冷えていきます。

御影様に私の記憶を操作する力があることは知っていました。

本当に何の記憶もないのでしょうか？

あのとても哀しい気持ちになる夢。

ひと振りすれば、閃光と共に首が飛ぶ——あのおぼえのない虐殺の映像。

思考は冷え切った場所をぐるぐると回りますが、出口がありません。

「そして、ちよの父親の名はキョウ」

「キョウ。私は、ちよの父親を殺したのですか？　いえ、そんなはずはありません。ちよの、ちよの父親は、御影様では」

「そう思っていたか？　そう思うようにおまえに教え込んだからな。もう一度いう。ちよの父は、さきほど話にでた開戦派のキョウだ。そしてその妻は瑠璃といった」

「瑠璃……様」

雄作の言葉を思いだします。

——燕様はその……亡き瑠璃様とは関係がございますな？

「瑠璃が、ちよの本当の母だ。瑠璃は夫のキョウとは違い、開戦派ではなく、隠棲派についた。キョウとの夫婦仲はさほどよくはなかったし、まあ幼い子供が二人もいるのだから、戦争をおっぱじめることに賛成できんわな。もっとも積極的に意見をいうのでもなく、傍観派ともいえた。夫が死んだ後、気丈に仙真やちよを育てていたが、あるとき瑠璃は病を患った。それでどうしたと思う？」

私は首を捻りました。

「瑠璃は、自分が死んでも、ちよが寂しがらぬようにと、死ぬまでの時間を使っておまえに己の人格を吹き込んだのだ。もちろんわしの許しを得てだが」

「人格を吹き込むとは？」

御影様は憐れむように私を見ました。

「おまえは人間ではないのだよ。おまえは幽禅家の主君の命をきいて働く道具なのだ」

「いいえ、私は人間です」

「とても賢いのに、自分のことはわからぬのだな」御影様は力なく笑いました。「緋雷矢と同じくおまえも、現世の理からかけ離れた天の技で作られた〈天器〉の一つなのだ。むろん、おまえに心がないとはいわん。瑠璃が吹き込んだ心があるのだろう。かつておまえの声は、男の声だったが、今のおまえの声は瑠璃と同じ声だ。おまえは声も、振舞いも、ものの考え方も、瑠璃を模して形成された」

御影様は繰り返しました。

瑠璃はおまえに己を吹き込んだのだ。

そして額に手をあて、しばらくぼんやりとしていましたが、やがて疲れ切った声でいいました。

「まあ、その話はよい。わしが今話したいのはそのことではない。〈幕引き〉についてだ」

〈幕引き〉という言葉が、私の中を駆け巡ります。

「ここまで先祖代々の教えを守り通したのだ。もうよかろう。天の民はどれほど祈っても迎えにはこなかった。仙真が死んでも、何もしてくれん。だからわしはもうこれにて〈幕引き〉を開始する」

私は完全に止まってしまいました。御影様は何度か私に話しかけましたが、返事がないとわかると舌打ちしました。

「三日後に決行する。ちよには……まずおまえから説明しておいてくれ」

〈幕引き〉とは、〈律〉に定められた私たちの最期です。いつまでも天の民がやってこないで、家の存続や、〈天器〉の保管が困難になったとき、天の武具、書物、家屋、全てを処分して、もしも奉公衆がいるならば解雇、その後、幽禅家の主君は自害、その下にいる幽禅家の者たちも自害し、密やかに全てを闇に戻すというものです。幽禅家の主君だけが、その時期を決定することができます。

私はしばらく座敷でじっとしていましたが、やがて御影様と入れ替わりに虎轟様が入ってきました。

「聞きましたか」

虎轟様は首を傾げました。

「何をだ」

「御影様が、〈幕引き〉を口にされました」

虎轟様も〈律〉を叩き込まれた幽禅家の男です。きっと仙真の死や、奉公衆の解雇などから、予測していたのでしょう。

表情を引き締め「わかった」と呟きました。

襖を開けると、ちよは起きていました。行燈の光がぼんやりと部屋を照らしています。気の毒にちよは震えていました。

私は御影様が〈幕引き〉を指示されたことを話しました。

「母上。私たちみんな死ぬの？」

死ぬ、という言葉はあまり使いたくありませんでしたが、私は頷きました。

「そうです。仙真が待っているところにいくのです。だから寂しくありません」

「いつ？」

「三日後とのことです」

「どうやって死ぬの？」

「御影様がお決めになることとですが、毒か、あるいは緋雷矢を使うのかもしれません」

「死にたくない」ちよは、きっぱりといいました。「今川の軍を撤退させたのに、そんなのおかしいよ」

「確かにそうかもしれません。しかし、再度の侵攻にはもう耐えられないと御影様は判断されました。実のところ、私もそう思います。そのときに天孫の武具や書物を俗界の者に奪われたのでは、〈律〉を守り抜いてきた代々のご先祖様が浮かばれません」

ちよの目に涙がたまりました。私は静かに説得の言葉を探しました。

「人はどれほど生きてもいつか死にます。仮に今、生きながらえたとて、次にここが攻められたときには、何もかも奪われ、恥辱のうちに死ぬことになりましょう。正しい生は、正しい死によって完結します。私たち幽禅家の人生は〈律〉の中にしかないのです」

「〈律〉なんて、大昔の人が勝手に決めたことじゃないか。母上、私はまだ死にたくありません」

私は張り裂けんばかりの思いでいいました。

「それはできません」

「何故できないのですか？」

「だから……だから……〈律〉だからです」

「〈律〉を変えてしまえばいい。変えられるでしょう」

私はどれほど時間がかかっても、ちよには〈幕引き〉を理解してもらうつもりでした。

「〈律〉に変更を加えられるのは、幽禅家の当主だけです。その御影様が、幕引きを下知された以上は、もう無理なのです」

「虎轟様は、〈幕引き〉を撤回できる？」

「〈幕引き〉の撤回は当主にしか叶いません。それに虎轟様は、御影様の〈幕引き〉の判断を正しいとお考えです。ちよ。きちんと状況を判断できる方たちは、みな今が潮どき、引き際とわかっているのですよ」

ちよは目に涙をためて、布団の上に坐って私を見ています。

「母上」

「ちよや。本当にごめんなさい。私は、あなたの母親ではありませんでした。ふりをしていたわけではありません。自分でも母だと思い込んでいました。さきほど御影様にいわれ、自分でも驚きました。私は、あなたの本当の母親、瑠璃様の心を吹き込まれたカラクリ人形なのだそうです」

ちよはぽかんと口を開きました。

「そして——私の体は原則として〈主君〉と〈律〉に従うようにできています。これが私の真実です。哀しいことですが、私はこれまで自分で思ってきたほどには自由な存在ではないのです」

ちよは私の体を撫でると囁きました。

「母上。そんなことは知っていたよ。可哀そうに。でも、母上は母上だった。ねえ、燕、人間になって」

しばらく沈黙がおかれました。

人間になる。それができれば、どれほどいいでしょう。

ちよは伸びをすると、諦めたような笑みを浮かべ——何もかも呑みこんだのか穏やかな口調で次のようにいいました。

「話はわかりました。私も幽禅家の娘です。〈幕引き〉とあれば仕方ない。我儘をいってごめんなさい。御影様にも、虎轟様にも、ちよは覚悟を決め、立派に死ぬるとお伝えください」

さすが幽禅家の娘だ、と私は思いました。

「ね、痛くないよね？」

「何の苦痛もないはずですよ。恐れることはありません」

私は静かにいいました。


その晩、私は一人になると、本日の膨大な情報を整理した後、「人間になる」ことを試みてみました。

人間とは？　もちろん体が変わることはありえません。しかし心を変えることはできるはずです。

私に魂を吹き込んだという瑠璃様は、どんな人間だったのでしょうか？

私は顔も知らぬ瑠璃様に思いを馳せます。

いいえ、顔は知っているのかもしれません。

真っ赤な花の咲く野原で、女が私の体を撫でる夢。あの夢の女が瑠璃様なのでしょう。

私は「ちよを殺せ」と命令されたら、多少の逡巡はあろうとも、「命令されたから」という理由だけで殺してしまう愚かな傀儡《かいらい》なのです。おそらく本物の瑠璃様ならば、そんなことはしないでしょう。

思考の路を〈律〉や〈主君の命令〉の呪縛から解き、設定された物事を疑い、自由にものを発想する。自分の意志を持ち、それが行動の優先順位の上位にくるようにする。

不可能に近い難度の仕事でした。思考の路のあちこちを塞ぐ壁に穴を開け、設定からやり直しました。そして私は挫折しました。私は疲弊し、全てを最初の状態に戻すより他はありませんでした。

もうじき滅する身とはいえ、傀儡のまま死ぬことが少々残念でした。

4

翌日のことでした。

私たちが静かに朝食をとっていると、城門のある方向から爆発音がしました。

虎轟様がはっとして私を見ました。奉公衆もいませんから、大変です。

今川の兵が再度侵攻してきた、と私たちは思いました。

「早いな」御影様が苦悶の表情で呟きました。

「懲りない奴らだ。燕、頼む」

虎轟様は動きだしました。

翌々日には、全ての整理を終え、自害し果てる予定の私たちですが、だからといって本日、今川の兵に殺されるつもりは毛頭ありません。むしろ有終の美を飾るために、何がなんでも〈幕引き〉まで生きなくてはなりません。

御影様が命じます。

「ちよ、隠れておれ」

ちよは怯えた顔で頷き、その場を去りました。

私はすぐに城門に向かいました。

門から屋敷に続く道は一本道です。私がそこからの侵入者をできる限り倒す。虎轟様と御影様が、城壁を見回り防衛する。とりあえず緊急の防衛案はこれしかありません。

私は道を走りました。敵兵の気配がないことに薄気味悪さを感じました。

これは何かの策か。

城門の一部が吹き飛ばされています。穴が開き、その穴の縁は黒く焦げていました。

さきほどの爆発音はこれでしょう。

私は門前に仁王立ちになると、敵兵の気配に耳をすませました。

しかし風で梢が規則的に揺れる音しかしませんでした。

お屋敷の方から緋雷矢の音がしました。

私がいるべきはここではない。

私は即座に屋敷に引き返しました。


ちよが縁側にでていました。

この危険なときに何を縁側など人目につく場所にでているのだ？　今川の兵が現れるかもわからないのに。

翌々日の〈幕引き〉を聞かされて自暴自棄になっているのかもしれない。

でも、最後の瞬間まで気を緩めずに生きてこそ幽禅家の娘です。〈幕引き〉で死ぬのと、今川の兵に殺されるのとでは、全然違うのです。注意の一つもしてやらねばと近寄っていくと、ちよは私に向かっていいました。

「ね、燕。御影様と、虎轟様が戻ってこなかったら、この幽禅家で、誰が主君になるの？」

ちよの目は据わっていました。もう母上とはいわずに、私のことを燕と呼び捨てにすることにしたようです。

私は少しむっとしていいました。

「そんなことよりも、縁側で何をなさっているのですか？　今は隠れるときですよ」

「誰がなるの？　教えてよ」

「御影様も虎轟様も戻ってきます」

「どうかな？」

ちよは不敵な笑みを浮かべました。その目は、妖魔にでもとり憑かれたかのように、ぎらぎらと輝いています。

「何を」

いいかけて私は、ようやく気が付きました。

ああ、そうか。

今川家など攻めてきてはいないのです。

私たちは、ちよを侮っていたのです。もはや門番もいないあの外門に、夜明け前にちよが爆薬を仕掛けてくることはできるでしょう。天器の中には、時限式の爆薬武器もありました。その使い方も教えてありました。

私と他の人間を分断するために、ちよは一計を案じたのです。

そしてあくまで防衛のためといったふうにして緋雷矢を手にとり、御影様と虎轟様を背後から撃つ。

「まあ、聞かなくてもわかるかな。もう一人しかいないものね。私が主君だ」

ちよは縁側にすっくと立つと、木偶《でく》のごとく立ち竦んでいる私に宣言しました。

「燕よ。命令を下す。一つ目の命令。〈幕引き〉は撤回。私は死なない。そしてあなたも死なない。これが新しい幽禅家主君の命だ。きけるな？」

私の中に、奇妙な震えが走りました。

到底、理解の及ばぬことが起こっていました——まるでまったく未知の、新しい思考回路が私の中に開かれていくようでした。

机に坐って熱心に〈律〉の講義を聞いていたちよの姿を思いだします。

一心不乱に本を読んでいた姿も思いだします。

彼女は一晩にして変貌したのではありますまい。

きっとずっと前から〈律〉を逃れるにはどうしたらよいのかを考え続けてきたのです。

「はい」

私は答えました。主君の命はきかねばなりません。

「承知つかまつりました。ちよ様」

ちよが、ちよ様となった瞬間でした。

「命令のその二。私はこれから眠る。全然寝ていないので眠い。その間、私を起こさず、また、万が一のときには守るように」

「仰せのままに、ちよ様」

「起きたら、今後のことを考える」


虎轟様は屋敷の裏手に倒れておりました。

御影様も少し離れたところに倒れておりました。

私の予測した通り、胸を緋雷矢で撃ち抜かれていました。傷は背中から胸に向けて貫通していました。しかし、二人ともきちんと目を瞑り、胸の前で両手を組み合わせています。もちろん、今川の兵がこんな丁寧なことをするはずはありません。

ちよ様は夕刻まで眠りました。

私はその間にお二人を墓場に埋葬しました。

ちよ様もそれを望んでいると思ったからです。

ちよ様が目を覚ますと、私は諸々の報告をしました。

御影様、虎轟様の死体を見つけ、埋葬したこと。

特に、敵兵はきていないこと。

食事の支度ができていること。

ちよ様は眉ひとつ動かさず報告をきくと静かにいいました。

「私も幽禅家の娘だ。先代の当主の意に従い〈幕引き〉の項目の半分は実行する」

「はい」

御自身と、私と、身の回りの品々と、当面持っていけるものだけを残すと、私たちは全てを処分しました。

人の社会の理を変えることができるという膨大な知識を記した書物と、長年住み慣れた家屋には火を放ち、有効に使えばどんな戦も勝利に導ける天界の武具は、護身に使うもののみ残し、残りは山の亀裂に落としました。

5

そして私たちは旅をしました。

私たちは編笠を被り、旅の僧侶に扮しました。途中で馬を売り払うと、牛車を手に入れ、荷を積んで街道を進みました。

とりあえず幽禅家から金銀の類は持ちだしていたので、それを少しずつ使うことにしました。

旅の僧侶に扮したといっても、やはり黄金色の顔面を持つ私はとてつもなく目立つようなのです。そのため、頭巾で顔を覆いました。もしも何かきかれたら、「火傷をして醜い故」と答えるようにしました。

今川の領地をでるとき、私たちは、尾張の織田上総介《おだかずさのすけ》が少数の手勢で、大軍勢の今川軍を破り、当主の今川義元が討ち取られたという話を耳にしました。とはいっても、もはや私たちにはどうでもいい話でした。

旅慣れぬ私たちは、何もかもが目新しく、数多くの失敗をしました。しかし、ちよ様はただの一度も泣き言をいいませんでした。それればかりか彼女はときどき、何の意味もなく笑いました。野の花にとまる蝶を見て、眼前に霞んで見える高山の威容を見て、あるいは軒下で雨を眺めながら、彼女は満足気に笑いました。

一体、何が可笑しいのか私にはよくわかりませんでした。ただ、私はその笑いを美しい、と感じました。

あるとき、ちよ様は思いついたように、私にいいました。

「燕は男になれるか？」

「それは声のことですか」

「そう。女二人というより、一人が男のほうが、襲われにくい」

「先代がいうには、昔は男の声だったそうですが」

そんなことができるのか。

いざやってみると、それが簡単にできたのです。

私は声を女のものから、男の太いものに変えてみました。

「これで、どうでしょうか」

ちよ様は自分で命じておきながら、私の太い声を聞くなり、噴きだしました。

「燕。そなたは、本当に、本当に、不可思議な存在よ」

以後、私の声は男のものになりました。


ちよ様との旅での思い出を順番に記していけば、膨大な物語となります。それらは私の大切な宝物ですけれど、特に他人にお伝えするようなことでもありますまい。

ちよ様は、やがて多くの出会いと別れ、そして戦いを経て、仲間を作り、今の組織——鬼御殿の礎《いしずえ》を築き、三人のご子息を残しました。

病床で六十二歳になったちよ様は、人払いをすると、私だけを傍に呼びました。

「燕よ。そろそろ私の〈幕引き〉のようだ。三人の息子たちの力になってやってくれ。頼む」

私は枕元に坐っていました。ちよ様はじっと私を愛でるように眺め続け、最後に「母上様」と、小さく小さく呟くと、目を瞑り、息を引きとられました。

関ヶ原での合戦も終わり、時代は徳川の世になっていました。

第五章　狐の影、冬を渡る（1723-1728）

1

鬼御殿のある一帯の山域には、冬かむりという妖魔が棲んでいるのだという。

冬かむりは冬に現れる。

それの姿は見る者によって変わる。親しい家族だったり、恋人だったり、刀をぶら下げた野武士であったり、あるいは動物であったり妖怪であったり。

冬かむりの正体は狐だという。

――ある日、森の中から、おいでおいでと手を振っている。ふらりふらりとついていくとお終いさ。

紅葉にそう話したのはおかねだった。おかねは廓なら遣り手と呼ばれる教育係の中年女で、炊事場を取り仕切っていた。紅葉がまだ水揚げされる前のことだった。おかねの周囲には紅葉と歳の近い少女たちがより集まって話をきいていた。部屋の片隅に一つだけつけられた行燈が薄暗い部屋を照らしている。

——ついていくとどうなるんですか。

行燈の光の下で紅葉はきく。輪の外で話をきいていた年上のねえさんたちが、怯える少女たちを面白そうに見ている。

——冬かむりに、さくっと喰われて、体をとられる。

——とられるって。

とられたら、どうなってしまうんですか。

おかねはふん、と難しい顔でいった。

——わけのわからん行動をするようになるんだよお。いきなり刃物を振り回したり、がけから飛び降りたり。

冬かむりに憑かれたものは、発狂する。

——嘘じゃないよ。里でも冬かむりにとり憑かれて、自分の子供と妻を殺してしまったとかね。本当にそんなのはたくさんいるんだよ。冬になると山門の前までくるよ。冬は人が狂うときさ。時々門の中に入って誰ぞにとり憑くね。

——本当だよお。

ねえさん連中の一人が、含み笑いをしながら少女たちにいう。

——ここに長くいる女たちはね、狐神にとり憑かれた仲間を見たのも一度や二度じゃないはずさ。

2

熊悟朗は十二歳のときに、十四歳の紅葉を抱いた。それが彼の筆おろしだった。

紅葉は熊悟朗を、自分にとって特別な存在にしようとした。つまりイロだ。

紅葉がいつものように山門の梯子をあがっていくと、園の先輩であるシズエねえさんが熊悟朗に絡みついていた。

シズエねえさんは、おや、まさか紅葉がくるなんて、とわざとらしい驚きを見せた。

——あらあ、紅葉。ごめんねえ。今、熊っこの肩を揉んでやっていたところなんだよ。

熊悟朗はだらしなく笑っている。

ここで怒ることはできない。シズエねえさんは、紅葉よりも三つ年上であり、序列を無視した言動は、ねえさん連中を全員敵に回すことになる。酷い折檻など当たり前のことだし、殺されることだってないとはいえない。

紅葉は、何も気になどしていない、という笑顔を見せた。

——こんばんはあ。まさかシズエねえさんほどのお人が、こんな門番小僧の相手をするとは。

——何いってるんだい。園の男では、一番若くて可愛い男じゃないか。それにもう親分方と杯交わした一人前だよ。さあ、今日は私が先客だ。熊っことみっちり楽しむのだから下がっておくれ。

ちらりと熊悟朗を見ると、やはりだらしなく照れたような笑みを浮かべている。

——承知でありんす、ごゆっくりなさいませ。

紅葉は梯子を下りていった。

シズエねえさんは、夜隼のお気に入りだ。夜隼は極楽園で一番粋で、色気のある男だと紅葉は思っている。そんな男に気に入られているというのに、何故、門番小僧にまで手を伸ばすのだ。まるで「さあよく見なよ紅葉。私の力を。あんたのイロのこの様を」といわんばかりの顔だった。

殺意が湧きおこったが、どうしようもなかった。

翌日、紅葉が鏡台の前に坐っていると、シズエねえさんが後ろに立った。

シズエねえさんはのんびりといった。

——紅葉って熊っこと同じ頃に、攫われてきたんだったね。はは、だからかぁ。そういやあ、そうだったと思ったわ。

何が〈だからかぁ〉なのかわからない。

すっくと立ちあがりシズエねえさんを引っ摑んで滅茶苦茶にしてやったらどんな顔をするだろうと思ったが、あえて惚《とぼ》けたようにいった。

——あい。別になんとも思っとりゃしないでありんす。下っ端の小僧なんで、話しやすいというだけですわ。

――色気づいてきたもんで、あまり他の手がつかねえ下っ端のうちに、イロにしようってんだろ？

紅葉は思わず唇を咬《か》んだ。

シズエねえさんは、お見通しなんだよといわんばかりに、ふん、と鼻を鳴らした。

――水揚げしたばかりってのに、おませさんだねえ。この園にはね、いろいろ御法度があるのさ。男が決めたもの以外にも、女たちが決めている秘密の御法度がね。それは、ここでは私のイロだ、誰のイロだ、なんてのは止《よ》そうってことになってんだ。それをいいはじめちゃ、あちこちで余分な争いが起こるからさあ。好いた惚れたがあるにしたって、縛りつけちゃ、男のほうも気が荒れだすってもんよ。まあ、そういうことやりだすとみんなが迷惑すんだ。

紅葉は鏡を眺めながら澄まして髪をとく。縛り付けたおぼえはなかったが、熊悟朗には自分以外の女を積極的に抱いて欲しくないとは思った。そう口にしたこともある。しかし……それの何が悪い？　たかだか門番小僧一人の話ではないか。

――あんたは底意地の悪いねえさんが嫌がらせをしてきたんだと思っている。だろ？

――いえ、まさか。

――今のあんたにはわからんかもしれんが、そうじゃないんだ。ここではね、男は鬼様なんだよ。悪ぅい鬼様だ。私ら女はその鬼様の、ご機嫌をとりいの、宥《なだ》めすかしいのして、なんとかやり過ごして、ここの平和を保つのがお勤めなんだ。お勤めだ、と思っていなきゃあ、やってられないよ。それをイロだのなんだの娑婆くせえことはじめる甘っちい女にゃ、まっさきに冬かむりがとり憑くんだよ。あっというまにおかしくなっちまう。

静かな座敷だった。外で毬投げに興じている娘たちの嬌声がきこえてくる。

自分は叱られているのだろうか？

シズエねえさんは、心配なだけさ、と溜息をついた。

——刃物を振り回して、死ぬだの殺すだの騒ぎだしたり、わけのわからん死に方をしてみんなに迷惑をかける女が二年に一度ほどでるもんだからさ。十中八九、真面目な女だ。あんただって、ほうら、去年おまゆのことを見ただろう。

紅葉は急速に気持ちが萎《しぼ》んでいった。

——まあ、いいたいことはそんだけだ。

シズエねえさんは消沈した紅葉にいうと部屋をでていった。

おまゆねえさんは、見た目の美貌はそこそこなれど、愛嬌《あいきょう》のある十八の女だった。おまゆねえさんは、夏ごろからとりたてて理由もなく陰気になった。あまり言葉を発さなくなり、冬になったら冬かむりがでるから怖い、と漏らしはじめた。男たちも愛嬌のなくなったおまゆねえさんには手をださなくなり、とっとと姫下りさせるべきだという意見もでていたようだ。

雪が解けた翌年の春には姫下りをさせよう。そのように決まった。そのままなら、今頃は山を下りて江戸か、あるいはどこかの岡場所か旅籠でうまくやっているはずなのだが——そうはならなかった。

おまゆねえさんは、姫下りはしたくない、といった。ずっとここにいたい。歳をとったらここで飯炊きをしたい。また別のときには、来年まで待てない。すぐにでもここをでていきたい、といった。また別のときには自分の好きな男が極楽園に戻ってこないと半狂乱になった。その好きな男とやらは、とうの昔に死んだ男だった。

年明け、睦月の真夜中。おまゆねえさんは唐突に全裸になって屋敷を走り回った。この寒さでいったい何をとみな呆れたが、酔っているのだろうと放っておいた。翌朝に、凍死体となって庭で発見された。

紅葉はおまゆねえさんの亡骸《なきがら》を思いだす。

彼女は雪の中に全裸で仰向けになっていた。

目は開かれていた。表情には苦痛も何も浮かんでいなかった。

一糸まとわぬ真っ白の肌。冬の朝の柔らかい光が彼女の遺体を照らしていた。

おまゆねえさんを取り囲む、みなの口から蒸気がでていた。冬かむりにとり憑かれてしまったんだねえ、と誰かがいった。

3

それからしばらく紅葉は熊悟朗のところにいかなかった。女たちが順番に山門にでかけていったからだ。熊悟朗は毎晩いろんな女を抱いているようだった。また、紅葉もいろんな男に抱かれていた。

極楽園の暮らしは安楽だったが、男たちは優しくなどなかった。いい加減で、自己中心的だった。彼らにとって、女とは、いつでも代用品を里から持ってくることのできる「物」だった。機嫌を損ねたら、罵倒され、ときには拳が飛んだ。

シズエねえさんが紅葉を叱ったその同年には二人が冬かむりにとり憑かれて死んだ。一人は好きな男の名を乳房に彫ると短刀で喉をかききり、もう一人は山門を脱走して途中で行き倒れの死体となって発見された。

要するに、ここで生きるなら強くあれ、とシズエねえさんはいいたかったのだ。後に紅葉は思う。

それからシズエねえさんはどうなったのか。

シズエねえさんは、身ごもった。

極楽園の常だが、誰の子かはわからない。それでも妊娠は、祝うべきことであった。

極楽園には園内に子育て用の離れがあり、赤ん坊はとりあえずそこで育てる。その後、姫下りの際に母親が子供を連れて一緒に山を下りる例もあれば、里子にだすという例もある。

シズエねえさんは妊娠すると、男たちの相手をする日々から外れ、離れでのんびりと過ごしはじめた。一度将棋の相手をしにいった。赤ん坊を三歳になるまで極楽園で育て、その後一緒に姫下りすることで半藤親方と話がついているといった。

——まあ、誰の子かわからんけど、こんなところの近くで育てるより、遠くにいこうと思っているのサ。いってどうするってのはわからんけど、〈それから先のこと〉はそのときがきてから考えるしかないねえ。

臨月は夏の終わりだった。

座敷には産婆となったおかねと、シズエねえさん、そしておかねの助手をするために、シズエねえさんと仲のよかった京香《きょうか》ねえさんがついた。

続く八畳間には園の女たちが息を潜めて、より集まっていた。紅葉も他の女たちと一緒に隣の座敷にいた。男連中は、出産時には座敷に近寄れない習わしだ。

シズエねえさんは強かった。

離れの座敷で涙を流し、呻き声をあげ、傍らについたおかねや、京香ねえさんに励まされ、必死に頑張った。

紅葉は、シズエねえさんのことを、傲慢で不愉快かつ少し怖い女だと思っていたが、このときばかりは必死で祈った。

山の神様。金色様。彼女と赤ん坊を無事に生き残らせてください。

だが祈りの甲斐はなく、シズエねえさんは無念のうちにお腹の子供と一緒に死んだ。

紅葉がはじめて冬かむりを見たのは、シズエねえさんが死んだ年の冬の終わりだ。

夕暮れ時の雪の園内を歩いていると、向こうにシズエねえさんが立っていた。

そのときシズエねえさんは、とうに山の裏手にある塚に埋葬されていた。そこにいるはずがないのだ。

紺色の着物を着て、髪を高島田に結っている。雪駄を履いた足元は、雪の上に浮かんでいた。

近寄れなかった。

シズエねえさんは、紅葉にぎらぎらとした視線を向けると、真っ赤な口を歪めて笑みを浮かべた。

紅葉の膝頭が震える。

冬かむりは狐の化身。

どうしたらいいかわからず、ただ手を合わせて、目を瞑った。目を開いたときにはもう誰もいなくなっていた。

4

紅葉は、火鉢のそばで眠っている熊悟朗の背中をそっと撫でる。

二人は山門の櫓の部屋にいた。外では風が吹き荒れていた。

熊悟朗の体には無数の傷がある。外にでて、戻ってくるたびに傷が増えていく。紅葉は彼が外で何をしているのか訊かない。訊かずともわかるからだ。

——これは刀傷。これも、これも。

紅葉はそっと熊悟朗の傷を撫でる。

熊悟朗は今や、自由に里に下りられる身分となっていた。だが、紅葉はそうはいかない。山門を一人ででれば、それだけで罰せられる。

山を下りるのは秋のお祭り、山神霜月祭のときか、姫下り、極楽園をお払い箱になったときか。よほどの信頼を得ている年上の女ならば、男たちにつきそって里に下りることもあるが、紅葉には無理だ。

紅葉は風の音に耳を澄ます。

狐の鳴き声が微かにきこえた。

紅葉はそっと山門の櫓から道を見下ろす。

山は色づき、秋の装いになっている。

薄暮の刻限、道の先に誰かが立っている。

赤い着物を着た女だ。顔はよく見えない。誰だろう?

顔のない女は手招きしている。

おいで、おいで。逃げておいで。

遠く離れているが、明らかに相手は自分の視線に気がついている。

あれはシズエねえさん? おまゆねえさん? 他の誰か?

紅葉は目を凝らす。

女のいた場所は、ただ葉を落とした木が風に揺れている。

あれは冬かむりだ。化け狐だ。

私は冬の妖魔をまた見てしまった。

冬かむりに誘われるままに、こっそりと山門をでたらどうなるだろう。

下の里までいく道をよく知らない。山神霜月祭のときには、目隠しをしているのだ。

まずはいき倒れが妥当なところだろう。

極楽園だか地獄園だか知らないが、ここで狂うというのは、むしろ自然なことではないのか?

山の彼方には何がある? 田がある、畑がある、里がある。江戸がある。京がある。海がある。

どこにいったって同じだ、男の顔が変わるだけと園の女たちはいう。なぜわかる。どこにもいったことがないくせに。どこにもいけないくせに。

そして冬になった。

薄暗い夜明け前に、紅葉は山門を下りた。あたりは一面の雪景色で、ひんやりと静まっていた。

吐く息が白い。

ひたひたと進むと、雪を掘り起こす。蓑が、かんじきが、綱が、板が、干魚が、干肉がでてくる。雪が降りはじめた頃から、着々と準備をしていたのだ。熊悟朗のところにいくたびに、そっと山門を下りては、雪の中にものを埋めていた。

常日頃から、山を眺めていた。人が暮らす里からは、必ず何条もの煙が空に昇り、たなびくものだ。もう地形と煙の位置は頭に叩きこんである。

霜月のお祭りに下りる里は、極楽園と繋がっているため、避けたほうがいいだろう。

急げ、急げ。簑を纏い、風呂敷を持つ。

山門の櫓を見上げる。

――熊悟朗、達者でな。

足跡がつかぬように道の脇を歩き、しばらくしたら板を雪面に置き、尻を載せた。

板は滑りだす。

途中何度か転がったが、要領を掴むと、これは速い。

景色が凄い勢いで移り変わっていく。

引き返すことが可能な距離は、正午になる前に越えた。


その日の昼過ぎ、まずおかねが紅葉の不在に気がついた。慌ててみなが捜したが、園内のどこにも見つからなかった。

ちょうど止んでいた雪が降りだしたところで、捜索は中断になった。下手をして遠くまで捜しにいけば、捜索者が遭難する危険があった。

紅葉は何も持っていなかった——最後に紅葉を見た女がそう証言した。

みな灰色の厚い雲を眺め、そろそろと屋敷に戻った。

——あの娘も冬かむりにとり憑かれたんだねえ、と誰かがいった。

5

吹雪ががたがたと戸板を揺らす。

小豆村の善彦《よしひこ》は、その日、山の庵で火にあたっていた。

山三つ越えたところにいる親族の住む村からの帰り道だった。吹雪いてきたため、山の庵に避難したのだ。常日頃は無人で、悪天候のときに山菜とりや山越えの旅人が泊まる小屋であった。一番近い里は、佐和村で、そこまで三里あった。

善彦は普段から狩りをして山に籠ることが多く、その庵に泊まるのもはじめてではなかった。

善彦の足元には、アトコがいる。

仔犬の頃から飼い育てた山犬だった。命令には忠実で、人を咬まない。

薪をくべているうちに部屋が暖かくなってきた。庵に常備している鉄鍋で湯を沸かし、干魚をかじる。小麦を練った団子と味噌をいれる。アトコに干肉をやった。

ぼんやりと炎を眺めていると、ぴくりとアトコが首をもたげ、戸板を睨んで唸り声をあげた。

戸を叩く音がした。

善彦がおそるおそる戸を開くと、簑をまとった見知らぬ若い女が立っていた。

善彦は慌てて女を中にいれた。

簑の下の着物はずいぶん華美だった。桃色の生地に、黄色や青の刺繍がされている。今時こんな着物を山里で着ているものはいない。何より不思議なのは近辺に人家がないことだ。まるで雪の神の娘のようだった。

女はがちがちと震えていたので、まず火にあたらせた。

「い、いいのですか」

「何が？」

「火にあたって」

女はアトコを見てひっと息を呑んだ。

「心配なさるな。わしの飼い山犬だ。いいに決まっている。あんたはいったい、どっからきなすった」

「わかりません」

女はいった。

名をきくと、女は、美雪《みゆき》、と名乗った。

「美雪か」

不憫なことだ。善彦は思った。もちろん雪の神の娘などではない。彼女は女郎だ。おそらくどこか岡場所の類から逃げてきたのだろう。それ以外には考えられない。

この近辺には岡場所はないが、さ迷いはじめれば、数日で驚くほど遠くまでいってしまうものだ。

戻れば、折檻され、場合によっては殺される。そのままならいき倒れ。

善彦はその娘を里に連れて帰った。

6

善彦はまず美雪に、自分の家の離れを与えた。

美雪は何をきいても、記憶がないと答えた。善彦は腕を組んでいった。

「まあ思うに、ユキさんは、どっかの女郎だったんじゃないかと思うよ」

小豆村から武川に下ったところの、温泉旅籠では、女郎買いができる。三味線を弾いて踊ってくれる。もっぱらの客層は武家で、善彦はいったことがない。とりあえず、いくつかそうした場所の名をおぼえがないかと挙げてみた。

美雪は首を横に振った。

「百姓の着物じゃないのはもちろん、武家の娘さんとも立ち居振る舞いが違うからな」

「では女郎だったのかもしれません」美雪は悲しげに微笑んだ。「でも、そうでないのかもしれません」

「思いだしたくないのかね」

「わかりません」

「逃げてきてどこかにいくというのなら運んであげるが、よくわからんというならとりあえず春まではいたらいいんじゃないかね。冬のいき倒れは死ぬだけだ」

アトコが寄ってきた。美雪の手に濡れた黒い鼻をつけると、おもむろに足の間に入る。

「あらいやだ」

「アトコ、娘さんの股ぐらに顔をいれるのをよせ」

村では善彦が遊女を拾ってきたと噂になった。

善彦は彼女が苛められぬように尽力した。

小豆村では女は重要な働き手だったから、怠け者でない限り歓迎された。

美雪は百姓娘たちに混ざって、機織りをしたり、細工をつくったり、牛馬の飼料をつくったり柿を干したり、味噌をつくったり、漬物をつくったりした。

善彦が女たちに様子をきくと、美雪は何をやらせても小さな子のように無知だが、仕事は一生懸命やり、教えたことはすぐに馴染んでおぼえるのだという。

春になると、華美な着物は城下町の呉服屋で売り払った。江戸でも一部の洒落者が身に纏うようなもので、いい値がついた。

春の嵐が戸板を揺らす晩だった。

「こんな晩は化け物が外で踊っているように聞こえます」

美雪が囲炉裏のそばで縫物をしながらいった。

「わしは会ってみたいな化け物に」

善彦はぼそりと縁側で茶を呑みながら返した。

「そういえば、今日村の子供にからかわれました。おまえは化け物だ、狐が人間の皮をかぶって里にきたのだと」

「ユキさんが別嬪《べっぴん》だと思って、かまってほしくて絡んでおるのだよ」

美雪はむっつりとしている。

善彦は腕を組んだ。

「俺の親父の話をしよう。伊賀の非人だった。関所抜けをした脱落者を捕まえて首を斬ったりする仕事をしていた。ところがある日、仲間と揉めてな。俺の親父は、そこを逃げて、自分が脱藩し、なんと武士を名乗った」

これは父親からきかされた壮大な冒険物語であり、人に話したことは一度もなかった。

「死罪になる浪人の衣服と刀をいただいてな。仕官先を探している浪人のふりをしたんだ。刀の扱いなんて慣れたものよ。次には鯨の油を売り歩く旅の商人と意気投合し、またその人の生き方を盗んで、旅の商人のふりをするようになった。いや、ふりっちゅうか実際に漁村で油を仕入れ、それを売り歩いた。鯨獲りの船に乗ったこともあったという。鯨は……あれは凄いらしいぞ。牛十頭あわせるよりももっと目方があるそうだ。鯨こそ本物の怪物じゃといっとったな。芝居の一座と一緒に歩いたこともあれば、傘張りなんぞで凌いだこともあったそうだ。そのうち鯨の油を諸国に売り歩きながら、薬売りだかなんだかよくわからんものになって……」

美雪を見ると、痛いほどの視線を向けていた。善彦は咳払いをした。

「そして、まあ、この村に落ち着いたんだ。この村の娘と結婚してな。娘の婿になった。俺の母さまだ。最初は得体の知れない馬の骨ってんでえらく反対されたそうだが、次第にみんな親父殿のことが気にいっちまった」

善彦は美雪の視線から顔を逸らした。

「親父殿は、いろんなものに化けて歩いて、化け物じゃ」

酒を呑みつつ数奇な半生を話してくれた父の赤ら顔を思いだしながら苦笑した。

「誰にも話したことはないが、なぜかユキさんには話せるような気がしてな。俺は化け物の子だもんで、化け物の気持ちがようわかる」

美雪は口を開きかけ、また閉じた。

「今の親父の話は誰にも内緒だぞ。江戸からきた商人ちゅうことになっているからね」

美雪は善彦から目を逸らすと鍋をじっと見つめた。

「お父上と、お母上は」

「数年前に鉄砲水にやられて死んでしまった。二人揃ってな」

7

村はずれに小さなお堂があった。

お堂のまわりには桜の樹が何本か立っており、薄い桃色の花弁のあいだをメジロが忙しく動きまわっていた。

善彦と美雪は二人でお堂の軒下で、山菜を並べた。

茸に、ウドに、蕨《わらび》。

その日、善彦が、家の裏山に山菜をとりにいくというと、自分もいきたいと美雪が猛烈に主張したのだ。

天気のよい日だった。山菜はたくさんとれた。アトコはあちこちを走り回った。

お堂の前には的が立てかけてあり、弓矢を持ってきていた善彦は、美雪と交代で的を狙った。緩やかな春の午後の遊びだった。

弓は京の細工師がつくった折り畳み式のものだった。

美雪は最初弓の持ち方すらわからなかったが、教えると、呑みこみが早かった。

善彦は、銀杏の木についた熊の爪痕を撫でながら、美雪に話した。

「このお堂はな、俺の親父殿と母さまに、ゆかりのあるところでな」


村の狩人の家系だった母さまは、最初は親父殿のことを信用しておらんかった。なんだか面白い奴が村にやってきたなあ、とは思っておったそうだが。

それが、ある日、村に大きな灰色の熊が現れてな。柵の腐ったところを倒して入ってきおった。

それも一頭じゃない。三頭だ。

ここらではよくあることで、時折獣が村を襲う。

母さまは弓矢を持って飛びだした。それなりの腕前もあったから勇んで、集落の中で暴れている一頭の灰色の熊を追った。

ところが、この熊はひときわ大きく、またよく動く。矢は熊の背中と、前肢を掠めたが、命中しなかった。

熊はぎろりと母さまを睨むと、牙を剝いて走ってきた。これはもう一旦引くしかない。そして母さまはあの銀杏の木の先にあるお堂に逃げ込んだのだ。

熊はしつこかった。突進して、お堂の戸板に体当たりをくらわす。村のものは他の二頭に追われて大騒ぎになっていて、雨戸を閉めて家にこもるか、逃げ惑うかで、助けにこられる状況ではない。

弓は手元にあったが、矢は逃げている最中に落としてしまい、一本しかなかった。戸板を破って、熊が入ってきたら、その矢を放つしかない。それで駄目ならもうお終いさ。

そこに現れたのが親父殿だ。

戸板に体当たりする音が止まった。

母さまがどうしたのだろうと思って隙間からそっと外を覗くと、なんと親父殿がその灰色熊の背中に抱きついていたそうだ。

親父殿は、ぶつぶつと念仏を唱えていた。灰色熊は静かになり、やがてぐったりと倒れ伏した。

母さまはその隙を逃さなかった。飛びでると、最後の一本の矢で灰色の熊の眉間を射貫いた。

それから、母さまの親父殿を見る目が変わったそうだ。

「素敵な話ですね」

「みんな死んじまったが、話だけは残る。いつかわしが死んでユキさんが生きとったら、この話を誰かに語って残してやってくれ。そういう男女がいたと」

「熊はその、何故静かになったのでしょう。お父様の念仏で、調伏したということですか」

「それがな」善彦は言い淀み、声を落とした。「親父殿のいうには、親父殿の家系は代々、〈死念〉なるものにとり憑かれておるのだそうだ。で、特別な力があって——本当にそうしようと思ったら大きな獣でも、素手で殺してしまえるらしい。その〈死念〉というのを使って相手の魂を溺れさせるのだそうだ。不吉なものであるから、滅多に使わない技という。念仏はその力を引きだすために唱えるのだと」

「まあ、面妖な」

「ご先祖様が過去に祟られるようなことをやったのかもしれんというとった。戦国の世のときに殺し過ぎたんじゃないかと」

「そうでしょうか。人を殺して祟られるなら、武士はみな祟られておりましょう」

「確かにそらそうだ」善彦は笑った。「人の祟りでなければ、触れてはいけん神に触れたのかもしれんなあ。山にも海にも、人の知恵の及ばぬものがあるからの。とにかく代々の血筋に、その力を持つものが現れたり、現れなかったりするそうだ」

美雪はじっと善彦を見た。

ではその力は善さんにも？

「わしか？　それがわしにはない。親父殿にはなぜかわかるようで〈おまえはわしと違って、死念がついてないんだのお〉といって、喜んでおった。なんでも〈死念〉があると、子ができにくいらしくてな。わしは親父殿の十人目の子らしい。残りの九人は死産か、まもなくして死んでしまったという。九人とも母親は違うというから、ずいぶんな女好きだが――。もっともこの小豆村に落ち着いてからは、あまりふらふらはせんかったね。母さまが怖かったのかもしれんし、わしがようやっとの子だったというのもあるだろう」

それから善彦は消沈し、「この話はやめよう」といった。

8

夏になると、二人は何度も川にいき水に入った。美雪は泳げなかったので、善彦が泳ぎを教えた。

美雪はいつも弓と矢をかついで、善彦の後をついて河原を進んだ。

川にいくのに弓矢はいらなかったが、美雪はずいぶん気に入ってしまい、どこにいくにも持ち歩いた。

聞けば、あると気が休まるのだという。

「それにどこで何が起こるか、わかりません」美雪はいった。「灰色の熊の怨念が善さんをつけ狙っていないとも限らない。万が一のときに後悔しないための用心です」

村はずれの川を遡上すると、翡翠色の淵が次々にでてくる。

その日、二人は両側が切りたった断崖となった渓谷を歩き、淵をのぞいた。どの淵にも軽く百を超す魚影がある。

善彦が水に入って、網を投げ、魚を掬《すく》いあげた。

五十四は獲れたが、善彦は獲り過ぎてはならぬと思い、半分を返した。

「干魚をつくろうじゃないか」

アトコも犬掻きで淵を泳いだ。

美雪は白襦袢《じゅばん》姿で体を水につけると、日光が熱した平らな大岩の上に寝そべった。

「善さん」

美雪はいった。

「なんだいユキさん」

「善さん、所帯を持っていたでしょう」

「うん」

善彦は美雪に話したことはなかったが、村の者たちはみな事情を知っている。誰かから聞いたのだろう。

善彦は所帯を持っていた。だが、その妻は、善彦の子を宿し、六カ月目にふらりと気を失い庭に倒れ、そのまま息を引き取った。

三年前のことである。

出産のときに母子が危うくなって死ぬことはよくある。だが、妊婦が突然死することはさほど多くはない。それが特に健康に問題のない女となれば――村の者はみな同情したが、もちろん善彦に思い当たることはあった。〈死念〉だ。自分にはないが、代を超え、お腹の赤子に〈死念〉が宿ったのだ。

「もう嫁はとらないんですか」

「なんでよ」

「村の娘が時折噂しておりますから」

あのときの辛い気持ちを思いだせば、二度と所帯を持とうと思わなかった。

そもそも、〈死念〉が原因だとすれば、二人の死は、元をたどれば全て己のせいではないのか？　最初から妻《めと》を娶らねばこんなことにはならなかったのだ。いったんそう思うと、取り返しのつかない過ちをおかした気になり、今日に至るまで長い悔恨の日々だった。

あるいは〈死念〉ではなかったのかもしれない。何か別の原因であったのなら……だがそれを新しい母子の命をもって試そうとは思わない。

もっともそんなことは、この娘には関係あるまい。善彦は努めて陽気にいった。

「うん、なんというかな、とらんな。辛かったもんで。もうそう決めておる。なあに、背負うものがないから、気軽なもんじゃ。わしなどよりもユキさんは、村の若いもんとはくっつかないのかね」

「女郎の恰好をして現れたどこの馬の骨かもわからん女ですから、みんな本気で嫁にとは思わんでしょう。だいいちみんな善さんの手のついた女と思っとりますよ」

「そんなことはない。ユキさんとは、そんなことにはなっておらんと皆にいっておるから大丈夫だ。ほれ、床を別にしている証拠に、離れで暮らしているではないか」

「私は善さんのお手つきと思われても嬉しいですが」

「いや、それは、わしとて、あれ？　いや」

美雪の白襦袢は肌に吸いついている。その身体のあちこちに水滴がついている。

「善さんはどうせ元女郎なんて厭なんでしょう」

美雪は不機嫌そうにいうと、岩の上を転がり、どぼりと淵に飛び込んだ。

夏の明け方、蟬が鳴きだすよりも早く、善彦は目を覚ました。

足音がする。

庭に目を向けると、美雪が弓を手にして横切っていくところだった。

こんな早朝に何をするのだろう。

悪いとは思いながらも後をつけた。

美雪は村はずれまで歩き、いつぞやのお堂の石段を上がると、的を立て懸け、一心不乱に弓の練習をはじめた。

眦《まなじり》が上がり、気が張っている。

怒っているように見えた。

あるいは、何か得体の知れぬ怪物に、巫女が立ち向かうような決然としたものを感じた。

はっとして美雪は善彦を見た。

「ああ、びっくりしました。善さんでしたか。こんな夜明けに、すみません。どうも起きる時間が早いもので」

「よほど好きなのだな」

「善さんの母上が、灰色の巨大な熊を、たった一本の矢で倒し得たのは、絶え間ない訓練があったからではなかったか、と思ったら、いてもたってもいられなくなりました」

季節は変わり、また冬になった。

家の裏手に薪を積み上げる。柿が干される。渡り鳥たちがやってくる。

静かな夜に、善彦は火鉢に当たりながら、からかうように美雪にいった。

「雪女の季節だな」

美雪はいつものように縫物をしながら微笑むと、ふっと顔を引き締めていった。

「善さん。鬼御殿をご存知ですか」

鬼御殿。善彦は眉根を寄せた。何度か噂に聞いたことがある。

曰く、深山に桃源郷のようなところがあり、いっさいの検地を逃れ、隠田、隠畑で暮らしている民がいるのだと。

曰く、江戸に、藩内のあちこちに、あるいは山を越えた隣の藩にもそこを出自とするものがそしらぬ顔で住んでいて、楊弓場《ようきゅうば》や、賭場や、岡場所、旅籠、あるいは漁師、遊芸者、修験者まで、その糸は繋がっており、役人には話せない揉め事の類があっても、鬼にゆかりあるものに頼めば、山の鬼がいずこともなく現れて始末をつけるのだという。

曰く、鬼は山に帰ってしまうため、誰がやったのかが誰にもわからず、捕まえようがないのだという。

曰く、鬼は山で独特の鍛錬をしており、常人の何倍も強いのだとか。

「鬼御殿か」呆気にとられながら善彦は呟いた。

「ご存知ですか？」

「いや、名だけ聞いたことがある。だが、鬼だなんだの話は、どこか遠方で大昔にあったことが、さもこの藩内で、今の世にあったことのように語られたり、もともとの話は草双紙本の作り話だったりするものだ」

とはいっても到底信じられぬ話というわけでもない。親父殿の故郷の伊賀だって似たような場所だ。山奥にあり、独特の武芸を嗜み、表舞台にはでない。

「そうですね」

「鬼御殿がどうしたのじゃ」

「昨日、そこにいる夢を見ました。それは、ただの夢ですが、私は鬼たちの相手をしておりました」

「角の生えた鬼かね」

善彦は美雪の顔をじっと見る。美雪の顔はおっとりとしていて、何を考えているのかわからない。

少しの間のあと美雪は口を開いた。

「角の生えた鬼です。夢の中で、鬼御殿のことを喋れば殺すと鬼がいうのです。おまえに関わるもの全てを皆殺しにすると鬼がいうのです。私はそれが恐ろしゅうて」

善彦の胸の内を冷えた風が吹いた。いいや、違う。夢ではなくきっとこの娘の――。

はじめて美雪と会った場所の地理を考える。

あの小屋、あの周辺の山域――鬼御殿とは？

あの小屋から、もっとも近い村は佐和村だったはずだが、小豆村とはほとんど交流がないので詳しいことはわからない。まさか佐和村が鬼御殿ということはあるまい。

「そこは、その鬼の御殿は、どこにあるのだね」

美雪はにっこりと笑った。

「善さん。何を真面目な顔になって。夢の話ですよ。そんなところはどこにもございませぬ。それに、もしも夢の鬼がでてきたら、私が返り討ちにしてやりましょう。善さんから教わった弓矢で射殺してやりましょう。鬼ごときに誰も殺させませぬ」

9

紅葉がいなくなってから三年後の秋のこと。

定吉は極楽園から十里離れた市場に出向いていた。熊悟朗とも一緒の道中だったが、熊悟朗は庄屋に貸した金を取り立てるため、途中で別れていた。

その頃には熊悟朗はもはや山門の門番小僧ではなかった。背丈は定吉を越し、数人の手下がいて、川沿いの岡場所の管理を一つ任されていた。極楽園には居室があった。

定吉はぶらぶらと歩く。馬市で馬を眺めた後、極楽園の女たちへの土産に櫛を買った。市場は賑わっていた。大きな寺社の前で行われる秋の市である。冬を前にした買い込みはどの家にも欠かせぬものだった。

極楽園のような山の御殿はなおさら、秋のうちにたくさん運びこんで冬に備えなくてはならない。

街道沿いの市場で、小豆をはじめとする農産物を売っている一角があった。

定吉はふらりと歩み寄ったが、そこでふと足をとめた。

手拭を頭に巻き、陽気な顔で百姓仲間と話している女がいる。女の前には籠に山と積まれた小豆が売られている。

「あい、いらっしゃい」

女はいって定吉に顔を向けると、次の瞬間、素早くつい、と目をそらした。

定吉は女を凝視した。

紅葉。

九歳の紅葉を攫ったのは定吉である。女衒が連れている童女を見たとき一緒にいた夜隼に持ちかけた。美人になることが約束されたような顔立ちをしていたし、二言三言話して利発そうなところも気にいっていた。どちらにしろ場末の女郎になる女なのだから、山に連れていったところで何を奪ったわけでもない。水揚げをしたのも定吉だった。忘れようもない。

冬のある日、紅葉が消えたときにはずいぶん寂しく思ったものだ。冬かむりに憑かれたのだとばかり思っていたが、まさかこんなところにいるとは。

「ちょいとすまんが」

「あい、なんでしょう」女は目をそらしたままいう。

「小豆を売ってもらおう」

「へい、いかほどで」

女は相変わらず、さりげなく顔を傾けている。

「すまんが、あの、あんたは」

何処かで会ったことがあろうか、と、いいかけたところで、女は一歩退いた。袖で顔を隠す。

「ほよっと、風で埃が目に入ってしまいました」

同じ村の女だろう。手拭を頭に巻いた丸顔で丸眉の女が声をかける。

「おおい、ユキさん、どうしたんだい？」

ユキという名になったのか。

「いいえ。ちょいと埃が目に入りまして。おせんさん、代わってください。水で洗ってきますので」

紅葉に似た女は売り場を離れて歩き去った。

「はいよ。旦那さま、小豆ですか、如何《いか》ようにしましょうか？」

「一袋くれ。ずいぶん別嬪な女じゃな」

「あら、お上手なことで」

「いや、すまんが俺の好みは、今去っていったほうだ。あれは、昔からあんたの村にいる娘かい」

丸眉の女から笑みが消えた。

「おや、拗《す》ねやがった。おまえさんも、かなりいい線いってると思うぜ。しかし今日は、あの娘のことを教えてくれ」

「よくは知りませんよ。ユキさんは、数年前にどこからともなく現れたんですよ」

丸眉の女はつまらなそうにいった。

定吉は含み笑いをしながら、片手に小豆の袋を持って紅葉が去っていった方向に足を向けた。

「ユキさんねえ」

脱走した女を見つけたら斬るという掟があったが、脅しのための掟であり、実際は脱走者を見つけた人間の裁量に全て任されていた。

定吉に紅葉を斬るつもりはなかった。

ただ純粋に彼女がうまく逃げ、里で生き延びていることが、嬉しくもあり、また面白かった。

「紅葉の次は雪。風流なこった」

もしもそこにいたのが定吉ではなく、熊悟朗であったなら、決して油断はしなかっただろう。

どこか惚けた動作とはうらはらに、女が美しいまでにむらなく整った殺意の霧を発しているのがわかっただろうし、そんな相手の後をつけることが、何を意味するかもよく理解していただろう。

だが、そこにいたのは定吉だった。定吉はほとんど何も考えていなかった。

市場の賑わいから外れた森の中に、泉が湧いていた。竹管から手水鉢《ちょうずばち》にずっと水が流れている。

泉のそばの枝に、帯がかかっていた。

紅葉の姿はない。周囲には誰もいない。

「厠かな」

何とはなしに、帯に手を伸ばしたところで、背中に熱いものを感じた。妙に腹が突っ張っている。

背後から射られた。

その認識に至るまで少し間があった。背中にあてた手に血がぬっぺりとついている。

小豆の袋が地に落ちた。

定吉はぐるりと身体を反転させた。

今度はわき腹に矢が突き刺さった。

弓を持った紅葉の姿が一瞬だけ視界の端に見えた。だがすぐに樹木の陰に消えた。

「おい」定吉は叫んだ。「おい！」

なかなかやるじゃねえか。定吉は思った。見回したがもう姿はない。

膝頭が震えた。ぬかるんだ土に寝そべるのは厭だったので、腹を押さえながら歩き、乾いた場所を見つけると、木々の中に仰向けに寝そべってみた。

伊達に人を殺してきたわけではない。定吉は背中と腹に刺さった二本の矢と、溢れる血から、自分がじきに死ぬことはわかった。

ただ、それがわかったからといって、残った時間にすべきことが思いつかない。手下は近くにはいない。

見上げれば高いところで樹木の天蓋ができており、はらはらと赤や黄色の葉が降ってくる。その向こうには青い空が見える。

かさかさ、ざわざわ、と風が地表の落ち葉を動かしている。

意外にも、意識がはっきりしている。

死ぬまでに、自分が殺した人間と、抱いた女のことを交互に思いだしてみることにした。

だが、半分もいかぬうちに、猛烈に喉が渇き、殺した人間と抱いた女がごちゃごちゃに混ざりあい、そこで視界が真っ暗になった。


丸眉のおせんは、戻ってきた美雪にむかって、うんざりだというようにいった。

「あんた人気あるねえ。さっきの男の人、あんたのことをきいとったよ。なんだい、いかないでここにいりゃよかったのに。別嬪というから誰かと思ったら、あたしじゃなくてあんたがいいって」

「いやですよ」美雪は笑っておせんの肩を叩いた。「おせんさん、またからかわないでくださいな。ですが、惜しいことに埃で見えなかったもので、どんな人でした」

「さあてね、なに、気になるの？　洒落た着物で。好色そうな。少し悪そうだったね。歳はちょいといってたけどね」

「まあ、あたしは善さんがいたらもういいですからね。おせんさんだってご亭主がいるじゃないですか」

「はん、つまらないことというね。とにかく、また通りがかったら教えてあげるよ」

二人は楽しそうに笑った。だがさきほどの男はもう戻ってこなかった。

第六章　移ろいの一年（1731）

1

皐月　四

〈小豆村〉

美雪は、一歳になったばかりの真子《まこ》と沢のほとりを歩いていた。

あちこちに蕗《ふき》や薇《ぜんまい》が見つかる。

新緑が眩《まばゆ》い。

真子は、美雪の持っている洗濯籠を引っ張ったり、小石を拾って口にいれようとしたり、ぐらぐらと揺れる倒木の上に乗ってはしゃいだりしている。

真子を身ごもったのは、定吉を殺した翌年だ。

定吉の殺害は善彦にも話さなかった。一生誰にも話すつもりはなかった。定吉に対する怨恨よりも、我が身と善彦の安全を脅かす存在に対する恐怖が弓をとらせた。ああするより、他はなかった、と何度考えても思う。

寺社の門前市から村に帰ってしばらくは、地獄の使いが現れて、薄暗い森の奥の洞穴へ攫われてしまうのを、じっと待っているような気分だった。

どうせ、いつか死ぬ。鬼御殿の者にやられるのかもしれないし、別の何かで死ぬのかもしれない。ならば、善彦の子を宿し、死念とやらで死んだとして、なんだというのか。破れかぶれだったのかもしれない。

そして妊娠し、出産した。

夫が危惧し続けた死念とやらは気配もなかった。健康で丈夫な女児だった。

真子ができて一年で、美雪は変わった。

弓矢の訓練をぱたりとやめた。乳児を抱えて暇がなくなったこともあるが、刃物や尖っているもの、死を連想させるものが怖くなったのである。

真子がよちよちと駆け寄ってきた。

「おかあ、おかあ」と母を呼ぶ。まだ、おかあ、とまんま、とねんねぐらいしかいえない。

手を差しだしたところで、大きな音がして、大地が揺れた。

美雪は真子を抱え上げた。

真子を抱いたまま見晴らしのよい丘に登ると、何里か先にある箕輪山が噴煙をあげていた。

爆発音がした。

噴煙をあげている山とは別の山の表面が、見ている間に土砂崩れとなって、土煙を巻き上げながら山肌を落ちて行った。何十本もの樹木が根元から抉られて落ちていく。

――滅茶苦茶だ。

美雪は呆気にとられた。

あの下には民家が数戸あったはずだ。

山が崩れる音がいつまでも響いている。

真子が不安そうに美雪を見ている。不意に、母の不安を感知したか、真子の口がへの字になり、目が潤むと、泣きはじめる。

噴煙で空が薄暗くなっていく。

鳥の大群が空を舞っている。

初めてだ。こんなことは初めてだ。

善さん。

美雪は真子を抱えながら、懸命に走った。

2

〈同日・極楽園〉

熊悟朗は屋敷の縁側に腰掛け、女と戯れていた。扇子の先で女の胸を突こうとすると、女が避ける。もう一度突こうとすると女がまたくねりと避ける。

「熊悟朗殿」

顔を向けると、半藤政嗣《まさつぐ》が立っていた。

「熊悟朗殿、稽古をお頼みしたい」

「若様。またですかい。このところ毎日ですな」

半藤政嗣は、十六歳の精悍《せいかん》な若者である。

政嗣は極楽園の頭領、半藤剛毅の息子だった。

熊悟朗が極楽園にきた頃、彼は桃千代という名の幼児だった。だが、二年前に元服して、政嗣という名で呼ばれている。極楽園の頭領は世襲だったから、いずれは政嗣が正統の後継者になる。

「お頼み申す」

熊悟朗は女に目配せすると、渋い表情で腰を上げた。

「一昨日も、昨日も、今日も、熱心なことですな」

政嗣が稽古に熱心なのには理由があった。

年に一度、極楽園の男たちの間で、武芸会が催される。

屋敷の中庭に全員が集まり、頭領である半藤剛毅の前で、二十人ほどの男たちが弓矢、相撲、あるいは竹刀や槍での技を競い合う。

「刀を錆つかせる奴はここにはいらん」と父が口癖のようにいうのを、政嗣は幼いときからきいていた。

武芸会のおかげで、おのずとその力量が皆の前に晒される。腕力や武芸だけが能力ではないが、序列に全く影響がないともいえない。

政嗣が初めて武芸会にでたのは十四歳のときである。元服したばかりであった。

桃千代から、政嗣という大人の名をもらい、父である剛毅の前で戦うのだと奮起したが、実際、相撲にしても、弓の腕前にしても、誰にも遠く及ばなかった。

剛毅は政嗣を慰めもしなければ、その弱さを怒りもしなかった。ただつまらなそうな視線で一部始終を見ていた。

十五歳のときの武芸会も同じ、残念な結果だった。

相撲では黒富士に投げられ、弓の競い合いでは矢は焦りのあまり、的を大きく外れた。

十五歳の武芸会の後、父が唯一かけた言葉は「おまえそのままじゃ、人の上に立つどころか誰もついてこんぞ」だった。

十六歳の武芸会も同じだった。

竹刀を手にしたものの、熊悟朗にあっさり倒された。

父の声は何もなかった。


「キエアアア！」

気合の一声と共に竹刀を突きこんでくるのを、熊悟朗は難なくかわした。

今年の武芸会は数日前に終わったばかりだが、そこで自分に負けたのが、よほど悔しかったのだろうと熊悟朗は思う。もう若様の頭の中には来年の武芸会があるのだろうか。

熊悟朗にとって政嗣は相手ではなかった。

経験や技術の差もあったが、付け加えて熊悟朗には、殺意を視る力があった。ここでいう殺意は、打ちこみの殺気も含まれる。

構えから太刀筋も予想できるし、さらには心の動きそのものともいえる霧や火花が、政嗣の殺気を可視化している。かわせないはずがない。相手に無駄な空振りをさせ、その隙に「後の先」をとればいい。

ばしりと竹刀で政嗣の胴を叩く。あまり力を入れてはいない。

政嗣が片膝をつき、ぱっと間合いをとる。

実戦ならもう死んでいる。

「熊悟朗殿は、その妙技を、誰に習いましたか」

「若様」この程度が妙技か？　と内心苦笑する。「わしは夜隼殿の動きを見て盗みました。夜隼殿は元武家ですからな。武には通じておりますで、師匠と崇めております」

熊悟朗は、切っ先を下げた。

政嗣の身体から黒い霧がさっと染みでる。

隙あり、といわんばかりに政嗣が間合いを詰め、下段から突きあげてくるのをかわし、その手首を蹴りあげた。

政嗣の竹刀が宙に飛んだ。すかさず、熊悟朗は寸止めで政嗣の首に竹刀を当てる。

政嗣の目に涙が滲んだ。

「参りました」

悔しいのだろう、と察する。

「あの若様」熊悟朗は気の毒な気持ちになりながらいった。「日々、若様の筋はよくなっていっております」

「本当ですか」

「へい、本当です。夜隼殿がいっておりましたが、とにかく、まず有利不利に頭を使い、なんでもやって勝て、勝てねば逃げろ、そして生き残れ、というのが兵法だそうです。まあ私なんぞ無学なんでわかりませんが、宮本武蔵《みやもとむさし》もそんなようなことをいっておると」

宮本武蔵については、適当につけ加えただけで、真偽のほどはわからない。

頭領半藤剛毅は、政嗣がいないときに、みなを一堂に集めていい渡していた。

――武芸会で、政嗣と戦うもの、あるいは稽古をするもの。どうか、愚息を相手に手を抜かんでやってくれ。己が弱いということを思い知らせてやってくれ。

頭領の息子だからと、ご機嫌をとったりして花をもたせるようなことは決してあってはならぬ。そして、わしが今日そのようにいったことも内密にしておいてくれ。

半藤剛毅はぺこりと頭を下げた。

――何卒、お頼み申す。

頭領が頭を下げる。滅多にない姿だった。

熊悟朗はもちろん頭領の言葉に従っている。息子を強者に育てたいからこそ、己の実力を過信して暴走させたくないのだろう。花をもたせるなど、真面目に戦う者、生死の訓練をしている者にとって真の侮辱であるから、いわれずとも論外だと思う。

「しかし、逃げて生き残るのは、武に生きるものとして」

「いやいや、ここだけの話で、今時、武になんぞ生きんでいいんじゃないですか。イクサ世でもなければ、武家でもないですし。負けそうなら逃げて、あとで背後から毒矢でも」

「そんな生き方を私はよしとしません！」

政嗣は、膝をついて熊悟朗を見上げる。

「熊悟朗殿、私は真剣に悩んでおります。どのようにしたら、熊悟朗殿のような羅刹の活躍ができますか。きいた話では、熊悟朗殿は、まだ童子の頃に、自分の何倍の背丈もある名うての筋者と一人で立ち合って、見事に倒したときいております」

気仙沼徳蔵か。懐かしい。もう何年前だろう。

熊悟朗は思う。

そのような無鉄砲を、頭領の一人息子がすることを、誰も望んでおらんのだ。

「確かにそんなこともありましたな。わしはそのとき、やられかけまして、こう思ったんです。ああ、かなわない。間違えた。これで死ぬんだ。もったいないことをした。あぁ、できるならやりなおしたい。もう手遅れだ。殺される。どうして勝ったかわかりませんが、そんなもん紙一重の運ですわ」

若様は、ここの大切な後継ですから、そんな馬鹿げたことをする必要はありません。

そういおうとしたところで、地面が揺れた。

二人はよろめき、顔を見合わせた。

空に轟音が響く。

「これは、雷？」政嗣が訝しげに呟いた。

昼七つ少し前。

半藤剛毅が屋敷の裏手にある物見やぐらに登ると、金色様が立っていた。

半藤剛毅は金色様の横に立った。

噴煙をあげる箕輪山が遠くに見える。

箕輪山噴火は、過去に記録はあるものの、半藤剛毅の人生では初めてのことだった。

金色様が、ピコリ、と音を発した。


剛毅が物ごころついた頃から、ずっと金色様は側にいた。

金色様は半藤家の血筋、主と決めたもの以外の命令は一切きかない。

金色様が、剛毅の言葉に従うようになったのは、先代甚平衛が死去し、家督を継いでからだ。

人ではない。それは明らかだった。食事も排泄もしない。そもそもの出自は月だという。

だが、これほど信頼できる存在はいなかった。人でないからこそ、野心もなく、損得で動かず、女にも酒にも溺れず、決して裏切らない。

何かを訊けば、的確な答えが返ってくる。

薬の製法、毒虫の対処の仕方、先祖の人柄、昔の事件、なんでもだ。

碁や将棋の相手もできる。

家臣だと思ったことは一度もない。家宝にして神。そして家族。

——いずれは政嗣にもついていただけますか。

金色様と二人のときにそうきくと、金色様は、コピッと謎めいた音を発し、

——ムロン、トキガクレバ。

と答えた。

何年かに一度、思いついたように金色様は、極楽園で開催される武芸会にでる。三年前も、「ドレ、ワタシモ、ヤッテミマショウ」といったかと思うと、とめる間もなく剛毅の隣で立ちあがり、中庭におりていった。

大切な身体に傷でもついたら困る。そんなことを案じる必要はなかった。相撲で全員を順番に相手にしたのだが、相手は何か不思議な力に搦め捕られたかのように、土俵の外にあっさりと押しだされてしまうのである。誰も勝てない。金色様と立ち合って勝利をおさめたものを見たことがない。

半藤剛毅は、金色様から視線を山並みに向ける。

見ている間に、大きな音と共に、山は炎と煙を噴いた。

怪物のような巨大な噴煙である。

剛毅は呻いた。一帯の村にはかなりの被害がでているだろう。天変地異を前にして、どのように動くべきなのか、判断がつきかねた。

「ゴウキドノ」金色様が山を眺めながらいった。

「はい」半藤剛毅は答えた。

「ココ極楽園ヲヒライタ祖先、チヨ様ハ、ココヲヒトビトノ拠リ所ニシヨウト考エマシタ」

剛毅は頷いた。

幼き頃より、金色様から何度もいいきかされてきたことだ。

曰く、我らは最初から山賊だったわけではない。

徳川が幕府を開く前、乱世の末期にはそこら中に賊がいた。戸数にして十戸程度の集落はひとたまりもなく、奪われるがままだった。

半藤剛毅の遠い祖先であるちよ様は村々の惨状を嘆き、賊の襲撃から一帯の山村を守るための自警組織を、村の有志を募って作った。

その自警組織が機能しはじめると、周辺集落は襲われなくなった。ちよ様の指揮するその組織は、周辺の平和を乱していた勢力を、順番に潰していったからである。

ちよ様は、さらにその組織を使って、隠田、隠畑を切り拓き、一帯で神と崇められたという。

ちよ様の死後、その組織は百年のときの流れで現在のものに変わっていくが、直下の佐和村とはきってもきれない関係で、何かあったらお互いに助け合う約束が交わされている。

金色様はいう。

「初代カラ、イマニイタルマデ、箕輪山フンカハ、ワレラニトッテ、ソノ意義ヲシメスカッコウノキカイデシタ。約束ヲ忘レズニ。里人ガアッテコソノワレラナノデス」

3

皐月　二十五

〈佐和村　熊野神社　社殿〉

噴火から二十一日後。

佐和村の熊野神社の社殿に、二十数名の男が集まって板の間で胡坐をかいていた。

集まっているのは——大橋《おおはし》村、箕輪東村、水無《みずなし》村、佐和村、谷外《たにそと》集落、谷中《たになか》集落——の名主、寺の和尚といった面子である。

その中には極楽園の半藤剛毅もいた。

烏帽子を被った剛毅の隣には真黒な肌の巨漢、黒富士がいる。

異国の船から脱走し、海賊に拾われ、流れてきた男だ。この二人は異彩を放って人目をひいた。

「お集まりの皆さま、御苦労でした、それでは、これより合議をはじめたい」佐和村の村長がいった。

「飢饉になるべよ」水無村からやってきた名主が、蒼白い顔で断言した。「うちの村は、灰で田畑がうまっとるしね。米がこのままでは全滅だもの」

「全員、首くることになるかね。谷中のほう見たかね。きのういってみたがあそこも滅茶苦茶だった。山滑りが起こっていて、家がみんな土に埋まっとったよ」

一同が、谷中からきた、無精ひげを生やし、薄暗い顔の中年男に顔を向ける。

「へえ、みな、死にましたです。女房も子供も、みんな。数人だけ生き残っております」

「年貢はどうなりますかな」

「まずお代官様に、田畑の現状見てもろうて、頭下げて。無理をいうても、人が死ぬだけと、わかってもらわないとならんな」

「駄目だ、駄目だ」と大橋村の名主が首を横に振る。「何人死んでも、何十人死んでも、無理難題をいうのがお代官様ですて」

秋の収穫になってみないとはっきりとはわからないが、恐らく近隣一帯の収穫高は前年の五分の一までに落ち込むだろう。最初の山場は今年の冬だ。そこから翌年の秋まで。それを乗り越えれば、また持ち直すかもしれない。

ひとしきり話が続いたところで、佐和村の村長がいった。

「皆さま、よろしいか。今日はな、山の神さんにおりてきてもらっとる。山の神さんというのは、遠くの村のもんは知らんだろうが、山に住んでいて、ここらでは何かあれば、わしらを手助けしてくれる、ありがたーい神さんだ」

　みな静まった。

「山の神さん」佐和村の村長が半藤剛毅に話を振った。「よい知恵はありますかな」

　全員が半藤剛毅に顔を向ける。

　村人たちの顔には怖れと好奇心が浮かんでいる。佐和村の村長をはじめとする、普段極楽園とつきあいのある何人かを除いて、その場のほとんどは、山の神さんとは初対面である。

　半藤剛毅の隣に坐している黒富士が、ぎょろりとみなを見ると、場が緊迫する。

「知恵はないが、できることをいおう」

　半藤剛毅は好奇の視線を気にすることなくいった。

　村人たちは言葉を待つ。

「わしらは蔵から六十俵だせる。それを、今年の飢えを凌ぐのに使ってくれ」

　ここに集まっている村々全部に、人口に応じて〈隠し米〉を分配する。

　おお、とみな息を吐いた。拍手が起こった。手を合わせるものもいる。これから飢饉がはじまることが予測され、下手なことをすれば自分も危ないというときに、なかなかできることではない。

「それは」誰かがいう。「確かな話で」

「すぐに二十俵、用意しよう。長月までに四十俵。しかしよろしいか。役人には決して、知らせなさるな。窮状を訴えつつ、あくまで隠し米として飢えを凌いでくだされ。あとは武川の街道沿いにある旅籠だがな、そこの部屋を、今回の災害で家がなくなった人間にしばらく貸すことにする。とりあえず、雨露は凌げる。来年まで暮らしたらいい」

みなの二人を見る目が、会合の最初と明らかに変わっていた。

「いや、さすが山の神さんじゃ、みなの衆、お寺の寄進台帳に残っていますが、元禄のときも、このあいだの飢饉も、山の神さんには世話になっている」佐和村の村長がいった。

半藤剛毅はにっこりと笑って頷いた。

「持ちつ持たれつですからな。もっとも六十俵だしたからといってたいした助けにもならんだろうが、正直いってわしらも生きていかんとならん」

集会が終わり、社殿からでると、外で待っていた配下の護衛と合流する。

その晩は、集まった村々の者たちと、会合の続きを引き摺ったような、簡素な宴が開かれた。

佐和村での会合の翌日である。

日が昇り、朝四つの刻限に、半藤剛毅の一行は、佐和村から極楽園への帰路へとついた。

先頭に二人、真中に半藤剛毅と、黒富士。後ろに二人。

途中、黒富士がきいた。

「しかし、親方、どうしてあ奴らに、六十俵もだすのですか？」

半藤剛毅は笑った。

「嫌われとるからの、わしらは。飢饉のたびに米俵をやっとる」

黒富士は不思議そうにいう。

「嫌われとるんですか。そんな風には」見えませんでしたが。

「そら、わしらが米をやるっていったからだ。感じなくてもな、目に見えなくてもな、あっち側は、常にこっち側を嫌うもんだ」

「嫌われとるのに、米を」

「わかっとらんなァ。御近所と仲よくしないと、最後には足をすくわれるんだよォ、黒富士。恩は売り時があるんだ。それを逃すと、もう売れん。節目節目で恩を売ってきたからこそ、密告もされずに百年も永らえてきたのだ」

半藤剛毅とその一行は橋の前まできて、足をとめた。

橋の支柱に木が格子状に打ちつけられて通行ができないようになっている。

手下の若者が首を捻った。

「なんで通れんのだ？」

4

半藤剛毅が参加した佐和村での会合から時は遡り、噴火の数日後、小豆村でのことである。

日が傾きかける頃だった。

帰路を歩いていた善彦は、背後から声をかけられた。

「善彦さんか」

振り返ると、体格のいい男がいた。深編笠を被っている。腰に二刀を下げている。

少し離れた杉の木に馬が繫がれている。

「へい」善彦はぺこりと頭を下げた。「善彦ですが」

「いや、善彦さん、お初にお目にかかる。わしは、藩の奥山番所同心、夢竜《ゆめりゅう》と申す者」

「これは御無礼を」

善彦は慌てて地面に膝をついた。

奥山番所などという役所は知らなかったし、夢竜というのも妙に偽名くさい名だった。

だが、後ろの立派な馬と、腰の大小が相手の身分を証明していた。馬に乗ることが許されるのは武家だけだ。

「いや、面をあげなされ。ここではなんですから、どうかどこか人のいないところで、坐って話しましょう」

二人は寺の境内に入った。妊娠するまでは毎朝、美雪が弓の訓練をしていた寺である。杉の古木に囲まれた境内はしんと静まりかえっている。

丸木の椅子に腰を下ろす。

「善彦さんの名は、このあたりで狩りの腕前がよいものを探しているうちに耳に入りました」

夢竜は一息つくといった。

「単刀直入に用向きを申しましょう。善彦さんの弓の腕を見込んで、秘密裏に〈狩り〉の仕事をお頼みしたい」

夢竜の話す内容は以下のようなものだった。

実は佐和村の方面に、山賊の集団がいる。周辺では鬼として知られていて、隠田、隠畑を持ち、山中に隠された御殿で暮らしている。彼らは里の賭場や、岡場所などにも絡んでいて、攫った女を女郎や湯女として売ったり、暴力を生業《なりわい》としている。

奥山番所は、藩が秘密裏に設けた、山村の実情を調査する役所である。

とりあえず今までは、その賊の存在は曖昧で、根拠のない噂話のようでもあったが、いくつかの訴状を吟味するうちに、最近になって実体が摑めてきた。

この度、その山賊の殲滅《せんめつ》を、藩が決定した。

近隣の山村から協力してくれる有志を募っている。

直接その山賊と繋がりのある佐和村の援助は頼めない。こちらの動きが山賊に筒抜けになる恐れがある。そこで、山一つ離れてあまり佐和村と交流のない小豆村の貴方に白羽の矢をたてた。

「鬼御殿、きいたことはありましたかな」

善彦は、美雪のこと——彼女が鬼御殿と口にしたこと——を思いだしていたが、「いいえ」と答えた。あるというとまた、面倒な予感がしたのだ。「ないです」

「そうですか。善彦さんは、なんとも面妖なことに、山から拾った女郎らしき女を内儀にしているとの噂ですが。内儀は?」

善彦は言葉に詰まった。そんなことまで知っているのか。

「いや、女房は何も話さんもので」

「まあ、拙者が、立ち入ることでも、ないですが。前にも市のほうで、ホトケがでましたな」

深編笠から、厭な雰囲気を感じた。何か様子を窺うような視線を向けている。

市の死体騒ぎはおぼえている。ちょうど美雪をはじめとする里のものが小豆を売りにいっていたときだった。詳細は知らないが、村の者が争いにまきこまれなくてよかったと思ったものだ。自分たちとは何の関係もない——はずだ。

「ありましたな。三年も前でしたか。物騒なことで」

「そのホトケも、その賊の一味よ」

「はあ、あの、何があったのですか」

夢竜は、ふん、と息をついた。

「まあ、誰が、ということまではわからんが、よくある殺し合いでしょう、な」

善彦が戸惑っているところに、夢竜は包みを渡した。

「三両でお引き受け願いたい。こちらに前金で一両ある故」

「そんなに、たくさん」

善彦にとって、三両は破格の金額である。

「残りは仕事の後に。なあに、半日で終わります。段取りは全て奥山番所で組んでおります。ただ、誰にも口外せぬようにお願いしたい。どこに耳があるかわかりませんからな。これは相手に知られたら、もう終わりの計画なのです。先ほど小豆村の名主さんとも話しましたが、鬼退治のことは半分も話しておりませんので。みなには〈役人に山の案内を頼まれた〉とだけ話して、でてきてください」

薄気味悪いほどに怪しい。

だが、受けるしかなかった。

美雪や真子を襲うかもしれない山賊を、藩の役人が討伐するので、協力せよ――そういう話である。夢竜は丁寧な話し方をしているが、それは〈丁寧な威圧〉ともいえる。

断れば、百姓相手にこれほど礼を尽くして頼んでいるのに何故断るのか、鬼御殿からきた女と一緒に暮らすおまえも賊と関連があるのか、とそういう方向に話をもっていきかねない空気があった。

5

二週間後の早朝、善彦が、夢竜から伝えられた待ち合わせ場所の小屋に弓矢を持って赴くと、鉄砲を担いだ男が小屋の前に立っていた。

夜明け少し前で、まだ薄暗い。

「あんたも鬼退治かい」

善彦は頷く。

「じゃあ入りな」

小屋の扉が開かれる。

小屋の中では数人の男たちが火に当たっていた。壁にはずらりと鉄砲がたてかけてある。夢竜の姿はなかった。

鉄砲と人がこれだけ集まっているのを見ると、当たり前のことながら、やはり本気で賊と戦うことになるのだろう。

勘助《かんすけ》という男が、全体をまとめる役のようだった。

「みなの衆、顔も名前も知らん人ばかりが集まっていますが、わしは勘助います。北の方で暮らしています。夢竜様から、わしが指揮をとるよういつかってますんで。よろしうお願いします。みんな一両もらってますな。残りの金はこの後に一両、そして最後は、全部終わった後に、藩から支払われるとのことだそうで」

「なんで、藩のお侍さんがやらんのだろうね」誰かが愚痴った。

「さあ、わしも詳しいことはよくわかりません」

勘助は頭をかいた。

「今度の噴火で忙しいのかもしれませんな。まあ、わしらの頑張りで、賊がいなくなって、みなが安心し、大金も入るというなら、やらんでか」

「やらんでか」何人かが声をあわせて拳を振り上げた。

鬼退治の段取りは、以下のようなものだった。

鉄砲を持つものを狙撃班に、そうでないものを待ち伏せ班に分ける。

鬼——賊が山道を通ることは決まっている。

賊が渡る橋を、事前に封鎖しておく。鬼がそこで止まるので、潜んでいた狙撃班が、合図と共に周辺の崖の上から一斉に射撃。

撃ちもらして逃げるものがいれば、ほぼ間違いなく、道を戻る。塞いだ橋を越えようとしたり、狙撃者のいる高台を目指せば、すぐに鉄砲の的になるから、戻るより他にない。

逃げ戻ってきた賊は、鉄砲を持っていない待ち伏せ班がでていって道を塞ぎ、逃さず倒す。

善彦は、待ち伏せ班になった。

緑の葉を茂らせた大きな銀杏の木の陰で、善彦は幹に背をつけて待った。

そよ風に葉が揺れると、木漏れ日も揺れる。

隣には、手拭で頬かむりをした男が坐っている。槍が立てかけてある。

待ち伏せ班は二人だけだった。高台から銃で撃つよりも、遥かに危険な役回りだが、狙撃班の撃ちもらしがなかった場合、何もしないで金がもらえることになる。

狙撃班が撃ちもらした敵がやってきたら、槍の頬かむりがでていって道を塞ぐ。その隙に道の脇に隠れている善彦が、相手の死角にまわりこんで弓で相手を射る。その段取りでいこうと話しあった。

「どこの村からです」善彦はきいた。

「やめましょうや」頬かむりの中年男は呟いた。「お互い名無しの権兵衛がいいっしょね」

「ですな。すんません」善彦は頷いた。

沈黙が訪れる。

鶯《うぐいす》が鳴いている。

少しすると道を見張っていた頬かむりの中年男が呟いた。

「きましたぜ」

銀杏の陰からそっと顔をだしてのぞくと、道の先から一団が現れたところだった。

素早く数えると六人いる。二人ずつ列になっている。

中央の列にいる二人の人物が目をひいた。

一人は妙に背の高い黒い肌の男だ。善彦は首を傾げる。なんだあいつは？　その隣に豪華な着物に烏帽子の男がいる。

残りの四人は前に二人、後ろに二人、と中央の二人を囲むようにしている。中央のどちらかが頭領なのかもしれない。

烏帽子の男と、黒い男は、少しおかしそうに何事か話している。

六人は善彦たちに気がつくことなく道をゆっくり通過していく。

角を曲がった先には狙撃班が待つ地点がある。

善彦は目を瞑った。

やがて大きな音が響いた。四つ、五つ。少し間を置いてまた四つ。

善彦は目を開き、弓に矢を番《つが》えると、道の先に注目した。

角を曲がって戻ってきたのは、あの黒い男だ。

一人だった。唇は厚く、目は大きい。腕から血が流れ落ちている。

右手には抜き身の刀を持っている。

頬かむりの男は槍を手にし、善彦に「たのんますよ」と声をかけ、道に躍りでる。頬かむりは、槍の穂先を大男に向ける。黒い肌の大男は、あっと気がつき足をとめる。刀を構え、いくらかの間を置いて槍と対峙する。

「のけい！」

黒い肌の大男は怒鳴った。

善彦は茂みの中から、狙いをつけた。肘と、膝が小刻みに震えた。

しかし覚悟を決め、弦から手を離した。

矢は大男の背中に突き刺さった。

大男がさっと背後を振り向く。

頬かむりがすかさず踏みこみ、槍を突きこむ。

黒い肌の大男は仰向けに倒れ、目を見開いている。あたりに血だまりができている。男はまだ生きていた。男の胸が上下している。

善彦はそばまでくると、男を見下ろした。隣には血のついた槍を片手に持った頬かむりがいる。

「おめえら、どこのもんだ」黒い肌の男は消え入りそうな声でいった。

「俺は、どこのもんでもねえ。このあたりのもんじゃねえ。お侍に頼まれたんだ」頬かむりの中年男が言い訳するようにいった。「あんたにゃ恨みはねえよ。でもやらねばこっちが死んじまう。勘忍してくれ。成仏してくれ」

「この馬鹿が」

黒い肌の男は荒い息で呟いた。

頬かむりがきいた。

「あんたこそどこのもんだ。色が黒いが、生まれつきか。どこで生まれた」

「おまえらのような虫けらが、一生知ることのない、遠い遠い、無限の彼方にある聖なる大地だ。俺はそこに帰る。おまえらは永遠に呪われて死ね」

その後、彼は善彦にはわからない呪詛《じゅそ》めいた異国の言葉を喋りはじめ、やがて呼吸を止めた。

善彦は黒い肌の死体を凝視した。

初めて人を殺した。

周囲に死んだばかりの男の怨念が漂っているように感じた。

「舐めるなっ、この悪たれがよお！」

不意に頬かむりが素っ頓狂な声をあげ、死体を蹴った。

「ほれえ、いてえか！　この悪鬼があ！　当然の報いじゃあ！　おまえらも今まで何人も殺してきたんじゃろう！　これがバチじゃあ！　とっとと地獄にいかんかあ！」

頬かむりはなおも罵倒しながら蹴る。

ああ、そうだ。善彦は思った。よくぞいった。その通り。

自分たちが戦ったのは、美雪を攫って弄《もてあそ》んでいた悪の集団ではなかったか。だから――何一つ間違っていないのだ。怒って当然、怒りをぶつけて当然――気がつけば善彦も死体を蹴っていた。死体を蹴っても意味などないが、気勢をあげていなくては、その場に漂っている怨念にやられる。これは一種の魔を祓《はら》う儀式だ。

勘助と鉄砲を担いだ数人が道の先からやってくる。

「おほっ、やっとるやっとる」

勘助の嬉しそうな声をきくと、不意に力が抜けた。

大丈夫ですかい。大丈夫ですわ。こちらも首尾は上々。何人だね。向こうは五人ころがっとる。みなもう骸だ。

勘助と頬かむりの会話が耳に入るが、善彦はほとんどきいていなかった。

「ははあ、今だからいいますが、鬼だなんだときいたので、内心臆しておりましたが、あっさりいきましたな。お疲れ様です」

手渡された一両を握り締める。できるだけ早く家に帰りたかった。

帰路を走っているうちに、空が俄かに曇り、雷が鳴りはじめた。大粒の雨が降ってくる。

その年の梅雨入りだった。

6

梅雨が明けると、暑い夏がやってきた。

疲弊は小豆村全体に重くのしかかっていた。百姓の離農は罪だったが、一家揃って村を見限り、立ち去るものが跡を絶たない。

どこからともなく湧いてくる黒い虫に、小豆村は苦しめられていた。浮塵子《うんか》の一種である。

雨が降った後など、畑の上に黒い靄《もや》ができるほどだった。

村全体で虫送りの儀式をやった。

藁人形に害虫をいれ、村のみんなで夜に松明《たいまつ》を持って、河原にいき、人形《ひとがた》を流す。

だが、効果はなかった。

稲も、他の作物も、この浮塵子がみな食べてしまう。防ぎようがなく大地が死念にとり憑かれたようだと善彦は思う。

浮塵子の対策には、油がきく。水田に油をまく。特に効果があるのは鯨油という。それを買いに名主の三男とその連れ、数人が旅立った。

通常なら十日ほどで戻ってくるはずだが、一月が過ぎてなお、戻ってこない。売り切れていたのでさらに遠くまででかけたか、道中で襲われたか、ことによれば金を持って逃げたか。

善彦は鬱々とした日々を過ごしていた。最悪の年だ。噴火、初めての人殺し、虫の発生、と碌《ろく》なことが起こらない。

秘密の鬼退治から、二月あまりが過ぎていたが、役人が届けるという残りの一両についての音沙汰はない。夢竜が本当に藩の役人だったのかも疑わしい。

山賊がどうなったのかその後のことは全く耳に入ってこない。迂闊《うかつ》に人には話さないようにしていた。

名主には、このあいだの侍はなんだったのかきかれたが、山の案内とうまくごまかした。

美雪は勘がよく、どこで何をやっていたのか、不審そうにきいた。血腥《ちなまぐさ》い殺人の話だ。話さなくてもよいことかもしれないが、おまえを捕えていた鬼御殿の奴らは、もう死んだときけば、彼女は安らぐだろうかとも思った。

「鬼御殿の話だ。ききたいか」

「話してくださいませ」

善彦は一部始終を話した。夢竜、山の案内、鉄砲撃ちたちと六人の賊の襲撃。

美雪は驚きの表情できいていた。黒い肌の男についても知っていた。海の向こうからやってきた異人だという。

「死んだのですか」

「死んだ」善彦はいった。「殺した。頭領と思うか」

美雪は間を置いてからいった。

「おそらく。しかし、奴らはまだいます。御殿内に二十人以上はいるのです。その外となると、何人いるかわかりません」

賊の仲間がいるならば、報復のために必死に襲撃者を探しているだろう。

「その夢竜なる御仁は、信がおけますか」

「わからん。今となっては、夢竜の話の全てが腑に落ちん」

真黒な浮塵子を見ていると、まるであの黒い男が、死に際の呪文で地獄から呼びだしたもののように思えてくる。

あるいは逃げたほうがいいのかもしれない。

7

長月 十二
〈武川周辺 河原〉
川沿いの土手には彼岸花が真っ赤に群生している。

遠くまで見通せるよく晴れた日で、冷気の混じった風が吹いている。

熊悟朗は夜隼と、数人の手下と共に河原にいた。

ぼさぼさの髪に、日焼けした男が縛り上げられている。目には涙がたまっている。

熊悟朗は、じっと男を睨みつけた。

男の名は勘助。三十二歳。元足軽。現在は鉱山人足の集まる町で鍋物屋を営業していた。鉄砲撃ちでもあり、熊や猪などの大型獣が里に現れると、呼ばれて撃ち殺し、鍋にする。大型獣が頻繁に現れる地域で、勘助は日々、呼ばれては発砲して活躍していた。

箕輪山噴火のすぐ後、唐突に現れた〈奥山番所の夢竜〉なる男から、鉄砲の腕を見込んでの鬼退治を持ちかけられた。

夢竜にいわれた場所に待機し、夢竜が作った段取りを、集まった男たちに指示し、標的を狙撃して殺した。

七名ほどが物陰に隠れて包囲していたという。

殺せば後のことはこちらでやるからよい、と事前に夢竜にいわれていたため、死体はそのままにして解散した。

もう何度も同じ話をきいた。

熊悟朗は太刀を構えた。

「最後になるが。夢竜はどんな男だ」

「へえ、その、背はあって、声は低くて、深編笠で顔を隠してまして、それ以外はよくわからんです」勘助は早口になった。「騙されたんですわ、ねえ、こんなことになると思わんでした。わし、騙されたんですわ」

「念仏でも唱えい」

勘助はいわれた通りにぎゅっと目を瞑ると、念仏を唱えはじめた。

熊悟朗は太刀を一閃させた。

勘助の首が落ちる。

手下の若者が駆け寄り、勘助の首を拾うと布に包んだ。

少し離れたところで腕を組んで立っている夜隼のところに、熊悟朗は向かった。

「夜隼殿。こ奴も同じでしたな」

「夢竜か」

「へい。みな同じ話をしますな。最初は何か、妙ないい逃れかと思いましたが」

皐月の会合後に起こった、剛毅親分と黒富士、その日同行していた若者たちの死は、極楽園に衝撃を与えた。

死体はそのまま、橋の前に放置されていた。

極楽園の男たちは血眼《ちまなこ》になって、犯人の捜索を開始した。佐和村では、四つからしばらく後に、銃声をきいたものがたくさんいた。佐和村を出立するときまで頭領及び極楽園の者たちは無事だったこと。会合とその後の宴で特にぶつかりあいはなく、むしろ近隣の村から集まった有力者は、半藤剛毅に尊敬の眼差しを向けていたこともわかった。金色様は壇に坐ったまま沈黙していた。すぐに雪辱をはたせぬ怒りを懸命に堪えているのだとみな噂した。

〈六十俵を供出する〉は、一旦凍結となった。〈供出の話は下手人が捕まったら〉ということに変わり、佐和村及び、一帯の村民に、情報提供を呼びかけた。

次第に情報が入るようになり、ようやく一人、また一人と襲撃者が割りだされ、今回の主犯格の勘助で、処刑は四人目であった。

勘助は実行の指揮役だったこともあり、その処刑はいい区切りだった。

半藤剛毅が襲撃された当時は、みな憤怒の形相で報復を口にしていたが、四カ月も過ぎ、季節も秋ともなると、少し熱が冷めてきている。

黒幕である夢竜という男の尻尾が摑めないことが悔しい。

夢竜についての証言は共通している。「深編笠をしていた」「話したのは薄暗いところで、どんな人物かよくわからなかった」「夢竜は一人で、仲間はいなかった」「藩の奥山番所同心を名乗った」

夜隼はしかめっ面で勘助の首を見ながらいった。

「夢竜はまあ、偽名だろうな」

「徒士《かち》の知人に聞きましたが、奥山番所などという役所は存在しないとのことで」熊悟朗はいった。

「そりゃ、そうだろう、俺とて聞いたこともないわ。嘘の役職なのか、内部でも知られていないところなのか、藩の武士というところからして嘘なのか、はてさて。だがなんにせよ、夢竜を草の根わけても探しだして、落とし前をつけなくてはならん。博徒崩れの詐欺師だろうが、役人だろうが、旗本だろうが、なんだろうがな」

夜隼は怒気を孕《はら》んだ声で、首を熊悟朗に突き返した。

熊悟朗は首を受け取り、配下に放り投げた。

「定吉の兄貴も、もしかしたら」熊悟朗は思いついたようにいった。定吉は三年ほど前に、寺社市近くの森で何者かに弓で襲われて死んだ。

「夢竜、かもしれんな」夜隼はいった。

夢竜は、役人ではない。

熊悟朗は思う。

本当に夢竜なる男が藩の役人なのだとすれば、三両もだして素性の曖昧な鉄砲撃ちを雇うだろうか。藩の仕事ならば、藩兵が勇んで動くものだ。

藩がその気になれば、百人は動かせるはずだ。

賊を討伐したのなら、民衆への見せしめに、その首を市中で晒しものにするのが常道。

しかし半藤剛毅の死体は首を刈られずにただ放置されていた。これはまったく役人らしくない。

また藩にしろ、他の勢力にしろ、鬼御殿を潰す算段の襲撃ならば、頭領を仕留めた混乱は最大の好機。機を逃さず兵を向けてきそうなものだが、この四カ月、誰も攻めてこない。

誰がどんな絵図を描いたのだ?

一行は街道にでると、茶店に寄った。

「夜隼殿は、鬼御殿の頭領に、関心はありますか」

熊悟朗は茶を啜《すす》りながらきいてみた。

配下のものは少し離れた別席で蕎麦を食べている。何か女の話で盛り上がっていて、こちらの話がきこえている様子はない。

夜隼はうるさそうな顔をする。

「なんだわしか? 考えたこともない。政嗣殿がいるだろう」

極楽園の頭領は世襲である。だが、慣例がそうだというだけで、今後一切、そうしなくてはならぬと決まっているわけではない。政嗣は剛毅が死亡したことを知るや、号泣した後寝込み、数週間、塞ぎこんで誰とも口をきかなかった。今も奥の座敷にほとんど引きこもっている。心情として理解はできても、上に立つものとしては幼すぎる。この機に兵が攻めてきたら何の指示もださぬうちに滅ぼされることになる。

「ですが、若様は、まだ十六です。いや、実のところわしなんか、まだまだ若様は、桃千代様の印象でして」熊悟朗はぼそぼそという。

「剛毅親方がやられ、いつひと戦、起こるかもしれんというときに、少々頼りないように思います。剛毅親方が生きていたとしても、まずまず、今の若様には全部を任せようとは思わんでしょう」

「確かになあ、まだ早いな」

夜隼は相槌を打つ。

「まあ、当面は、若様は、わしがきっちり補佐しよう。内部が分裂せんよう、他の者にも睨みをきかしてな。そして金色様の傍らに立つ頭領にふさわしいお顔にしてみせよう」

熊悟朗は、夜隼の身体から嘘の火花がパチン、とひとつ散るのを見る。

――いいや、そんなことを考えてはいない。

つまり夜隼の本音は、政嗣を立てるよりも、やはり自分が率いていくことを考えているのだろう。

「蕎麦おまち」

二人の席に蕎麦が運ばれてくる。

熊悟朗は思う。

夢竜なる賊は、知っていなければ段取りを組めなかったはずだ。

鬼の頭領が、いつ山から佐和村までおりてくるのか。そして帰路に橋を通るときの、ある程度正確な刻限まで知ってこそ、そこに鉄砲を持った兵を配置できるのではないか。だとすれば夢竜は極楽園内部の者ではないのか？　あるいは極楽園に夢竜と内通している者がいるのではないか。

当然――夜隼ほどの切れものなら、そこに気がついて然るべきだ。だが、そちらの方向で探りをいれようという話は、夜隼の口からでない。ただ顔もわからず手がかりもない敵を、見つけたら殺すと意気込むだけだ。

夜隼は笑みを浮かべていった。

「そういえば、熊悟朗、お主の手下の若造がいっていたが、熊悟朗兄貴はなんでも見通す心眼なる力を持っておる、とな。本当か」

「まさか」熊悟朗は笑ってみせた。「心眼も何も、その昔から、何もかも曇って見えて、難儀しておりますです」

二人はしばらく黙って蕎麦をすすった。

ふと夜隼は思いだしたようにいった。

「実はな。城下からちょっと東にいったところの舞柳の浅香桟橋のほうで、遊廓をやるという話がでておってな。俺はその話を最近まとめたんだ。お頭が生きておれば、喜んでいただけたろうに」

「遊廓って、え、舞柳の浅香桟橋っていったら、なんにもないとこで」

「作るんだよ。これから」

「あんな城下町の近くにですかい。しかし、そりゃあ、派手なことすると、役人どもが」

黙ってはいないのでは。

「あのなあ、熊悟朗。まとめたというのは、藩の認可をとったということだ。実は藩の家老に、江戸の吉原みたいなものを作りたい、という御仁がおってな。活気もでて、人々の娯楽にいいだろうと。侍どもがいい上客になるだろうよ。まあ、ほれ、舞柳あたりは、つまらんだろ。楊弓場のひとつもなかったからな。これで面白くなるさ」

夜隼は楽しげにいった。

「成功すれば、藩もそこからがっぽり税をとろうという見積もりなんだろう」

藩公認の遊廓。運営は極楽園。

俄かには信じがたい、大きな話である。

「それ、とんでもねえ話じゃないですかい。誠ですか」

「誠だ。俺はな、どうも山の上の御殿に、攫ってきた女を大勢集めて、みんなで暮らし、適当な時期に女たちを姫下りさせるってのが、あまりよい仕組みとは思わんでな」

「そうですか」

熊悟朗にとって極楽園の仕組みによいも悪いもなかった。よいか悪いかを論じるという発想がそもそもない。

「冬かむりにつかれただなんだといって自殺する女を見るたびに、何か間違っていると思うようになった。姫下りした後、誰に何を話すかわかったもんでもなかろう。この先、舞柳に遊廓ができるとなれば、女は極楽園ではなく、そっちに置いてだな。そうすりゃ、こちらも堂々と、女で商売できる。金にもなるし、身請けの話もあるやもしれんし、下働きの口もできようし、病気になりゃあ、医師も呼べるし、女たちのことを考えてもそれがよかろう」

「なるほど」

いわれれば、そんな気がする。夜隼は、女たちのことを考えるか。自分は考えたこともなかった。

熊悟朗は、数年前、冬のある日に消えた紅葉のことを思いだす。頭の回転の速い女で、幼き頃から一緒に育ったために、情があった。冬にいなくなったのだから、まず死んでいるだろうと思う。

いなくなったときは、胸が斬られるような痛みをおぼえた。

今でも山中の彼岸花を見るたびに、死体の上に咲くともいうその花の下に、骨となった紅葉がいるのではないかと想像し、冷えた気持ちになる。

確かに、もしも山の上ではなく、城下町近辺の遊廓だったなら、紅葉は消えなかったかもしれない。

「熊悟朗、遊廓をやってみんか」

「なんと、それは、私が、ですか」

「おまえ、岡場所一つやっとっただろ。俺に合力せい、それでもう一つでっかくやらんか」

その後も、夢物語のような、舞柳遊廓を作る話は続いた。

熊悟朗は、次第に夢竜なるものがどうでもよくなってきた。

夢竜が藩の人間である可能性はこれで更に薄まった。遊廓の認可をだしながら、一方で潰そうとはしないだろう。

では、極楽園の頭領が死んで、利益を得るものは誰なのか？

誰でもいいではないか。

主犯格の勘助の首をとり、落し前の体裁は整った。これ以上の犯人探しは、もはや重要ではない。人はいつも死に続けているし、常に誰かが何かを企んでいるのが世の中というものだ。蛇が棲む藪には顔を突っ込まないことだ。重要なのは、遊廓の話をするとき、夜隼の身体から、嘘の火花は飛ばなかったことだ。

夢竜が誰だとしても——黙ってついていけばいいのだ。

損と益、敗者と勝者、弱者と強者、死者と生者。どちらにつくかは間違えない。

それよりもむしろ、この方の風格はどうだ。飢饉の訪れを前にしているのに、明るい顔で未来の一大事業を、語れる男。いつのまにか階段を登っていく男。こういう男にこそ従い甲斐があるというものではないか。

8

極楽園の運営は、当然の如く引きこもっている十六歳の政嗣の脇を通りぬけて進んでいた。もとより頭領の息子ということを抜かせば、なんら実績があるでもなく、腕っ節が強いわけでもなく、年若い政嗣の序列は低い。

とはいっても金色様が傍らについている以上、表だって軽んじるわけにもいかない。名目上は新しい主君といえばその通りで、雑用を頼むわけにもいかない。

夜隼が補佐をするという話でまとまっていたが、実際になんらかの実務が政嗣に与えられたわけではなかった。夜隼が全てを取り仕切り、政嗣は何もしなかった。

極楽園の者たちにとって政嗣は、どう扱ったらいいのかわからない存在だった。そのため、挨拶以外は、ほとんど無視に近い状態になる。

政嗣のほうも、ほとんど口をきかなかった。

神無月。

湿った風が吹く、薄ら寒い日だった。

金色様と半藤政嗣は、ふらりと山門を抜けて極楽園の外にでた。

もちろん二人は女たちと違い、出入り自由である。
外にでた二人はそのまま帰ってこなかった。
翌日に捜索がだされたが、結局どこにも見つからなかった。

真夜中の風　二（1747）

舞柳遊廓の夜は更けていた。
遠くで狼が吠えている。
女は語り疲れたのか、口を閉ざしている。
その顔を行燈の炎が照らしている。

箕輪山噴火の翌年、河原で流民の子として拾われ、医師のもとで育った。人を安楽に殺す奇特な技を持ち、医師に使われていたが、ある日その力で殺人をして家出する。山奥で金色様と出会い、その導きで出会った藩の同心と夫婦《めおと》になった。

そういう話だった。
奇妙で不可思議。だが、嘘はついていないと熊悟朗の心眼は見ていた。
熊悟朗は箕輪山噴火の年のことをおぼえていた。噴火とその後の凶作で村が消滅し、飢民の集団があちこちに出現した。剛毅親分が襲撃され、金色様と政嗣がでていき、ここ舞柳遊廓創建の話がでた。全てが移ろっていく年だった。

しかしまさか金色様と遭ったものがいるとは。政嗣はどうなったのだろう。二人の行方はずっと謎だった。

熊悟朗は女の面影にふと、紅葉を思いだした。似ている。

むろん彼女は紅葉ではなかった。

紅葉はとうの昔に死んだのだし、生きていたとしても、こんなに若いはずはない。

「お主、わしの旧知の女に似ておる」

熊悟朗は口にだした。遥香の眉が動く。

「どんな人ですか」

「どんな人、と一言で説明できるような人間などおらん。だが……そうだな、賢い女だった。反面、何をするかわからんところがあり、ある日ふっと姿を消した。わしとは幼馴染でな、遠い昔の話よ。生きておればわしより年上だ」

紅葉の死体を見たわけではない。もしも紅葉が生き延びていたなら、彼女が紅葉の娘ということも、在り得なくはない。

なにしろ彼女は流民で、年齢もちょうど紅葉が極楽園から消えた時期とあわせられる。

熊悟朗は煙管に煙草を詰めると、火鉢から真っ赤な炭を鉄の箸でひょいと取りだし、火をつけた。

いったん紅葉のことを思うと、遥香の中にある紅葉の面影がさらに強まる。

「おまえがどんな人生を送ったのかはあらかたわかった。だが、わからぬことも多い。それで、ここに何をしにきた？」

女は頷いた。

「夫のことでございます」

「おまえの夫がどうした？　藩の同心といったな」

「はい」

「名前はなんといったか？」

「柴本厳信。捕縛の達人で名を馳せておりました」

熊悟朗は煙を吐いた。藩の同心に捕縛の凄腕がいるという話は、過去に耳にしたことがある。

「それで？」

熊悟朗にとって藩の同心は敵でも味方でもない。侍と道であったとなれば、深くお辞儀をするし、場合によっては膝をついて平伏する。だが、殺し合いとなれば全力で戦うし、狙うとなれば躊躇《ちゅうちょ》なく葬り去る。商売となれば上客だ。

「夫は、鬼御殿の捜索に関わっておりました。無論、匪賊、俠客の類など珍しくはありません。夫にしてみれば、最初はいつもの仕事の延長にあるものだったでしょう。ところが鬼御殿は海に浮かぶ幻の楼閣のごときもので、確かに在ると思って近づくと形がぼやけてしまうと嘆いておりました。

夫が奉行所の記録を調べたところによれば、藩はこの百年で、鬼御殿捜索を二回試みたようです。二度とも到達できなかったと記録にあったそうです。夫は三度目の捜索を試みました」

藩が到達できない、もしくはしないのには、複数の理由があった。

理由の一つは位置だ。

鬼御殿から最も近い佐和村は、ちょうど国境に位置している。

かつて半藤剛毅が襲撃された谷川がその境となっており、山中の細道で関所こそないものの、鬼御殿捜索にでると、隣の藩に入ってしまうことになる。つまりこちらの侍たちからすれば、管轄外の領域になるのである。

賊がよほど大きな騒ぎを起こすか、内乱でも企てていない限り、藩士に管轄外の隣の藩に侵入する権利も、実利もない。しょせん役所の仕事で自分たちの領土ではないから捜索はここまで、という話になる。

「なぜ三度目の捜索を行うことになった」

「そもそもは顔見知りの里人から、鬼御殿に娘が攫われた、なんとか取り戻したいという訴えを受けたのがはじまりだったと思います。以前から、時折、藩内のあちこちで起こる辻斬りの類に、この賊が関わっているのではという噂もたっておりましたので。上の人間たちはあまり乗り気ではないようでした。そんな御殿などは無い、下手人はどこかの流れ者だと」

熊悟朗はふんと鼻を鳴らした。

藩の家老の中には、鬼御殿を知っている者もいる。位置までは知られていないが、剛毅親方の時代よりずっと前から、それなりの金を流している。舞柳遊廓ができてからは、さらにその金は増えた。だから下の人間に本気で捜索を命じない。舞柳遊廓の客の多くが藩士たちであるように、結局は共存がよいのだ。これが藩が鬼御殿に到達しない第二の理由である。

「では、おまえの夫は、里人の訴えだけで動いているのか」

「はい。もし噂通りの賊がいるならば、あってはならぬことと、胸を動かされ」

「馬鹿を申せ」

罪なき女を斬れといわれれば罪なき女を斬り、村に火を放てといわれれば火を放つのが正しい侍の姿だと熊悟朗は思っている。よし悪しではなく公務とは、そういうものだし、そこに関して侮蔑もない。治安維持といったところで、それは統治、すなわち税の搾取に都合がよいから生じた仕組みである。

奉行所の同心の管轄は、町である。その外にいくことがあっても、まさか山中まではいかない。民の訴えに胸を動かされて、上が渋っているのを汲まず、いかなくてもよいところに命がけでいく侍など信じられない。

「そんな侍がいるものかね」

「確かに普通ならそうかもしれません。情とも、義侠心ともなんともいい難いのですが、夫は己の心の内に、何か独自の決まりごとを設けているようなのです。主君のため、というだけでなく、世のため、人のため、弱きもののため、といったような。これと思ったことには藩命や実利がなくとも命をかけます。娘を攫われたのが、顔見知りであったことも大きかったでしょう」

「奇特な男だ」

「夫は、五人の配下を連れて佐和村に調査に入り、そこから鬼御殿の位置を割りだそうとしました。そして消えました」

熊悟朗は思った。

総勢六人では無理もいいところだ。

「どこで消えたとな」

「佐和村からその先への山中で消えました。配下の五人のうち、三人が夫と一緒に行方がわからなくなりました。後から伝え聞きましたが、神に触れんとして祟りにあったのだと佐和村のものたちは恐れていたそうです。その恐れは他の同心にも伝わり、残りの二人は半狂乱になって逃げ戻ってきました。もともと奉行の下知があったわけでもない単独の調べですので、鬼御殿捜索の話は終わりになったそうです」

「山はな、何が起こるかわからん。地面が崩れたり、岩が降ってきたり、道を間違えたりということもある」

「かもしれません。ですが、私は納得できませんでした。ようやく舞柳遊廓のしなの屋楼主が、鬼御殿をよく知っているという噂を耳にしたのです」

熊悟朗は溜息をついた。

里では自分が鬼御殿ゆかりの者であることはまず口にださない。きかれてもはぐらかす。知らぬふりをする。だがそれでも十数年の間に、噂は広まる。

いや、彼女は金色様と繋がりがあるのなら、噂を耳にしたといいながら、金色様からきいたのかもしれない。

「鬼御殿とは、どんなところなのですか」

熊悟朗は答えなかった。遥香はすがるようにきく。

「何かご存知のことはありませんか」

「いいや」

「藩の同心が、佐和村より先の山道で行方不明になった件はどうでしょう。大旦那様のお耳に入っておりましたか?」

「いいや。知らなんだ。佐和村などよく知らん。ここ数年、わしはずっとここで仕事をしておる」

遥香の顔に微かな失望が浮かんだ。

「私は夫を探さなくてはなりません。そのため、何か得るものはないかと決死の覚悟で、今日やってきたのです」

熊悟朗は極楽園に思いを馳せた。

あそこはもうだいぶ前に、形を変えた。

幾人かはいるだろうが、女たちもだいぶ減った。

十数年前に、舞柳遊廓の遊女とするため年若い女たちの半数以上を里に下ろしたからだ。

やがて、舞柳遊廓が莫大な利益をあげはじめると、熊悟朗は、極楽園から独立した。「極楽園の熊悟朗」から「舞柳遊廓の創建者の熊悟朗」となったのだ。

今でも利益の一部は上納金として極楽園に送られるし、山の鬼が必要なときは、声をかければ、殺しでもなんでも汚れ仕事をやってくれる。だが十数年のうちに、自然につきあいは少なくなる。極楽園にいる男たちは、古株の数人と、連絡役のように定期的に訪れるものを除き、ほとんどは熊悟朗の知らない連中になっていた。

現在の極楽園の頭領は、夜隼だ。

夜隼は、六十に近い。最後に会った時には足の調子が悪いといっていた。

今は引退――極楽園でほとんど隠居の態勢になっているはずだ。もっとも、それでも毎年の武芸会では、頭領自ら参加し、相当な強さを発揮しているという。

もちろん、同心など六名ぽっちが縄張りに入ってきたら、捕えて殺すように命じるだろう。山は城下町ではない。

熊悟朗はしばらく考えていた。

紅葉。

自分はあいつに何をしてやれた？

今ならば、あらゆることをしてやれる。

だが、あの小僧の日々に、少しでも何かをしてやったことがあったか？

あの頃は何も考えていなかった。何もできなかったし、何もしなかった。

目の前にいる女が、紅葉の忘れ形見だとするならば——。

できることがあるならば、何かをしてやりたい。

熊悟朗はいった。

「おまえの話はしかとわかった。大胆にもわしに一人で会いにくる覚悟も気に入った。このことについて一切を人に語らぬと約束するならば、教えよう。わしはな、その鬼御殿と話ができるらしい知己がおるでな。藩の同心がどうなったのか、その詳細を、そ奴にきいてみよう。それでよいな」

「いいえ」

熊悟朗は眉根に皺を寄せた。

遥香は伏すと、額を床につけた。

「私を、鬼御殿に送ることは叶いますでしょうか」

「なんだと？」

「こんなことをいうのは、なんですが、私は他人を信用できませぬ。大旦那様のお知り合いの方は、知っていても知らぬというかもしれません。そうしたあやふやなことで、納得しろといわれてもできませぬ。それならばむしろ私が自分で鬼御殿に足を運び、この耳できき、この目で見れば納得できます。鬼御殿の誰かの側女でも、下働きの下女の口でも、何か紹介していただけないでしょうか」

熊悟朗の声が低くなった。

「わしがそんな願いをきくと思うか？」

「何も持たぬ女一人でございます」

第七章　叶わぬものたち（1731—1746）

1

私は異形。

外を歩けば目立ちます。

それはよくよく承知しております。

しかし、着物と足袋と、鬘《かつら》と、編笠と真っ白な面。

これだけ身につければ、やや他人と風貌の違う私も、すっかり人間になり、あまり容貌を騒がれることなく動けるのです。

政嗣様が抜けだす前に、私は準備を整えておりました。

夜明け前にそっと抜けだした政嗣様は、門の前に立っている私をぎょっとした顔で見て「金色様、いったいなんですか」と挑むようにいいました。

私が「お伴をさせていただくだけです」というと、政嗣様の体から緊張がとれました。

「金色様、それには及びません。私は思うところがあって、ここを出立しますが、ご心配なきよう」

「ではいつお帰りになられますか」

「いつ、とはいえません。あるいは戻らないかもしれません」

「やはり、それならば、ご一緒させていただきます」

私はまたいいました。

政嗣様は、私のことをあまり理解していないようで、怪訝そうに眉根を寄せると首を傾げました。

「金色様は極楽園に必要な方、戻ってくだされ」

「いいえ戻りません」

私は、極楽園などどうでもいいのです。

私の存在する理由は、亡きちよ様より続く代々の者たちのお世話です。その血筋の者をお守りし、用を為すことです。政嗣様のお傍にいなければ、私は意味がないのです。

やがて政嗣様は納得したのか、諦めたのか、歩きはじめました。

箕輪山が噴火した年の冬のことでした。

私たちはあてもなく彷徨しました。

旅籠に泊まり、しばらくすると別の旅籠に移る、ということを繰り返しました。政嗣様は、お酒は一滴も飲みませんし、煙草もやりません。時折、女を買う以外は淡白なものでした。

そして、いつも物憂げに何かを考えておりました。

正月になり、いよいよ冷え込み、湿った風の中で雪が舞う日が何日も続き、やがて春になりました。

満開の桜の森を私たちは歩いていました。橋のたもとに、首置場があり、処刑された罪人の首がいくつか置かれていました。首の上にも桜の花弁が降り積もっています。

その晩、旅籠にて政嗣様は、ぼそりといいました。

「今日、首を見て思いだしました」

私は黙って部屋の隅に正座していました。

「夜隼殿が、御検分のほどを、といって」

俺は、夜隼殿と座敷で二人でした。

桐の箱を差しだされたんです。

開くと皮膚が灰色に変色した中年の男の首が一つ入っていました。

勘助という男で、父上を襲撃した連中の主犯だと。

夜隼殿はじっと俺の言葉を待っていました。だが、俺は――言葉がでてこなかった。

何もかもが己の頭上を通りこして動いているのです。親の仇討ちですら、ものの数カ月で箱に入った首がやってくる。なぜその場に俺を立ち合わせなかった。なぜ俺にそいつの首を斬らせなかった。不服といえば不服ですが、それをいうわけにもいきません。これは大きな手柄です。労うところです。

でも、俺は夜隼殿と話すのも辛かった。

ただ、わかり申した、とだけいいました。

さぞや腑抜けに見えたことでしょう。

いや、俺は実際に腑抜けなのかもしれない。

俺はあそこにいたって、飼い殺されるだけなのです。誰かが攫ってきた女を抱いて、誰かが盗ってきた宝を眺め、だされた飯を食べる。全てが俺のものでありながら、何一つ俺のものではない。

そんなものは、つまらぬ。

そうではありませぬか？

つまらぬだけならよい。

つまらぬ上に、危ない。

ある日誰かが、俺を狙うかもしれません。飾りはもういらんというて。

父は、私にいつもいっていました。

強くないものには、誰も従わん、と。

だが、一人まだ捕まっていないものがある。裏で糸を引いていた黒幕とされる夢竜という曲者です。

あるいはそ奴の首を持って帰れば——あの息苦しさから逃れられるかと思ったのです。

「政嗣様、感服いたしました。素晴らしいお考えですぞ」

「金色様、俺は夢竜を探します。俺は俺自身を、誰からも一目置かれる男に変えていかねばならん」

私は頷きました。

「合力させていただきます」

私は見聞したことを、常人よりも深く記憶しておくことができます。

たとえば、通りすがりの子供たちの会話や、酒場の若い衆たちの会話のような、常人ならば雑音として記憶せぬようなものでも、一度耳にしたものなら、十年過ぎても思いだせます。

またその気になれば、一町先の会話も拾えます。

つまり、会話が為される場所にいさえすれば、多くの手掛かりを拾うことができるのです。

まずは政嗣様と相談し、夜闇に乗じて、藩の奉行所の縁の下に潜みました。

2

奉行所は、上士たちの屋敷が並ぶ城下町の外れにありました。

奉行所は広大です。官舎、同心詰所、吟味所、詮議所、白洲、役宅。

私は蜘蛛の巣だらけの縁の下で、じっと耳を澄ませました。狸が棲んでいて、私を見てぎょっとして逃げていきました。

鶏舎の鶏たちが夜明けに一斉に鳴きはじめるところで奉行所の一日がはじまります。

やがて藩士たちがやってきます。

藩士たちは、その日の仕事について話します。過去の事件についても話します。

そして日が暮れ、また翌日、さらにその翌日、と、時折潜む場所を変えながら私は音を拾い続けました。

こんなことはお安い御用なのです。私はそうすべきとあれば、一年でも同じ姿勢で動かずにいられるのです。

二十日がすぎると、真夜中に人目を忍んで、政嗣様の待つ旅籠に戻り、報告しました。

夢竜、奥山番所について交わされた会話は皆無でした。

やはり前年の箕輪山噴火の話題が多く、それにより急増した流民や喰いつめ者がおこす強盗や、辻斬り事件についての捜査や捕縛の話がほとんどでした。

新しく建築のはじまった舞柳遊廓の話も、よく話題になっていました。奉行所のものたちは楽しみにしているようで、小者や足軽たちが遊廓での女遊びについて話しているのも耳にしました。運営者が極楽園の人間であることが話題にでることはほとんどありませんでした。彼らは極楽園の人間を、湯女のいる旅籠の経営者程度にしか理解していませんでした。鬼御殿という言葉が二、三回、中級武士の口からでましたが、「山には鬼の棲む御殿があると子供の頃に聞いたが本当かのう」というような、単なる噂以上に及ぶ話ではありませんでした。

もしも藩士が剛毅様の襲撃に関与しているなら、あの日の襲撃に触れる話題が全くでないというのは、おかしなことでありましょう。

政嗣様は、私の報告をきくと、消え入りそうな声で、相わかった、と呟きました。深く失望している様子でした。

続いて寺に潜りこみました。

建宝寺なる寺が武家屋敷の集まる城下で一番大きく、人の出入りも多いため、あるいはここで何か得られるかと期待したのです。

寺社があの襲撃に関わっていることも有り得なくはありません。寺社というのは葬祭を取り行いますが、その内側では何を企んでいるかわからないところがあります。

七日ほど僧たちの会話に耳を澄ませたのですが、修行と称して信徒や檀家の女に手をだしまくっている生臭坊主の実態がわかっただけで、こちらでも欲しい情報は全く手に入りませんでした。

寺の縁の下から撤退したのは満月の晩でした。

私は政嗣様が逗留している宿に向けて、武川の河原沿いの木立の中を歩いていました。そこら中に流民がいて、掘立小屋までできていましたが、私は彼らの焚き火からは少々距離をとり、闇の中を進んでいました。

私は一町先の声まで拾えるので、きくともなしに流民たちの声を拾っていました。そこで不意に、夢竜という言葉が飛び込んできたのです。

──その太陽の刺青野郎が、我が家に火を放ったのも、夢竜が関わっていないとはいいきれない。

私はぴたりと歩みを止めました。耳を澄ませます。掘立小屋の近くです。男女が切株に坐って話していました。夢竜と口にだしたのは男のほうです。

男の台詞に女が答えます。

──まちがいなく鬼御殿の報復でしょう。本当に、真子を連れてでていてよかった。

家を知られた今、今のうちはここにいるほうがむしろ安全かもしれない。

私はじっと彼らの会話をきき続けました。

女の声におぼえがありました。かつて極楽園にいて、脱走した娘の声によく似ています。彼らの話の断片をつなぎ合わせると、次のような事情がわかりました。

二人は小豆村の夫婦であり、夫の方は善彦、女は美雪という名で呼ばれていること。

この夫の善彦は、去年、夢竜と接触し、我が主君、半藤剛毅様を殺した連中の一人であること。

夫婦にも、夢竜の正体はわかっていないが、藩の役人ではないという見解をもっていること。

夫婦の家は、去年の長月頃に放火され、燃えてしまったこと。彼らはそのとき、たまたま城下町のほうにでており、戻ってきたら家が炭になっていて、飼い山犬が死んでいたこと。

出火のあった直前に、両手の甲に太陽の刺青をいれた他所者を見かけた村人が複数おり、夫婦は、山賊の報復と考えていること。

夫の善彦は名うての狩人で、山に入り、罠でとった猪や鹿を中心に、河原の流民たちに肉を持って帰って分配していること。

焚き火の炎に照らされた二人の顔をおぼえました。
やはり、女のほうは極楽園にかつていた女郎でした。
やがて男のほうは、何処かに用事があるらしく、知り合いに茸を届けてくるなどとい
い残し焚き火を離れました。
私もそれを機に、その場を離れました。

3

政嗣様に、流民の中に我らが仇の一人がいたことを報告すると「なんとさすがは金色
様じゃ」とたいへんお喜びになりました。

私たちは間借りしている旅籠の二階で、話しあいました。

「だが金色様、その太陽の刺青を手の甲にした男というのは」

政嗣様は不思議そうに首を捻ります。

「それは極楽園の、百目天童《ひゃくめてんどう》ではないか」

百目天童は、夜隼の配下の侠客でした。確かに両手の甲に太陽の刺青をいれています。

無口で残忍な性格で、殺した敵の耳を切り取り、箱に集めているような男でした。また、
兄貴分である夜隼に崇拝に近い感情を持っている男でもありました。

「絶対とはいいきれないものの、そんな刺青を入れている者は他にはいますまい、おそらくは百目天童でしょうな」

「しかし妙ではないか」

「妙ですな」

これまでのところ、頭領の仇討に関しては、熊悟朗をはじめとする極楽園の数人が出向いていってその身柄を攫い、知っていることをあらいざらい吐かせてから首を刎ねていたはずです。

仇を見つけたからといって百目天童が一人で小豆村に向かうのはおかしい。

そして何より、その百目の放火は、夫婦の会話からすると、去年の長月です。まだ私と政嗣様が出奔前で、ちょうど主犯格の勘助が処刑された頃のことです。

勘助以後に、仇がまたもや一人判明したとするなら、大きな話題となるはずで、その話が極楽園中でなされているはずです。それなのに、政嗣様はともかく、私の地獄耳にこの小豆村の善彦の話が入っていなかったのが異常でした。記憶を探り、その当時の夜隼や、百目の会話、その他の者たちの会話を思い起こしましたが、小豆村の善彦の話題はやはり皆無でした。

「さっぱりわからぬ。なぜか百目は新たに仇を見つけており、誰にも教えずに一人で襲いにいったということか」

「あるいは夜隼に命じられたのかも」

夜隼が、秘密裏に子飼いの百目に小豆村の狩人の襲撃を命じた——。百目は標的が留守だったので放火をして戻ってきた。夜隼はこの襲撃の口外を禁じた。

「かもしれぬ。百目は夜隼殿の命令なら、なんでもきくであろう。だがそうだとして、なぜ夜隼殿は、この善彦の存在を知ったのだ？」政嗣様は苦しげにいいました。「そしてなぜ、子飼いの百目に一人で殺しにいかせた」

もっとも、百目は全く別の個人的事情で善彦の家に火を放ち、善彦が頭領の襲撃に参加していたことは知らなかった、ということもありえなくはありません。

翌日、政嗣様は再び沈みこんでしまいました。

喋らなくなり、天井をじっと睨みつけています。

夢竜なるものは実は夜隼ではないのか、という考えに辿り着いたからでしょう。

夜隼は、確かに剛毅様の死後、極楽園の頭領同然の地位に昇っています。

いったん思い至ると、疑いは濃厚でした。

大胆でぬかりのない手口も、誰がこんなことをと考えれば、他の者の顔が浮かびません。

夜隼が夢竜なら、依頼している本人なのだから、襲撃者全員の居場所を知っていることになります。

夜隼は、仇として名があがってきたものは、熊悟朗たちに襲わせ、首をとる。〈仇討ち〉をさせる。

自分が依頼した襲撃者が、皆の前で芋づる式に名前があがり、全員処刑されればそれでよし。だが勘助のところまでで、善彦のような名が上がらない者がでてきた。

運よく生き残った者をどうするか。

名が上がるまで放置するか、それとも、と夜隼は考える。

考えた末、名の上がらなかった者は、腹心の百目に「どこそこの誰それを殺せ」と命じて、密やかに葬り去っておくことに決める。

放置しておけば彼らは「佐和村の近辺で鬼御殿の賊を退治した」という話をあちこちで触れまわるだろうし、それが極楽園にとって不利益を起こすことは予測できる。全員殺して、懸念の材料はなくしておきたい。

〈なぜ夜隼子飼いの百目は、誰にも話さずに秘密裏に善彦を襲撃したのか〉

この問いには、やはりこの推測が、一番頷けるものでした。

政嗣様の誇り高さは美点といえるかもしれませんが、それは苦悩の主因ともなりえるものでした。

敵が何者であれ、私に命じて、その者の首を刎ねてこさせれば、普通はそれで終わりです。

しかし政嗣様はそれをよしとしないのです。

政嗣様の悲願は、己の力で敵を倒すことなのです。それがこの旅の目的でもありました。

仇敵を私にやらせるなどもってのほか、正々堂々と名乗って前から叩き斬らなくては意味がない。そのあたりを誤魔化してしまえば一生の汚名になると考えているのです。

もし敵が夜隼なのだとすれば、熊悟朗をはじめとする極楽園の男たちは、おおかた夜隼につくでしょう。そのほうが利益があるからです。

政嗣様が正面から向かっても、その刃が届くかどうか。仮に夜隼と二人で向きあうことが叶っても、武芸会で一度も勝利したことのない政嗣様が、武に通じた夜隼に、勝てるかどうか。

賢い政嗣様のことです。それらのことに思いを巡らしたにちがいありませんでした。

もっともまだ夜隼が仇なのだと確定したわけでもありませんでした。

私は部屋で寝転がって天井を睨みつけている政嗣様にいいました。

「如何しましょう。このままでは、せっかくの手掛かりも逃げてしまいます。斬る、斬らぬはともかく、一度、その流民にあって詳細を聞いてみないことには、何もはっきりせぬことかと」

政嗣様は起きあがると、水を飲みました。

長い沈黙の後、私にいいました。

「金色様。ことによれば、俺は死ぬかもしれません」

「そうはなりませぬ。そうはさせませぬ」

「もしもの話です。俺が死んだら、金色様はどうなさいますか」

私は言葉に詰まりました。

できる限り考えないようにしてきたことで、明確にこうとは決めていませんでした。いったい政嗣様がお亡くなりになったら私はどうなるのでしょう？　政嗣様にお世継ぎがいるなら、その子を守護することになるでしょうが、お世継ぎはいません。考えられることの一つは停止する、というものでした。どこか人のこない山中で停止し、ずっとそのままでいる。

もう一つは、その昔、行わなかった〈幕引き〉を行い、消滅する、というもの。己の身体を火山か何かに投じるのが確実な方法でしょう。古き〈律〉に従えばこれも正しい。でも〈幕引き〉は、自分の意志ではできないのです。実はこれまで何度かその可能性を探ったのですが、私が主君と仰いで仕えている方の命令があってはじめてできるのです。私は私の意志だけでは死ねないようにできているのです。

後は、新しい誰かにお仕えするか。だが誰に？

天孫のちよ様の血をひく家系は、極楽園の系統以外にも、いくつかありますが、七十年ほど前を最後に、ほとんど交流は途絶えていて、私は傍流の顔も知りません。今更な気もします。

「どうするとも考えておりませぬが、どうあって欲しいですか」

「金色様には望むままに生きて欲しい。人に使われることなく、望むままに。貴方なら、なんでもできるはずだ」

「ありがたき御言葉ですが、しかし」

政嗣様は続けました。

「それからもう一つ。ここが俺の正念場なのです。どうか、いざ戦いのときには、俺のいうことをきいてほしい。俺はこの手で仇を倒すと決めました。結果だけに意味があるわけではあるまいて。どのように立ち振る舞って、その結果をだしたのかが重要なのです。しかと見届けてくだされ」

4

翌日の昼、私たちは武川の河原にいきました。

私は着物姿に、手甲に、足元には足袋。鬘と般若の面を被って顔を隠し、金色の肌を見せぬようにしました。

該当の男が、ちょうど川沿いの山道から薪を背負って歩いてくるのが目に入りました。

周囲に人はいません。私は政嗣様に、奴です、と教えました。

男は私たちを見ると、ぎょっとしました。

政嗣様は男のそばに寄るといいました。

「小豆村の善彦だな。ちと、話があるのできてもらえるか」

「そうですが、どちらさんで」

男は訝しげに、私と政嗣様を交互に見ながらいいました。

政嗣様は低い声でいいました。

「去年、おまえが喧嘩を売った、鬼だよ」

男は薪を積んだ背負子《しょいこ》を下ろしました。口調が厳しくなりました。

「あんたは何者だ」

「だから、今いったろう」

「本当に、鬼御殿の者か」

二人は睨みあいました。

善彦は、政嗣様から目を逸らさず一歩後退しました。

「逃げるなよ。逃げれば、おまえの女房と赤子を殺す。逃げなければ、おまえの命だけで、妻子には手をださないでおいてやる」

政嗣様は不敵な笑みを浮かべていいます。本来そうした脅し文句が似合う御方ではないのですが、いうことをきかせるには、演じることも必要でしょう。

善彦はぎょっとして、それから拳を握りしめました。

「俺の家に火をつけ、山犬を殺したのはおまえだな」

これには政嗣様は返答に困ったようでした。無論違うのですが、やったのは同じ極楽園の人間ではあります。

結局答えずに、人気のない河原の上流に向かうように指示しました。

途中他の流民とすれ違いましたが、政嗣様が睨みつけると、目を逸らしてそそくさと去っていきました。

善彦は黙ってついてきます。

歩きながら政嗣様はいいました。

「おまえに命じた夢竜というものを探している。おまえは、そいつがどこにいるのか知っているか」

「奥山番所の役人といっていたが」

「そんな番所はない」

「ならば、それ以上のことは知らん。他を当たれ」

「夢竜というのは何者だ？」

「知らぬ。いきなり現れた」

「役立たずが」政嗣様が毒づきました。

「おい、山賊」善彦が怯まずに返します。「俺は確かに山賊討伐に参加した。しかし、よく俺の場所がわかったな。誰にもあの日のことはいっていないはずだ」

「誰にもいっていないのか？」

「ああ。いっていない。誰からきいた？」

「通りすがりに聞こえてきたのさ。俺たちが捜している夢竜って名がな」

私は夜隼の声音を真似てききました。

「俺の声におぼえがあるか」

善彦はびくりと体を震わせました。

「な、なんだ、おまえ」

政嗣様も、ぎょっとした表情で私を見ています。

政嗣様には、事前に他人そっくりの声音をだせることは話していましたが、まさかここまで完璧に再現できるとは思っていなかったのでしょう。

私はなおも夜隼の声で続けました。

「おぼえがあるか、ときいている。どうだ？　拙者が何者かわかるか？」

「おまえ、夢竜なのか」

善彦は呆然と呟きました。

「いや、確かに夢竜だ。おぼえのある声よ。よもやその声は忘れぬ。やはり役人だの番所だの全部嘘で、鬼御殿ゆかりのものだったか」

政嗣様と私は一瞬顔を見合わせました。

夜隼の声は、夢竜の声と同じ。

私たちが喉から手がでるほどに、欲していた、揺るがぬ証拠でした。

政嗣様は眉根を寄せ、苦渋の顔で絞りだすようにいいました。

「おのれ、あの男。よくも、よくも白々しくも、俺の父を。おい、おまえ、よくぞ消されずに生きていた。おまえは俺の仇の正体を暴く、生き証人として、もう少し役だってもらう」

政嗣様は青筋たてて、勢いよくいいます。目に見えぬ気焔《きえん》が、政嗣様の身体からあがっているようでした。

善彦は困惑顔で、首を横にふります。

「俺はおまえたちのいいなりにはならん。夢竜よ、よくきけ。役人でもないおまえに、二度は利用されん。消えろ。話すことなど何もない」

「それならば、いいなりにならんでよい。ここで死ね」

政嗣様は刀を抜きました。

早急に抜き身の刃の出番になっています。

善彦はまだ必要です。今はまだ斬ってはならない。これはよくない——と思いました。

私は、事前に政嗣様より手をだすなと命じられていたので、ただ見守るより他はありません。

政嗣様も、売り言葉に買い言葉で刀を抜きはしたものの、どのように収束させるべきか悩んでいるように見えました。

「政嗣様」

私が助けようと踏みだし、声をかけると、政嗣様は苛立たしげに声を荒げました。

「ええい、もう、わかっておる。黙って見ておいてくれ」

いくら強気といえど、相手はさきほどまで薪を集めていたただの流民です。武器を持っているようにも見えません。

私は頷き、下がりました。

「刀をしまえ」

善彦は厳しい顔でいいます。

政嗣様は構えたまま、ごくりと唾を飲んでから口を開きました。

「なあ、流民よ。最初はおまえを殺すつもりだった。だが——今はそうでもない。一応教えておくが、ここにいるのは夢竜ではない。声を真似ただけだ。ここはひとつ、取引せぬか」

「刀をしまえ」

「怖いか？　いや何、おまえにとって悪い取引ではない。金をやってもよいぞ。まずはおまえの命、さらに妻子の命を天秤にかけて考えてみよ」

政嗣様が一歩踏みだします。

「刀、を、しまえ、あっ」

善彦は後退し、よろめきました。刀を抜いた政嗣様を前にして動転し、浮き石に足でも乗せてしまったように見えました。

それは作為を感じない自然な動きでした。

おっと、浮き石だ。河原は足場が悪い。そんな風に。

彼はふらついたあと、政嗣様に倒れこんできました。

政嗣様は抜刀した状態にあったものの、すぐさま善彦を斬るつもりはありませんから、善彦をかわそうと身をよじりました。

その動きに合わせるように、くいっと善彦は身をひねり、どん、と政嗣様に重なり、それからぱっと政嗣様から離れます。

政嗣様がうめき声を発しました。

袖に忍ばせていたのでしょう。

善彦の手に血のついた両刃の小刀が握られているのを見て、私は絶句しました。

政嗣様は右手で腹を押さえながら叫び声をあげると、左手で刀を振りましたが、善彦には届きませんでした。

善彦はぎらぎらと光る目で政嗣様にいいました。

「俺は三度刀をしまえといった。なあ山賊。おまえらは、たった二人できたのか？」

「金色様っ」

政嗣様が絶望的な声で呼びました。

——金色様、頼みます。

善彦は私に向かって構えます。

「般若。おまえはいったいどこの誰で、何を望んでいる」

彼が一歩踏み込んだのにあわせ、私も一息に踏みこむと、善彦を全力で蹴りました。

善彦は回転しながら、数間先のブナの木まで飛びました。

全力で人を蹴ったのは本当に何年ぶりでしょう。極楽園の武芸会でも本気をだしたことはありませんでした。

まっすぐに善彦が転がっている地点に向かい、倒れた彼の胸に、拳を叩きこみました。

彼は血の泡を吹いて、死にました。

私はすぐに政嗣様の傷を確認しました。

腹を刺されて血が溢れだしています。深手でした。

とりあえず傷口に布を巻きました。

政嗣様の目に無念の涙がたまっていました。

「不覚でした」私はうろたえながらいいました。「まさか奴があんな卑劣なことを」

お守りできなかった。側についていながらお守りできなかった。

そのことが頭の中で繰り返し私を責めます。

政嗣様は毒が抜けて、とても穏やかなお顔をしておりました。

「卑劣でもなんでもありません。刀を抜いたのは俺が先です。結局、俺は人生で、何一つ、一人ではできませんでしたな」

動かせば出血が早まり、死ぬでしょう。

どこかに運ぶ、といっても、ここからでは、かなりの時間がかかります。医者などに見せたところで、この傷では助かるはずもありません。

ここにいるのがよいと思いました。

ここが最期の場所でした。

私は政嗣様の顔に、ずっと彼のご先祖、私が仕えてきた代々の主君を見ていました。幽禅家のちよ様、その息子から何代にもわたって剛毅様に至るまで、みな政嗣様の中に少しずつ生きています。きっと政嗣様はそのことを自覚しておられないでしょう。なぜ私がお仕えしているのかも不思議に思っているぐらいなのです。

彼ら一族の軌跡こそが、私の人生そのものでした。

「金色様。無念だが、これで仇討ちはおしまいです。前にもいったように、後は好きに生きてくだされ」

政嗣様は穏やかな声で呟きました。

政嗣様は、ちよ様であり、剛毅様であり、また血族のみんなでした。

こうもあっさりと終わりは訪れるのか。

私は呆然としていました。

「逆臣、夜隼は」

殺しておきますか。

「金色様の好きになさってください。金色様の生は金色様のもの故」

政嗣様は溜息をつきました。

「長い長いお務め、我が父、祖父、曾祖父、代々の血族全て、月神の加護なしには在りえなかったでしょう。かたじけのうございました」政嗣様は苦笑します。「最後が華のないつまらぬ男で、苦しいところだが。いつか月に帰った際には笑い話にしてくだされよ」

不如帰《ほととぎす》が鳴いていました。

ふっと政嗣様は呟きました。

「木の皮のよい匂いがする。ああ、こんな日には、鮎を焼いて食べたい」

やがて政嗣様は目を瞑り、眠ってしまわれました。

二刻ほど、私たちは河原にいました。

ひゅん、と風切り音がして、私のすぐそばの地面に矢が刺さりました。

私は立ちあがりました。

対岸の樹木の陰に、殺気に満ちた女が弓を構えていました。

善彦の妻——美雪、あるいは紅葉でした。

薪とりから帰ってこない夫を気遣って、様子を見に探しにきたのでしょう。ここにくる前にすれ違った流民が、おまえの夫は何やら奇妙な輩に連れていかれたと教えたのかもしれません。

女が立つ対岸の土手は、厄介な位置でした。さすがに瀕死の政嗣様を残して対岸まで追うことはできません。

「あの男の妻が射ってきます。どうしましょう。離れますか」

政嗣様は眠ったままです。

あるいは殺しておくか。でもさきほどの政嗣様が善彦とかわした約束――ついてくれば妻子には手をださない――が生きているのだとすれば、それは約束違いになります。約束を違えるのは政嗣様が嫌うことです。まだ様子を見た方がいいと判断しました。

私は政嗣様と女の間に立ちました。

女が次に放った矢が、私の胸をめがけて飛んできます。私は飛んできたその矢を右手で摑みました。

摑んだ矢を掲げてみせます。

女は目を見開き、すっと樹木の陰に消えました。

一人では敵わぬとみて、味方を呼びにいったのかもしれません。

私はその場を離れる決意をし、眠っている政嗣様を背負うと歩きはじめました。

政嗣様は、体重をぐったりと私に預けています。

まだ政嗣様が愛らしい桃千代様だった頃、よくこうして背負って、極楽園の周囲をまわったことを思いだしました。

日が落ちる頃、政嗣様は、私の背中で息を引き取られました。

こうして、お仕えの日々は終わりを告げたのでした。

政嗣様は、自分が死んだ場合、一族の墓所ではなく、その場で適当に埋葬をするように私に命じておりました。おそらく、極楽園に近い一族の墓所に葬られれば、親の仇である夜隼にその死を知られてしまうのが悔しいと考えたのでしょう。

私はひとまず川沿いの洞窟に、政嗣様を安置しました。

そして、あたりが真っ暗になり夜半も過ぎた頃、流民が居留している河原のほうへ下りていきました。

5

暗闇の中、あちこちに流民の焚き火が浮きあがっていました。

私は流民たちに気づかれないように大きな岩の陰に、坐り込みました。

私はじっと耳を澄ませました。善彦の妻、美雪の動向を探るためです。

私はもう美雪を殺すつもりはありませんでした。もともと主君の危機に関することか、主君の命を受けたとき以外には、殺生を好みません。ただ、もしも彼女が、たくさんの仲間を呼んで、私と一戦交えようとしているなら、どのような計略を企てているのか知っておかねばなりませんでした。

耳を澄ませると、いろいろな声が入ってきます。

みな、本日の噂話で持ち切りです。

物騒な雰囲気の賊らしき、二人組がやってきたこと。一人はまだ若者だが、もう一人は、面を被り、なんとも異様な雰囲気だったこと。善彦が殺されたこと。

善彦は流民の多くに好かれていました。同じ小豆村の出身のものがほとんどでしたし、罠や弓矢で獲物をとってくるため、ありがたい存在だったようです。善彦の死を知り、泣いているものもいました。

なぜ彼が殺されたのだ。殺したのはならず者だ。なぜならず者がきたのだ。

そして、それらの会話の中には、美雪への非難が浮かんでは消え、浮かんでは消えていました。

――ほれ、あの、どこかの女郎屋から逃げてきたという女が、全部引き寄せたことではないのかね？　あんな厄介ごとが着物を着たような女を家に迎え入れるからだ。

彼らは善彦が極楽園の頭領襲撃の件に絡んでいたことは知らず、善彦がならず者に殺されるのだとしたら、元女郎に絡んだ揉め事以外に理由はなかろうと囁き合っていました。

美雪は、慌ただしく弔い合戦の準備でもしているかと思いきや、流民たちの片隅でじっと子供を抱いていました。

子供は一歳か、二歳ぐらいの女の子で、すやすやと眠っています。

常人ならば夜闇で見えぬのでしょうが、私は夜目がききます。美雪の顔には泣いた跡があり、ひどく疲れ、傷ついた顔をしていました。

村里というのはどこも、古いものが偉く、新参者が一番格下なのです。そして家の格式が何よりも重んじられるものです。彼女はとびきりの新参者で、目立った行動をとっただけで非難され、とても仲間を集めることはできなそうでした。

私は安心し、まだ夜のうちに河原を離れることにしました。

立ち上がったところで、橋の向こうから、三人の烏帽子を被った黒装束の少年たちが現れました。

武家の子供のようです。おそらく元服前でしょうが、腰には刀を下げていました。

なぜこんな夜に、流民の居留する河原に武家の子供が？

あるいは美雪が、私を討伐しようと侍を呼んだのか？

私は動きを止め、何が起こるのか見ることにしました。

三人の少年たちは、焚き火の近くまできて流民の一人に声をかけると、ドブ爺――流民たちの中でジロウさんとして知られている一人の男を呼びだし、斬ろうとしました。

しかし、その寸前に、闇の中から飛んできた野次が原因で、少年の一人が闇の中に突っ込み、手あたりしだいに流民を斬りはじめたのです。

どうも彼らは面白半分に流民を斬りにきただけのようでした。

シンザブロウ、シュンペイ、と呼びあっていました。

私のところにも、少年の一人が抜き身の刀を持って走ってきました。

どうしたものかと立ちつくしていましたが、少年は私を目にとめるなり、わあっと刀を突きだしてきます。

私はその一撃をかわしました。河原の石を一つ拾います。少年はさらに狂ったように刃を振りまわします。

私は少年の攻撃の全てを、拾った石で受け止めてみせました。

受けるたびに火花が散ります。

いかんせん慌て過ぎで、全然太刀筋が通っていません。単調で意外性のない緩い攻撃でした。もしも太平の世でなければ、こんな腕前ではすぐに若い命を散らしてしまうでしょう。

「なんじゃ、なんなんじゃっ、おまえはっ」少年は叫びました。

こっちの台詞だと思いました。

更に打ち込んでくるのを、石で受け止めます。

「そちらこそなんだ。まずは己が名乗るのが礼儀であろう」

少年の大ぶりの一撃を石で受けると、刀が地面に落ちました。響いたのでしょう。少年は手首を押さえて呻きました。

「名乗れ」

私は繰り返しました。

立ち塞がる武者は、殺すより他はありません。善彦のように主君に危害を与える男などには容赦もしません。しかし、見ず知らずのいきなり現れた子供を殺すかどうかは、判断に迷うところです。

「名無しの子よ。名無しのままで死を望むのか？　そろそろ殺してよいのだな？」

私が訊くと、少年はひっと悲鳴をあげ「参った、ご勘弁を」と叫ぶと、逃げていきました。

別の少年が離れたところから声をかけるのがきこえました。

「おいっコジュウ！　あ奴はなんぞ？　大丈夫か」

何かひどい虚しさをおぼえました。

私は騒乱をそのままにして、その場を去りました。

6

夜が明けてからほどなくして、私は政嗣様の遺体を安置している洞窟に戻りました。そして、そこで一旦、休みました。

あとは途方に暮れるよりほかなく、ただ時間が流れていきました。

時折、熊や狸が現れましたが、私が音を発すると気味悪がって逃げていきました。

私は政嗣様が骨になるまでそこにいました。

そして骨になってもそこにいました。

政嗣様は、軽い軽い、からからとした白いお骨になりました。


ごくたまに日光の差すときは、外にでて光を浴び、日が陰ると中に入り、じっと坐していました。

季節というのは面白いものです。

太陽がどんどん力を失い、山がゆっくりと沈黙していき、葉が金や、紅に染まり、いちどきに落ちる秋。まるで死に近づくような冬。そして凍りついた静寂が現れる。張りつめていた空気が、ほろり、ほろり、と緩んでいく。そうすると、氷雪が溶けはじめ、新芽がでてくるのです。

その後の、新緑の眩いこと。

何度も季節が移り変わりました。

あるとき、数人の男たちが洞窟を覗きました。そして、私を見て、化け物が坐していると悲鳴をあげて去っていきました。

人に見つかったのなら、ここまでと思い、私は政嗣様の骨を集めた布包みを持ってそこをでました。

いくあてはありませんでした。


私は政嗣様の髑髏を眺めます。

髑髏はじっと沈黙しています。

髑髏は私の心にそっと入りこみます。


死者は主君になりえましょうか？

死者が何を望んでいるのか察し、遺志を継ぐ。

私はこのことを考えると、思考がお城のお堀に落ちてしまったように、いき場所を失いぐるぐる廻ってしまうのです。

仮に、死者の従者となったところで、政嗣様は、骨を守り続けろなどと遺言しませんでした。復讐を遂行しろとも命じていません。好きに生きろといったのです。

そうなのです。私は好きに生きろと命令されたのです。

最も難しい命令でした。

私は夜隼を問いただし、処罰するべきだったのかもしれません。もしも、誰かが命じたのなら、そうしたでしょう。しかし、いざ一人になってしまうと、わざわざ出向いて誰かを殺すことが、なんとも難儀なことに思えてくるのです。おそらく、私は自発的に人間を殺すようにはできていないのでしょう。

私の心に入りこんだ髑髏はそっと囁きます。

――それでよいのだ。金色様よ。望むままに、望むままに。

やがて私は、里から隠居した老人たちが暮らす村を通過し、その昔の修験者が作ったと思われる谷間のお堂に鎮座することになりました。

政嗣様の骨は、壺に入れ、お堂の床板の下に置きました。

ずいぶんな山奥のひっそりと静まったところです。もう般若の面は傷み、着物もほつれていたので脱ぎ捨てました。

ここで少しの間、身の振り方を考えよう。

私は思いました。

思考がまとまらぬまま一日が過ぎ、二日が過ぎ、一カ月が過ぎ、季節が変わりました。

時折、どこからともなく誰かがやってきて、私を拝んでいきました。やってくる人数も少なく、また極めて礼儀正しい人ばかりだったので、私は様子を見ることにしました。人に見られたからといって、いちいち立ち去っていては、永久に流浪することになります。

結論として、彼らは無害でした。私を見てもさほど騒ぎ立てることもありませんでした。

彼らは水差しを持ってきて花を活けたり、お堂を掃除したり、毛皮を持ってきたりしました。

彼らは私を神様だと思っていました。あるいは地上に降臨した菩薩だと思っていました。極楽園でも似た扱いでしたし、そのように認識されることには慣れていました。

時には会話をしました。

彼らの大半は老人で、いざ話してみると、のんびりとしたものでした。

「神々しい御体ですなあ」

「月からきたのです」

「茶を淹れましたが」

「飲みません」

「月ってのはその、どんなところなんですか。兎なんかいるんですかねえ」

「あまりおぼえていませんね。なにぶん三百年以上前のことなので。兎はいないと思います」

最後に、私に会ったことは、人には教えぬよう約束をさせました。

私は霧のでない日には、谷間のお堂をでて山に登り、星を眺めました。

細かな瓦礫の転がる山頂で、夜明けまで星を眺めて過ごしました。

いざここに落ち着いてしまうと数百年の出来事が、夜明け前の夢のように感じました。

私は終わりを感じていました。

世俗と離れたここで坐し、ゆっくりと大地の一部に同化していくような気分でした。

そして十数年が過ぎたとき、あの娘がやってきたのです。

7

十四、五ぐらいの少女でした。

ここにくる者のほとんどは、老人たちでしたから、若過ぎて奇妙な印象を受けました。

遥香、と彼女は名乗りました。

遥香は、まず、私を見ると卒倒しました。

私は彼女に毛皮をかけ、日が覚めると水を飲ませました。

彼女は語りました。

河原の流民の子であった彼女は、人を殺して家出し、あてもなく老人たちの集落に入り、神がいるという噂を聞き及んでここにきたということでした。

神様。

彼女は平伏しました。

そして、彼女は、刀を差しだします。

「神様、もしもおわかりになるのなら教えてくださいませ。私の父はどこにいるのでしょう。私の母は誰が殺したのでしょう」

寛文新刀の脇差。匂い口にできたへこみ、柄の紋様。

十四年前に武家の子供が持っていて、私が叩き落とした刀でした。

私は一度見た人間を忘れません。

成長が彼女の姿形を変えていますが、私にはわかります。

それに、あのとき河原にいた流民で、現在彼女の年齢に相当する女の子は、一人しかおりません。

よくぞ生きていたと思いました。

私の胸の奥の、髑髏が、政嗣様の声で囁きます。

――責があるなら、我らにある。その娘のために力を尽くしてやってくれ。

私は彼女に告げました。

あなたの父上は、死にました。

私が殺しました。

きっと武川の河原の土手にでも埋められているでしょう。

あなたの母上は、誰が殺したのかわかりません。この刀には見おぼえがあります。これが仇の物だというなら――武家の子供の持ち物だったように思います。

その者、コジュウという名で、呼ばれていましたが。

断章　ゆきおんなきえる（1732）

川には夜明けが訪れていた。
美雪は真子に乳をやっていた。
あの恐ろしい狂った三人は、立ち去っていた。無差別に斬りたいだけ斬っていった。
周囲には死体が転がっている。
死体には知り合いの顔もあった。

夫が誰かに連れられて上流にいったときいたとき、鬼御殿から刺客がきたと直感した。
弓矢をかついで上流に向かい、土手の木陰から様子を見ると、二人の男が目に入った。
一人は般若の面をした男。もう一人は、半藤剛毅の息子、政嗣と見てとれた。
間に合わなかった。もう終わっていた。
政嗣は倒れており、その傍らに般若面の男が膝をついている。
夫の善彦は、彼らより数間離れた所に倒れている。

憤りから矢を放ったが、般若面の男に、放った矢を片手でとられた。そんな芸当を見るのは初めてだった。よほどの達人だ。

美雪はいったん引き、二人がいなくなってから善彦のもとに走った。

善彦は息絶えていた。胸が潰され、口は血塗れだった。

日が暮れるまでに、土手に埋葬した。善彦はみなに好かれており、泣くものもいた。

恐るべき大凶の一日は、それで終わりではなかった。

夜には、憎たらしい若者たちが面白半分の人斬りにきた。

終わらぬ地獄にいるような心持だった。もう、何もかもが厭だった。ただ娘を抱きしめ、黙って気配を殺し続けた。


明け方から、河原は喧騒状態にあった。

美雪の前に数人の流民たちが立った。その後ろには仲のよかったおせんもいる。

彼らの代表の男が次のようなことをいった。

わしらはこれから、この場を離れる。

昨晩、襲いかかってきた連中はおそらく武家の子供たちだが、その正体は定かではない。彼らはもう帰ったようだが、また今晩も現れるかもしれないし、今日のうちにでも役人がくるかもしれない。

だから、別の場所に移動する。

だが、あんたはわしらとは、一緒にこないで欲しい。

あんたは――この際はっきりいうが――疫病神だ。

あの妙な奴らが善彦を殺したのは、もとを辿れば、あんたを家に置いたからだ。違うか？　ならず者は、あんた絡みじゃろう。

夜中に烏帽子を被った三人が襲いにきたことも、あんたが運びこんだ厄ではないかというものもいる。

違うとか違わぬとか、あんたの意見などきいておらん。

みながそう思っている、ということじゃ。

あんたがいれば、またろくでもないもんがやってきて、誰かが襲われるかもしれん。

とりなしようがなくてな。

みな、あんたを連れていくことには反対している。あんたを吊るしあげろという輩もいる。

おせんがな、あんたは悪い奴じゃないといっておる。必死にかばいだてしよったぞ。

あんたはただ不幸な娘というだけなのだと。そうかもしれんし、そうでないかもしれん。

おせんに免じて、放っておいてやる。

あとは一人でやってくれ。

そしてみなはぞろぞろと消えていった。

河原には昨晩の死体が打ち捨てられたままだったが、素早く身内の手で土手に埋葬された死体もあった。

いくらかの食糧はあった。

それも長くはない。美雪は思う。城下にでて、乞食をするか。だが、今は飢饉。流民の群れがあちこちにいる。人の情けがどれほど期待できるかと考えると疑わしい。

美雪は疲れていた。

筵を敷いた、即席の寝床でうつら、うつらとまどろむ。

真子は近くで、石を積んだりして遊んでいる。みなが消えてしまったのが不思議なようだ。

やがて霧がでてきた。

三途の川とはこんな感じではないかと美雪は思う。

疲労していた。もう少しで気を失ってしまいそうだが、真子が心配だった。眠っている間に、一人で川に入って流されるということもある。

霧の中から誰かが現れた。

男だ。

二人いる。

二人とも、小豆村の男で、見おぼえがあった。だが美雪は彼らの名前をはっきりとは思いだせなかった。普段、ほとんど口をきく機会のない男たちだったからである。美雪にとって彼らは誰でもなかった。同じ村の名もなき誰かだった。

みんな、この場所を離れたはずだ。なぜ二人はここに戻ってきたのだろう？

美雪は思った。

男たちは美雪の前に立つと、怒りに顔を歪め、罵りはじめた。

腹にすえかねる、とか、おまえのせいだ、といっている。仲間が斬り殺されたのは疫病神のせいだ、といっている。

二人は、自分に八つあたりの攻撃をせねばどうにも気が済まないので戻ってきたらしい。

武家の子供たちは自分とは関係ないと反論したり、彼らを落ちつけようと慰めたりする余力はなかった。疲労で頭の芯が痺れていた。ただもう休みたかった。

頰を張られたが、鈍い痛みを感じただけだった。

続けて蹴られた。

美雪は罵倒の中で目を瞑った。

この女狐の顔を見ろ。反省の色がない。そんな声がきこえたが、応答する気力もなくきき流していた。

――追い払わなくっちゃ。

美雪は思った。

——真子のために。眠るために。私たちの安全のために。

目を開いた。美雪は石を持って立ちあがった。

「もう、いい加減にしてくれませんか!」

なんだ、こいつはやる気だぞ。

男の一人が、拾いものにちがいない刀を振り上げ、疫病神め、昨晩の死者の数、おまえの命では足りないわ、と叫びながら、振りおろした。

体にざくりと衝撃があった。

じっと川の流れを見ている。

聞こえるのはせせらぎだけだ。

名もなき連中はもういない。

己の血が流れているのがわかる。

幼き日にどこかで聞いた子守唄を、美雪は思いだしていた。頭の中に、何度も何度も繰り返される。

これを唄ってくれたの誰だっけ? 母様だっけ?

残っているのは声と唄だけで、もう母の顔は思いだせなかった。

目を瞑り――また目を開くと真子がいた。

母様、どうしたの？

そんな顔をしている。

美雪は、真子に手を伸ばすと抱き締めた。

ああ、よかった。あんたは酷い目にあわずに無事だった。よかった。よかった。

最後に見える風景に、この子がいてよかった。最後にこの子を抱き締めることができてよかった。

おっかあは、何か間違えちゃった。

本当にごめんね、真子。

あなたには、もっと、もっと、もっと、たくさんのものを与えたかったのに。

皐月の風が河原に吹いた。ごうごうと森が鳴る音がする。

次第に視界が霞んでいく。

誰でもいい。

真子を、救ってください。

美雪の目より光が消えてからほどなくして、真子は泣きはじめた。

祖野新道の家で奉公をはじめたばかりの、まだ二十代の初枝が現れる、一刻前のことである。

夜明けの風（1747）

1

「何も持たぬ女一人でございます」

熊悟朗は畳に頭をつけた遥香を見た。

「何も持たぬから何だというのか？　鬼御殿は、ここのような藩の認可をとった遊廓とは違う。無法の賊の根城だぞ。一度入れば、死体となる他は、二度とでられん。おまえが今晩したように、ぺらぺらと身の上話をしたからといって、親身になってくれる者がいるわけなかろう。あっさりと殺されておしまいだ」

遥香は顔をあげない。熊悟朗は続けた。

「死んでどうなる。少なくとも、たとえば、おまえを育てたものにしたって、その同心の夫にしたって——おまえが虎の穴に飛び込んで、虎に喰い殺されるような死に方をすることを望んでおると思うかね」

　この娘の母が、紅葉なら、紅葉は娘が鬼御殿にいくことを望んだだろうか。望むわけがない。

　遥香は再び顔をあげる。

「藩は、不明になった藩士の捜索をだす様子が一切ないのです。万に一つにしても、鬼御殿に捕まっているということもありましょう」

　熊悟朗は遮るようにいった。

「仮に鬼御殿の絡んだこととして、藩の侍を、何のために捕まえて生かしておくのだ。手間がかかるだけで、益がないだろう。同心の夫はな、一人前の男だ。生きておるなら帰ってくる。生きておらぬなら帰ってこない。どちらかだ。帰ってこぬのなら答えはもう決まっておる。な」

　遥香は、再び頭を畳につけた。

「全て承知のこととして、死体であったとしても私は夫を探したいのです」

　熊悟朗はため息をついた。

　何一つ承知ではあるまい。

　何一つ承知ではないから、こんな願いをする。

「金色様は、おまえとどういう関係だ」

　金色様の導きで同心に出会った――ほんの束の間、口をきいただけの関係なのか。それ以上にもう少し深い関係なのか？

遥香は顔をあげ微笑んだ。

「滝の上のお堂で出会い、私を今の夫に引き合わせてくれました神様。それ以外に、どういう関係でもありませぬ」

遥香の身体から嘘の火花がぱちぱちとはぜとんだ。

「金色様のところには、男が一人いなかったか？」

「男？」

「政嗣、という名だ。いや、名は変えているかもしれん。とにかく、歳の頃、そうだな、生きておるなら、三十のはじめほどの」

「出会ったとき、金色様は一人でした。そばには誰もおりませんでした」

「そうか」

政嗣は死んだのかもしれない。

遥香は、ふっと笑った。

「頼めば、金色様も鬼御殿についてきてくれるかもしれませぬ」

「ほう」

熊悟朗は混乱した。ついてくるのか、この小娘に、あの月神の金色様が？

そもそも、この娘は、金色様が自分の探している鬼御殿の首領に近い、いや場合によっては首領以上の存在だったということを知っているのか？

「よろしい」

遥香の顔が明るくなる。

「では」案内を。

「街道から佐和村に向かうと、六地蔵鹿原と呼ばれる野原がある。地蔵が六つある何もない野原でな。七日後の、昼少し前、鐘四つにそこで待て。藩兵は連れてくるな。まあ、兵でなくとも、男は連れてくるな。守らねば誰も現れん」


話はそれで終わりだった。

しなの屋の玄関口から外にでると、空が白んでいた。ちょうど夜は明けたようだ。

「門番には、通すようにいってある」

遥香は深々と頭を下げた。

「では、七日後に」

去りゆく女の姿が小さくなったところで、柳の木陰から、一人の人物がひょいと現れた。背姿だけだが、結い髪と着物と帯で女とわかる。

遥香と並ぶようにして去っていく。

誰だろう。まさかうちの遊女ではあるまい。付き人、もしくは友人か。

朝になっても戻ってこなかったら、待たせている友人が誰か助けを呼んでくる、という打ち合わせをしていたのだとすれば、なかなか慎重に動いている。付き人の女は僅かにしなを作った歩き方をしている。

二人は少しの距離を置きながら、並んで、角を曲がり、熊悟朗の視界から消えた。

2

熊悟朗は部屋に戻ると腕を組んで考えこんだ。

下女が、朝食を運んでくる。漬物に、山菜、米の飯に、味噌汁だ。

「大旦那様、昨晩はいかがでした？　あの別嬪さんは、うちの店の娘には、ならんかったのですか？」

「いま帰ったわ。話をしにきただけだとよ」

「へえ。あの娘なら、上客がつきましたのに」

「だが、なかなか面白い娘だった。不思議な話をきかせてもらってな。また会う約束をしたからの」

「どんなお話でしたの？」

熊悟朗は首を捻った。

「それが、こうして朝になると、とんとわからなくなる。どんな話だったか。朝飯はありがたいが、下げてくれ。わしは寝ておらんから、寝る」

下女が膳を下げる。

しばらくすると襖が開き、隣室に布団を用意しましたと声がかかる。

起きるまで誰もこないようにと下女に命じた。

静かになってから、目を瞑る。

考える時間が必要だった。

もちろん遥香を極楽園、つまりは鬼御殿に案内することは、その気になればたやすいことだ。

里から女を連れて遊びにいくのはご法度だが、舞柳遊廓創業者の熊悟朗の格からすれば、事情さえあるなら無理も通せる。

だが、それはやろうと思えば可能というだけのことで、やろうとは全く思わなかった。なにより彼女は、匪賊を捕えんとする役人の妻なのだ。遥香を案内し、そして生きて帰すことは、藩の奉行所に、これまで幻だった鬼御殿の実在と、そこへの道を教えるということだ。仮に遥香が誰にも明かさぬと約束をしたところで、そんな約束は信頼ができぬし、鬼御殿の連中も納得しないだろう。

同心の妻とは、鬼御殿の敵だということだ。

それなのに——私は鬼御殿の敵ですが、さて、鬼御殿ゆかりの大旦那様、奴らの根城に案内してくれませぬかというのは、筋違いも甚だしい。いや、これはむしろ。

熊悟朗は、雨戸から入ってくる朝の光をぼんやりと眺める。

むしろ喧嘩を売っている。

いや、実際、そうではないのか。さもなくば、俺を品定めにきた、か。

私は鬼御殿の敵ですが、あなたはどちらの側につきますか?

遥香の背後に誰かがいるのか。

たとえば藩が鬼御殿を本格的に急襲する計画を練っているかもしれない。いざとなったら舞柳遊廓創業者は、どんな動きをしそうか、事前に探りにきたのかもしれぬ。藩にとって、多額の税収があり、藩士の娯楽でもある舞柳遊廓は潰したくはないだろうが、鬼御殿の存在には利益なしと考えたのかもしれぬ。

だが、彼女が藩と結託しておったのなら、もっと話の最中に嘘の火花が飛ぶはずだ。

それはさておき、遥香が金色様と接触している件だ。

箕輪山の噴火の年、我らのもとを去った若様と金色様。ずっと生死はわからなかった。遥香の話では、若様は側にいなかったようだが、仮に二人が戻ってきた場合、どのような対応をすればいいのだ?

今や鬼御殿は夜隼のものだ。

とにかく、この件は早急に、夜隼に文をださねばなるまい。

熊悟朗は呻いた。

考えることが多すぎる。

考えながら、睡魔に囚われる。

少年時代の夢を見た。
緩やかな峰々の向こうに紫雲がたなびいている。紅がかった光が降り注いでいる。
目の前には、西陣だろうか、紅染めの着物に金襴の帯を締めた童女がいる。
紅葉だった。
紅葉は毬を投げる。
――会いにきたぞ、熊悟朗。
熊悟朗は受け取り、投げ返す。いつのまにか、自分の身体が子供のようになっている。
赤や黄色に染まった落ち葉を巻きあげて二人は遊ぶ。
紅葉は笑いながらいう。
――熊悟朗。元気でやっていたかよ。
――紅葉ねえさん、どこにいる？
紅葉は悲しげに首を横に振る。
――もうこちらにはいない。会えるのは夢だけよ。さておき、昨日娘に会っただろう。
熊悟朗は頷く。
――やはり、紅葉ねえさんの娘か。
――あたしに似て、無鉄砲でね。
――どうしたらいい？　いくら考えてもわからん。
――あんたには、あんたの立場があるものねえ。それに、熊っこは、頭を使うのは得意じゃないものねえ。

紅葉は悪戯っぽくいった。その体がふわりと宙に浮く。

――あんたは死ぬよ。

――簡単には死なん。人一倍命に執着する男でな。それだからここまできた。

――今度ばかりはそうはいかない。あちきの娘を舐めないほうがいい。

――紅葉ねえさんはどっちの味方だ。

――娘にきまってんだろう。阿呆。

紅葉は飛んでいく。声だけが残った。

――人生、起こること、これみな神事。覚悟せいよ熊悟朗。


目覚めると夕暮れだった。

熊悟朗は階下におりた。いつものようにざわめきに満ちている。化粧に勤《いそ》しんでいる遊女の後ろからぬっと鏡をのぞきこむ。

「お、大旦那様、気が散って、化粧ができませせぬ」

鏡の中の遊女が左眉だけあげていった。

「なあに、歳をとったの、と思っての」

「あたくしでありんすか」

「いや、わしだわし。お主はうちの看板娘よ」

熊悟朗は鏡の前を離れる。

遣り手と仕事の話をしていると、配下の妓夫《ぎゆう》が顔をだした。十八歳の若者で、なかなか目端のきく男だ。

「どうだった？」

熊悟朗は妓夫を外に連れだすと訊いた。

遥香が舞柳遊廓をでるときに、この妓夫に尾行を命じていたのだ。

「すんません、駄目でした。あの女は何者です？」

「詳しく話せ」

妓夫は次のように話した。

二人の女は、一本の道を並んで歩いていた。いくらかの距離をおいて、後をつけた。

女たちは背姿だけで顔は見ていない。

二人は分かれ道で、別々の道に入った。追うべき女——つまりしなの屋で面談をした女は、城下に向かう道へ、途中で合流した背の高い女は寺に向かう道へ。

妓夫は、熊悟朗が追えと命じた女——城下に向かったほうの後をつけた。

だが、ほどなくして見失った。早朝の霞がかかった杉の森の中だ。どこかでやり過ごされたのかもしれない。

道の先には城下があるのだから、きっとそちらに向かえば姿を見かけるだろう。そのまま道を歩いて城下町に向かったが、結局、もう女を見つけることはできなかった。

妓夫はいった。

「最初から、尾行に気がついていたんじゃないかと思います」

「だろうな。まあ、仕方あるまい」

今更だが、むしろ、追うべきは背の高い女のほうだったかもしれない。熊悟朗は遥香がどこに宿泊しているのかよりも、一緒にいた付き人が何者なのかに興味があった。

「二人の関係はどう見えたかね」

「友人どうしですか。実は背の高いほうは用心棒にも見えました」

「女の用心棒とな？」

「距離の置き方が絶妙で、何か起こったときにすぐに守れる位置から動かないといいますか。あっしが見た限りでは、あの二人、しゃべくりに興じたり、じゃれ合ったりするようなところは一切ありませんでした。それでそんな風に見えたのかも。背の高いほうは、しな作った歩き方をしておりましたが、それも微妙に嘘っぽいんですわ。ありゃ男ってことも……いえ、すんません、よくわかりません」

熊悟朗は頷いた。

なかなか使える男だ。微かな違和感をきちんと報告してくれる。

七日後に六地蔵鹿原で、と女に告げてある。

付き人もくるだろうか。

あと七日。すべきことはたくさんある。

第八章　いつもすぐそばで（1746-1747）

闇の中で、眠る男の胸に手を置く。
遥香は、じっとその鼓動を感じる。
もう何度目だろう？
彼を殺すべきか、殺さぬべきか。
柴本厳信。
母の仇。

1

滝の上のお堂にて、金色様は、必ずそうだというわけではないがと前置きして、母の仇の名をいった。

コジュウ、シンザブロウ、シュンペイ。

——ソシテ、アナタノ、チチウエヲコロシタノハ、ワタシデス。

遥香は呆然とした。次には無数の疑問が湧きあがってくる。

「本当、ですか？」

「ハイ」

「その、どうして、金色様が、私の父を知っているのですか？」

「ハナセバナガクナリマス。ワタシハイロンナコトヲイツマデモオボエテイルノデ、ニンゲンドウシノカンケイガヨクワカルノデス」

「父は、何者だったのです？」

本当なのだとしたら、知りたい。

父は、そして母はどんな人間だったのか。

金色様が父を殺した理由はなんなのか。

遥香は、その詳細をきいた。

不思議な語り口だった。普通の人間が十数年前の出来事を語るときにきっとあるであろう、曖昧さや、記憶を探るために置かれる間や、いい直しや、繰り返しといった淀みが、金色様には全くなかった。

まるで全てはついさきほど起こったことで、いつでも語れるように整理していたかのようだった。

山奥に、鬼御殿という山賊の根城が実在すること。その御殿は、徳川の世になった頃にはもう存在していたこと。金色様は百五十年以上前の大昔から、その御殿にいて、頭領の家系に仕えていたこと。遥香の母は、幼き頃攫われてきて、そこで女郎のような暮らしをしていたこと。そして、ある冬の晩、誰にも知られぬように周到な用意をして、御殿を脱走したこと。

お伽噺にきこえたが、全身金色の鋼の如き男を眼の前にしているのだから、疑いは抱かなかった。

「母は、何か脱走する理由があったのでしょうか」

「ワタシニハワカリマセン。ナジンデイテ、トクニダレカトモメテイルヨウスモアリマセンデシタ」

金色様はいった。

「フツウハ、フユノダッソウハ、シニイタリマス。アナタノハハウエハ、アノナカデハ、トクベツナオナゴダッタノカモシレマセン」

「金色様は、母が脱走したことを勘づいていたのですね？」

「イイエ、キガツイテイマセンデシタ。ワタシハ、アソコノオナゴノコトニツイテ、アマリカンシンガアリマセンデシタ。シンダノダロウトオモッテイマシタ。アトニナッテ、モミジヲ、カワラデハッケンシタトキニハ、オドロキマシタ」

吹雪の日に脱走したことは、追手がでないとみたのだろうし、また死なずに山を下りることができたのは、入念な準備があったのだろうと、金色様はいった。

そして、母は九死に一生を得、金色様が知らぬうちに、父と巡りあう。一緒に暮らすようになる。

その後、箕輪山が噴火し、鬼御殿の頭領と、数人の幹部が襲撃される。頭領は死亡する。

その襲撃に、父が加わっていたこと。

頭領を襲撃した人間を、鬼御殿側は順番に見つけて処刑していった。

政嗣という頭領の一人息子がいた。彼は父を見つけ、戦闘になった。だが金色様の目の前で、政嗣は父によって殺され、その場で金色様は父を殺した。

仕えていた政嗣が死去したので、金色様はいき場所を失った。

もうこれ以上訊くことはない、というぐらいに、遥香は質問した。そして、その質問に金色様は答え続けた。

これまで両親は形なきものだった。小豆村の流民ということしかわからない。いや、本当に流民であったのかどうかさえ定かではなかった。それが今、はっきりと人となりを持った。

二人とも、さながら物語の中の英雄だった。

猛烈な吹雪のなか、鬼の城をたった一人、脱出する母。そんな母と巡りあい、鬼に立ち向かい、さらには頭領の一族を絶やすほどに戦った父。

誇らしい、と遥香は思った。

「父は勝ったのですね」

遥香の言葉に、金色様は静かにいった。

「ショウリナドトイウモノハ、ドチラニモアリマセンデシタ」

あの争いは、今振り返れば、それぞれの立場の人間が、しなくてはならないと当人たちが思ったことをしていただけです。あなたの父上は、政嗣様を刺したときも含め、あらゆる瞬間において、負けたとも勝ったとも思っていなかったでしょうし、私たちも同じです。

「金色様は今も鬼の仲間なのですか？」

「イイエ。イマハ、ナカマハイマセン。タダヒトリ」

谷に下りて水をくむ。

切りたった渓谷を流れる水は速い。

死んでもいい、と思いながらここにきたつもりだったが、気が変わりつつある。猛烈に腹が減ってきていた。

父がどんな人間だったのか。どのように死んだのかはよくわかった。

だが、不思議と金色様に憤りは感じなかった。父の死は、互いに殺し合った結果であり、どちらか片方に一方的な非があるとは思えなかった。また金色様が、もう鬼御殿と縁が切れていて、一切を包み隠さず話してくれたこともある。

憤慨すべき存在は二つあった。

一つは、母を斬ったとおぼしき武家の子供たちだ。

その三人は話をきく限り、父と金色様の争いとは違い、なんの大義もなく、面白半分に無差別に斬りにやってきたのだ。相手が無力な流民だからというただそれだけの理由で。

幼子を抱いた母親をも斬った。

絶対に許せぬ。

もう一つ、鬼御殿も許せなかった。

里から女を攫ってきて、自分たちの女として育てる。適当に女郎として売り飛ばす。あちこちに顔をだし睨みをきかせ、殺しを請け負い、およそ悪事の全てに加担する。

「カタキウチヲシマスカ」

金色様はきいた。

武家の子供三人のことだと思った。

遥香は首を縦に振った。

「します。私がしなくては――誰が彼らを裁くのでしょう。きく限りでは到底許すことができませぬ。私は親のことを考え悶々としておりました。こんな貴重な話をありがとうございました」

母のそばに落ちていた刀の持ち主はコジュウ。金色様が、耳にした残り二人の名前は、シンザブロウと、シュンペイ。生きていればもう子供ではないだろう。

「ワタシハゴウリキシマショウ。ソレガワタシノイシデス」

薄暗いお堂の中で、ぼんやりとした光が、金色の身体を仄かに輝かせていた。

「合力してくださるのですか？」

「ハイ。ソシテ、チチウエノカタキデアルワタシヲ、マズサイショニ、メッスルトイウノナラ、ソレヲワタシノマクヒキトシマショウ」

「幕を引く」遥香は呟いた。

私が金色様を殺そうというなら、抗わず、黙ってここで死ぬという意味か。

目を瞑り、谷を吹き抜ける風の音に耳を澄ます。気温が下がってきている。遥香は毛皮を体に寄せて包《くる》まる。

遥香は、金色様の傍に寄った。

この人は——いや、人ではないが——この寂しく、人気のない御堂で、十数年坐してきた。さすがに理解できないが、生に倦《う》んでいるのかもしれない。

「触れてみてもよいですか？」

「ハイ」

金色様はいった。

遥香は金色様の胸に手を置いた。

手に宿る力で、金色様を彼方に送るというわけではない。これまで、人の魂の炎とでもいうべきものに触れることにより、その人を知ったことが何度かあった。金色様が何者なのか、関心があった。

胸の奥にある輝きを探る。

視界が薄暗くなった。

金色様の身体が曖昧になり、消滅する。お堂の壁も、天井も消えうせた。

世界は闇であり、そこには、自分と、自分が対面する輝くものだけがあった。

これまでに触れた誰の輝きとも違っていた。これまでに触れたものがおおむね、炎のような輝きなら、これは雷だった。

輝きは蒼白かった。

やはり、金色様は、自分の知る生き物とは異なった世界——月の世界に棲む存在なのだと思った。

「アナタハ、フシギナコトガデキル」

輝くものはいった。

「こうすると、少しわかるのです」

「ワタシガ、ワカリマスカ」

わかる。

もちろん、ほんの僅かだが、それでもこの稀有な輝きから、断片が垣間見える。

遠い昔。誰ともしれない青年。ここことは全く違う形容しがたき世界。天に聳《そび》える神々の建築物。土ではない道。不思議な塗料で塗られた世界。馬も牛もいないのに進む車。空を飛ぶ乗り物。

また、別のものが見える。今度は自分たちに馴染みがある世界だ。着物姿の少女。兄のように見える少年。優しそうな顔をした中年の男。不思議な槍を持った男。どこかの領主の邸宅だろうか。家族。たぶんもう今はいない大切な家族。

「ワタシハ、イキテイマスカ」

輝くものはいう。

「生きています」

「ヨカッタ」

手を輝きから離した。

部屋に明るさが戻り、金色様は、稲妻の集合体から、もとの黄金の男に戻った。

「もしも、私が、仇討ちをしないというなら、どうなりますか」

「ワタシハココニザシ、ナガイユメヲミマス。アナタハイエニカエルトイイ。ソレガイチバンイイノカモシレマセン。テキモミカタモ、イズレハマジリアイ、ソノコラハムツミアイ、アラタナヨヲツクルデショウ」

しばらく沈黙があった。

「力を貸してくださるというなら、貸してくださいませ。代わりに金色様のことは許します」

「ショウチシマシタ。デハ、ワレラガタマシイノムスビツキヲ、チカイアイマショウ」

金色様は、いった後に、ポピン、という音を三度発した。ポピン、ポピン、ポピン。

遥香は首を傾げた。

これまでに聞いたことがない謎めいた響きだった。

誓いあう。

誓いとは？

「チカイトハ」

金色様はいった。

誓いとは、私たち双方の約束です。

私の誓いとは、あなたを裏切らず、あなたの頼みをきき、あなたの傍にいる、というものです。

たった今、誓いました。

私は以後、あなたのために力を尽くします。

信頼してください。

次はあなたの番です。

誓いとは内なるもの。声にだしてもいいし、ださなくてもいい。

あなたは、決して自死をしない。簡単には死なない。仇を討とうと討つまいと、何を果たそうと果たすまいと、命が燃え尽きる最後の瞬間まで、生きる。

これを誓いなさい。

なぜなら、私は、志半ばで、己で幕を引こうというものにつき従う意味がないからです。

遥香は声にだして誓った。声にださなくてもいいといったが、口にださなければ、誓いは形を持たぬと思ったからだ。

「誓ったら、お腹が減りました」

ピッポ、と金色様の中から音がした。

「デハ、マイリマスカ」

2

二人はお堂をでた。

金色様は切りたった渓谷の道を歩く。

まさに黄金の男で、こんな存在が里に下りては大騒ぎになると不安になる。

遥香のお腹が音を立てて鳴った。

「タシカ、コノサキニ、ネズミノシガイガアリマシタ」

金色様が安心しろといわんばかりにいった。

「あの、私は、別に」鼠の死骸は食べませんので。

「ジョウダンデス。シタノシュウラクデ、ナニカタベマショウ」

滝を下りた。滝壺の近くで洗濯をしていた老婆が、ひっと声をだすと、慌てて集落へと逃げていく。

自分たちを安楽死させろと、老人たちに囲まれた集落に戻ってきた。

金色様は黙って進むと、老人たちの暮らす数戸の家が両脇に並ぶ、広い道で足をとめた。遥香は黙って金色様の脇に立った。

わらわらと老人たちが集まってきた。

老人たちは金色様を見るなり、拝みながら平伏した。地面に膝をつけ、頭をさげた村人がずらりと並んだ。

「オモテヲアゲナサイ」

金色様はいった。

「コノムスメノタベモノヲ、モッテキナサイ」

老人の一人がそそくさと家に戻ると、麦飯の入った椀と、焼いた岩魚をもってきた。

遥香はうろたえながら、ぺこりと頭を下げて礼をいい、差しだされた椀を受け取った。みなの視線が痛い。頬が熱を帯びる。近くの軒下にいくと、食事をはじめた。味がわからぬほどの美味さだ。もっともっと、と胃袋が火のついたように求める。

村人たちの態度からして、金色様は彼らの神にちがいなかった。

「ワタシガキルモノヲ、モッテキナサイ」

老婆が下がり、長襦袢と、木綿の着物を持ってきた。

「ちょいと失礼しますだ」

老婆は、金色様に着物を着せた。明らかに小さかった。誰かが、それでは小さいから、わしが持ってくる、といいだし、別の誰かが、いや、金色様のお召しものは、おまえの襤褸では失礼にあたると、〈誰の着物を金色様に着てもらうか〉でちょっとしたいい争いになった。

「モッテキナサイ。ワタシガエラビマス」

「褌は」老人がきく。

「ツケマスカ」

金色様は遥香に顔を向けて意見を求めた。

私にきかないで欲しいと思いつつ、遥香はいった。

「意味はないのかもしれませんが、綺麗な布があれば、おそらくは殿方の衣類としては、つけたほうがいいかと存じます」

続けて誰かが干魚を包んだ風呂敷をもって膝をつき、両手で差しだした。

金色様はきっと食べない。遥香は慌てて立ちあがって風呂敷を受け取った。

村人たちの中には、自殺の手伝いを遥香に迫った輩もいた。彼らは遥香と目があうと逸らしたり、愛想笑いを向けたりした。金色様が傍らにいる以上、もはや無礼はできぬと思っているようだった。

誰も遥香に話しかけなかった。

やがて金色様の身支度は整った。褌も締めた。灰色の素朴な着物に、麻の帯、足袋。深編笠。手袋。

「ワタシハ、コノムスメトタビニデル」

金色様は、宣言した。

「ミナノシュウ、イザ、サラバ」

「いつか、必ず戻ってきてくだせえ」

老人の一人が絞りだすようにいうと、泣きはじめた。

みな一心に拝む中、金色様は遥香に顔を向けた。

「デハ、マイリマスカ」

3

遥香は、城下の外れにある宿に泊まった。

街道に近く、他の宿泊客はみな行商人のようだった。

宿のすぐ近くに、丘を登る石段があり、上がりきると、田畑を見渡せた。丘には一本の大きな銀杏が立っていた。

金色様は、丘の上の銀杏の近くでいった。

「ワタシハベツニウゴキ、カタキノサンメイヲサガシテマイリマショウ。フツカゴノヨル、カネイツツノコクゲンニ、コノキノシタデ、マチアワセマショウ」

金色様と別れてから二日後の夜、遥香が提灯を持って丘を登り、銀杏の根元にいくと深編笠に、袴の人物が立っていた。

金色様だった。

衣服が変わっているのは、どこかで新しい着物を調達してきたのだろう。

「サッソクツカミマシタ」金色様はいった。

「ヤツラハ、ブケノコ。イマゴロハ、シカンシテオルデショウ。ハンノサムライナラ、ドコゾニシュッシスルモノ」

金色様は続けた。

ちょうど橋の前に、大きな広場がありますな。あそこは、城に向かう藩士と、その他の役所に向かう藩士が交錯する場所なのです。

私の姿は目立つので、少し離れた樫の木に登り、じっとそこの往来を観察しておりますと、藩士の中におりました。

コジュウです。あの刀の持ち主です。

私は十三、四の頃の奴の顔をおぼえています。当時より体は大きくなり、また筋骨を鍛え上げ、雰囲気も、顔つきも変わっていましたが私の目はごまかせません。確かにコジュウでした。

後をつけると、奉行所の同心詰所に向かっていきました。

実は私、奉行所に忍ぶのは二度目になりまして、慣れたものです。

現在は柴本厳信という名で、そこで同心をしていることを摑みました。

残り二人の姿は見かけませんでした。


翌日だった。

宿に通いの髪結いが訪れた。近辺に髪結い屋がないため、宿泊客相手に出張して商売している女である。

遥香は髪結いの女に、髪を結ってもらいながら、それとなく柴本という同心について話題にだした。

髪結いの女は、遥香の髪に櫛を通しながら、

「そりゃ、知っておりますよ」と、少しはしゃいだ声をあげた。

「ありゃあ、この城下じゃ、名物級の、いい男だものねえ」

「それは、顔立ちが」

「いえいえ、娘さん、おや？　あったことはない？」

「ええ、少し噂をきいたものですから」

「顔立ちなんざ、どうということもありません。女はねえ、男のそんなものを気にしていたら碌な目にあいませんで。あの人はね、いろんな意味で、惚れ惚れするほど立派な人ですわ。何かあったら、他の人じゃなくて柴本様に、という人は大勢います。お強いですしねえ」

「強い。それは、武士として」

遥香はどこかぼんやりといった。

髪結いの女は浮き浮きした様子でいった。

「んー強いのなんのって。それも刀を使わないんですよ。今時、そうはいない武芸者だね。ならず者なんてねぇ、こーんな風に、ほい、縄一本で相手してぇ、あっ、あっ、あああっという間に、ハイ、いっちょあがりってなもんさ。もう妖術でも見ているみたいですわ。それがまた珍しいほどに公平で、情のある方なんでさ」

髪結いの女は、身ぶりを交えて実演しながら賞賛を続ける。

半月が銀色の雲の上に浮かんでいる。

遥香は銀杏の下に立った。

金色様が現れる。今度は赤い傘を持っている。

「いい傘ですね」

「トチュウデミツケマシタ。ワタシニニアイマスカ？」

傘は、女向けに思えた。仮に、金色様が、男女の区別が意識にないのならいっておいたほうがいい。

「ただ、殿方には似合いませぬ。金色様が、女であれば似合ったかもしれません」

金色様は頷いた。

「ワタシハオンナニモ、オトコニモナレマスガ。キョウハ、オナゴフウデ」

闇でよくわからなかったが、改めて見てみると、着物には、桔梗の花を散らした柄が描かれており、また帯の幅も、女性用の太いものであった。今日の金色様は女装していた。

「サテ、ソンナコトヨリ、オオヨソノコトガワカリマシタゾ」

女装の金色様は、さらに調査を続け、同心柴本の居宅の場所を摑み、家の様子を探ってきたという。

遥香は耳を傾けた。

彼は一人で暮らし、下男、下女を雇わず、また所帯はもっていない。肉体の鍛錬と、仏像を彫るのが趣味のようだという。

一方、流民斬りの残りの二人の姿は、今のところ、城下では全く見かけないという。金色様の記憶では、河原で武家の子供たちは名を呼びあっており、三人の中で、中心的な人物はシンザブロウらしい。見つかれば仇討ちの対象だが、見つからない。

柴本との交流も現時点ではないようだ。

「柴本の評判は耳にしましたか？」

髪結いの柴本評は、どうにも釈然としなかった。

「シバモトノヒョウバン。ワタシモ、ヒロッテオリマスゾ」

金色様が拾った柴本の評判は、髪結いの女と同じく、ほとんどは、賞賛だった。

〈柴本様がいなければ、あの呉服屋の娘の命はなかった〉

〈ちょうど峠を越えるところ、夜盗に襲われ、一緒にいた柴本様に助けられた〉

〈柴本様が調べ、奉行所に話をとりなしてくれなければ、あそこの酒場の主人は、冤罪をひっかけられて獄門の上、全てを奪われるところだった〉

〈柴本厳信が同心でよかった〉

〈柴本様がいたからこそ、わしらの商売には、今の平安がある〉

批判の声もあった。

〈柴本厳信は、己の技量に天狗になっているから、いつかあっさりと死ぬ〉〈明らかに変人だ〉〈身分の低い者の請願に奔走したりと、武家の威信にかかわるような下らない真似をする〉〈時には、僧侶のような綺麗事を口にし、己が一番正しいと酔っているところがある〉〈あの男が同心をするようになってから、ずいぶんと窮屈になった〉〈奴はこれまで見逃されていたようなことを、全くの非情な態度でもって、厳しく取り締まったかと思えば、明らかに牢に繋がれるべき盗人を、乳飲み子がいる女というだけの理由で解放してやるなど、法を遵守せず、情に偏った、筋の通らぬ行動をする〉〈奴はいい年して一人身だ。家族を作らぬ人間を信用できぬ〉〈無粋な割に民に人気があるようだが、歌舞伎役者じゃあるまいし、侍としては失格者だ〉

そうした批判の声は、賞賛の声よりはずっと少なかった。

翌日、遥香は、藩の広場を通過していく柴本厳信を、金色様に促されるままに見た。金色様は深編笠を被って、虚無僧の格好をしていた。

中肉中背。背筋を伸ばし乱れのない足取りだ。どこか生真面目さを感じる。一見したところでは、髪結いの女が喜んで褒めるような種類の男には見えない。

「納得がいきませぬ」

遥香は絞りだすようにいった。

血に飢えた子供。それがコジュウであるはずだ。探しても見つからず、とうに誰かに殺されていてもおかしくないと思っていた。生きていても、仕官など勤まらず浪人となっているか、もしくは、なんとか藩士を勤めていても、人々に嫌われ憎まれ軽蔑されているか。

そのどれでもなく、立派だと認められ、信頼されているとは——これは如何に？　これこそ真の不正ではないか。

「コロシマスカ」

その夜、銀杏の下で金色様はいった。

――殺したい。

そうはっきり思った。

奴が生きて賞賛されているということに、耐えがたいものがある。

「確実に殺せますか」

「ムロン。メイジルナラ、ヨアケマデニ」

いつでも殺せるのだと思うと、怒りが少し静まった。

「タダ、ノコリフタリノ、テガカリハキエマス」

コジュウの居所はわかったものの、件《くだん》の晩そこにいた、他の二人の行方はわかっていない。柴本は刀を落としただけで、母を手にかけたのは、シュンペイやシンザブロウだということも充分にあるのだから、二人についても調べなくてはならない。確かに柴本の処分を決するのは、もう少し後でもいい。

「お待ちください」

遥香は額に手を当てて考えた。

あまりにも性急にすぎるのもよくない。

相手は民の信頼を得た人間だ。金色様が万が一、人物の勘違いをしていることがあれば、深い悔いも残る。

「あの男が、河原で、私の母を斬ったことは確かなのですね？」

「ワタシハソコマデハシリマセン。タダ、ジュウスウネンマエ、アノオトコハ、マヨナカニカタナヲモッテ、ルミンヲキリニキマシタ。アナタガモッテキタカタナハ、アノオトコガ、モッテイタモノデス。コレラハチカッテ、ソウイナキコト」

遥香は考えた。

絶対に母を斬ったとはいいきれない。だが、許せぬ相手であることに変わりはない。殺す。それにしても改めて考えると心が冷える。

法で柴本を罪には問えない。武家と、元百姓の流民では、人と獣ほどに身分が違うと、奉行所は考えているし、子供のときの罪が十数年後に裁かれたなどという例もない。もしも因果応報の処罰を下さんとするなら、暗殺するより他はないのだ。

金色様に依頼するにせよ、己でするにせよ、気持ちよく納得して殺せるか、という点が重要になってくる。

「できることなら、柴本厳信についてもう少し、知っておきたいところです」

「ワタシガ、タノンデミマショウカ」

遥香は困惑した。

「はあ、誰に？　何を頼むのでしょうか？」

「ドウシンニ、ノコリノゲシュニンヲ、サガサセマショウ」

「残りの二人を捜すことを柴本本人に？」

「ハイ。シバモトヲヒッパタイタウエ、コノムスメヲオイテイクノデ、ムスメノイウコトヲヨクキイテ、ドウスルカ、カンガエロ、ト」

遥香は作り笑いを浮かべた。

金色様の冗談は、少しずれていて、どうも笑えない。

だが、冗談ではなかった。

4

夜の同心宅に金色様と共に押し入った。あらかじめ打ち合わせた通りに、夜具に包んだ状態で地面に置いてもらう。

金色様は、女装から、黒い服へと着替えていた。

「オタノミモウス」

金色様は柴本厳信を放り投げた。

遥香は地面に伏しながら、薄目で見ていた。巻き込まれぬようにするには、倒れているのが一番いい。

さすがに、すぐに殺せるというだけのことはある。金色様と柴本厳信の立ち合いは、大人と赤子のようだった。

柴本が何をしても金色様には通用しない。柴本は狼狽していた。心の底から清々した。

やがて彼を家に放りこんだところで、金色様は屋敷の屋根に消えた。

翌朝、遥香は「何も知らぬ娘のふり」をして、自分が河原で拾われた流民であることを語り、匂い口にへこみのある寛文新刀を差しだした。

身の上話の大枠に嘘はなかった。

調べればすぐにわかることや、疑問をもたれて追及されたときに返す言葉がでないような嘘は、この芝居の根本を壊してしまう。秘しておくのはほんのいくつかでいい。主に、柴本厳信が親の仇だと既に知っていることや、カメという浪人を殺してしまったこと。

もとより、長い間、嘘をつき続ける心積もりではなかった。

相手の反応を見るための芝居だ。

金色様は去ったとみせかけて天井裏に潜んでいる。合図をすれば、すぐに天井裏からおりてくる算段になっている。

流民がどうした、と、激怒して、襲いかかってくればいい。

そのとき、死ぬがいい。

だが、彼は顔色を変えずに寛文新刀を手にとり、まるで生まれて初めて見るかのように目を細めて眺めまわすと、平然と、十四年前の流民殺しの下手人を捜すといった。

ひとまず、殺さずにおくことになった。

ひとまず、だ。柴本が、どのように流民殺しの下手人を捜すのか、見てやろうと思った。

柴本に連れられて家に戻り、お父様——祖野新道に家出を詫び、再び祖野家に受け入れられた。

カメを殺して家をでてから、再び祖野家の門を潜るまで、十七日間のことだった。

戻ってきた翌朝、雀の声で目を覚ます。遥香は夜具の中からぼんやりと庭先の小さな鳥たちを眺める。

風が強まり、雀たちは一斉にどこかに去る。ぼたぼたと雨が降ってくる。

初枝が現れた。

「疲れただろう」

「いえ、大丈夫です」

「もう少し寝ていたらいい。新さんから、疲れがとれるまで数日の間は、一切の家事はやらせんようにといわれているから」そこで初枝は、声を少し低めた。「どんな長旅をしてきたものやら、後できかせておくれ」

「はい」

遥香は頷いた。

初枝は洗濯ものを取り入れに去った。

なんて落ち着く場所なのだろう。ここに自分がいる幸せが、どれほど得難いものなのかよくわかった。家事をするな？ まさか、休憩など半日で充分。動いていないとむしろ落ち着かない。

家族も、畳も、障子も、柱も、土間も、何もかもがありのままにあることが、とても嬉しかった。

遥香は夜具を畳むと、部屋の隅にある姿見に視線を向けた。

無垢な表情をした少女が映っている。

遥香はそっと鏡に指をつける。

自分は、この先ずっと嘘と共に生きる。

戻ってきた以上、私は誰が何をきいても、カメを殺したことを永久に隠し続けるだろう。できる限り無垢な顔をして、いくらでも卑劣にも、狡猾《こうかつ》にもなるだろう。

命じられたとき以外に手の力を使えば斬るとお父様にいわれたからでもあるが、おそらくお父様は、カメの件を告白しても私を斬らない。

ではなぜ、永久に嘘をつくのかといえば――いうまでもない――私が嘘つきのずるい人間だからだ。

カメの件だけではない。金色様と話して仇について知ったことも、その仇をこれから検分していき、最後には仇を殺すことも、お父様や初枝さんには語らない。

5

やがて、柴本厳信は、遥香を誘いだす。

遥香は、茶店で甘味を食べる。

柴本厳信は、親切な同心に、感謝の念でいっぱいだという娘を演じる。

柴本厳信は、剣術道場を調べにいき、さらには、田村駿平という男の消息を追うつもりだという。あくまでシラをきるつもりらしい。

だが、シュンペイという名は確かに、流民斬りの一人だ。


翌日、彼が調べたという剣術道場の前まで足を運んだ。稽古場は女人禁制だが、門の近くには道場生の妹や、恋人たちが何人か、道場生を待っておしゃべりをしていた。明るい様子の彼女たちからは、色恋の気配がした。遥香は彼女たちに話しかけてみた。そこで本当に同心配下の岡っ引きが道場に聞き込みにきていたことを知った。なんと柴本は、下手人が誰か全て知っているはずなのに、改めて本気で調査をしている。シラをきるのも、ここまで本腰をいれてやるかと思えば、呆れた気持ちになる。

彼は己のやった一切を、己自身にとってもなかったことにしているのか。

最初は〈実は金色様の勘違いで、下手人は別人だった〉という可能性も考えていたが、柴本の熱心さは、逆に、彼が関与したことを裏付けていた。本当に自分と全く無関係なら、十四年前の流民斬りの下手人捜しなど、捨て置くはずなのだ。

怨む女の心が晴れるように、懸命に奔走してやる。世の中は、あなたの敵ではなく、味方である。みなが下手人を憎んで、軽蔑しているのだと、そう教えてやる。

それはひとえに、償いなのだろう。

皮肉にも柴本の心理がわかる。

私だって、数年後に、カメの歳の離れた妹が（仮に妹がいたとしたらの話だが）泣きついてきたら、人一倍親切にするだろう。

本当に彼が何もしておらず、本当に私が無垢な少女であれば、どれほどいいだろう。

そんな風に思わなくもない。

もしも、私たちが茶番劇を演じ続け、最後まで互いの嘘に踏み込まずにいたのなら

——。

金色様の声が脳裏に甦る。

テキモミカタモ、イズレハマジリアイ、ソノコラハムツミアイ、アラタナヨヲツクルデショウ。

殺す予定に変わりはない。

殺すことは、もう決定している。

婚姻を申し込まれたときには困惑した。

「身分が違いまする」

「お主は祖野家の娘であろう。柴本の家格は、そなたが気にするような、たいしたものではない。わしなど、しょせん田舎の下級武士の三男坊だ。祖野家はな、武家ではなくとも苗字帯刀を許された家だ。身分などたいして変わらん。釣り合うから安心せい」

祖野新道は、刀を下げて歩くことはなかったが、苗字帯刀を許されている名士であった。準武士といってもいい。祖野家の娘としての婚姻なら身分の釣り合いはさほどの問題ではない。

「祖野の家はそうでも、私は流民の娘です」

「いや。その点は公にせねばよいだけだ。そもそも流民の娘だからなんだというのだ？人間は遡ればたいがいは流民だ。今の武士とて、仕官先を求めてさまよう浪人は、流民のようなものだ」

「なぜ私なのですか？」

「惚れたからだ」

咎人捜しも終わり、承諾しなければ、柴本との縁は切れる。

もう、殺しておくか。

だが、もしも殺すことを引き延ばすのなら、婚姻により、相手を知る機会も、殺す機会も、際限なく増える。

婚姻を承諾し、何度か会ううちに、柴本厳信について更に深くを知った。

彼の生家に、二人で挨拶をしにいった。

彼の父、昂信《たかのぶ》は、藩の買い物方を勤めていたが、数年前に肺を患い死去していた。

柴本家の長男は家督を継いで現在、江戸屋敷に勤めているという話だったが、次男は部屋住みで、傘張りなどの内職をしているという。三男が厳信である。

彼の母は生きていた。仕官先のない次男と一緒に江戸詰めの当主の留守を守っていた。

「よくきたね。遥香さん。コジュウは気難しい変な子だから、よろしくお願いしますよ」

遥香は義母に頭を下げた。柴本の母は、年齢の割に背筋の伸びた気丈な女で、堅苦しいところがまるでなかった。流民の娘と知らないからか、婚姻に反対するそぶりもない。

牡丹餅をだしてくれる。

「それにしても、祖野さんといえば、名医で評判じゃないか。祖野さんとこの娘さんなんざ、コジュウにはもったいないぐらいだ。うちは次男も働かないしねえ」

帰り道を歩きながら遥香はきいた。

「子供の頃の話をしてくださいませ」

「あまりおぼえていない。ただ、とてつもなく未熟な人間だったことは確かだ。よくないことをたくさんした。できる限り忘れようとしているが、悪夢を見る」

「どのような悪夢でございますか」

「覚めると、ほとんどが忘れている。地獄にいて、そこの獄卒に小突きまわされている夢だ。何も通用しない。そう、あの金色の武者のようにな」

そうして嫁入りとなった。

祝宴が催された。

柴本家に、嫁入り道具の箪笥《たんす》が運び込まれた。

婚礼の儀が終わった晩のことだ。

行燈の光が部屋を照らしていた。

柴本は浅い寝息をたて、仰向けに寝ていた。

彼が愛用している縄は手元になかった。

床の間には、百合を活けた壺と、遥香が持ってきた寛文新刀が、誰かが置き忘れでもしたかのように置かれていた。

遥香はごくりと唾を飲んだ。

それは、柴本厳信にこういわれているように思えた。

〈おまえは全てを知ってここにいるのか、それとも、知らずしてここにいるのか。もしも全てを知っているというのなら復讐であろう。今ここに機会をもうけた。わしは眠り、おまえの母を斬った刀はそこにある。この屋敷に邪魔するものはおらぬ〉

それとも、これはただの私の思いこみだろうか？

行燈の火を消す。

暗い部屋で、静かに耳を澄ませる。梟《ふくろう》の鳴き声がきこえる。

遥香は、刀には触れなかった。そんなものはいらないのだ。幼き日より、眼には視えぬ剣をその手に持っている。

その剣は、血も流さず、暴れさせることもなく、傷跡も残さずに、命を消す。

もしも、今晩、柴本厳信が死んだら。

遥香は考える。

そう、外傷のない突然死だったら。

逃げるか。むろん、逃げれば、世間様には自分がやったといっているようなものだ。外傷がなくとも、毒か何かを含ませたのだろうと疑われる。同心殺しの下手人として追われるだろうし、二度とこの藩には戻れない。逃げずに、取り繕うか。知らぬ存ぜぬで、すぐに後家になる我が身を嘆き……だがまだ若い夫が、婚礼してまもなく、突然死ぬなど不自然極まりないことで、疑われないはずはない。

お父様や、初枝さんの肩身もせまくなり、なんらかの累が及ぶだろう。二人は私の手の力を知っている。おそらく二人とも私のしたことにすぐに気がつき、苦しむだろう。

そっと柴本厳信の胸に手を置く。

全身が冷える。

ふと川に流した笹舟が、岩の隙間の暗い場所へと流れ込む心象が浮かぶ。

笹舟は太陽の世界を失い、以後永久にどこともしれぬ地下深くの暗黒を漂う。

その笹舟とは自分のことだ。今、眼の前にぽっかりと暗い穴が開いている。ぐんぐん穴は迫り、近づいてくる。

さっと手を離した。

目に涙が滲んだ。

できぬ。

なぜだか、できぬ。

もっと早くやっておけばよかった。

三男の厳信を誇りに思いつつもそれを照れてなかなか口にださない義母の顔が目に浮かぶ。息子が死んだら嘆くだろう。結婚を祝ってくれた柴本の同僚たちや、彼を慕う岡っ引き、柴本を師匠と崇める捕縛の術の稽古仲間。慕って家に遊びにくる近所の碁仲間のことなど、知る前にやっておけばよかった。

だが、今晩はできぬとも、この先も機会はたくさんある。

彼は私に惚れ、婚姻を申し込んだ。惚れた女がいつでも自分を殺せるように。一度駄目でも、何度でも機会ができるように。

これも私の思い込みだろうか？

遥香はうなだれた。

寝転がって天井を見る。

今日はもう眠ろう。

意識が深い闇へと沈んでいく。

テキモミカタモ、イズレハマジリアイ、ソノコラハムツミアイ、アラタナヨヲツクルデショウ。

6

数カ月が過ぎた。

年が明け、冬が終わり春になった。新しく下男、下女を雇ったりといった変化もあった。家は賑やかになった。

彼は誠実な人間だった。

仕事においても、私生活においても、律儀で隙がなかった。そしてまた変わりもので、退屈な男でもあった。

一人で木像を彫ったり、道場に通い、柔術や、捕縛の練習をすることに、延々と時間を費やしていた。

もしも、流民斬りの過去さえなければ、その退屈さを愛し、誠実さに敬意を抱き、誇りに思っただろう。

梅の花が咲く頃、また一度試みた。

やはり途中で手が止まった。

金色様に頼めば、己の手を汚さずに済むし、自分ではなく、誰か辻斬りにやられたように見せかけることができる。

最初はそれでもいいと思っていたのだが、時が経つにつれ、他人にやらせたくなくなっていた。


花冷えの雨の夜、遥香は厳信に訊いた。

「厳信様、人の死についておききしていいですか」

厳信は夜具の上に寝転がって天井を眺めていた。

「死とな」

「厳信様の人生で、はじめての人の死は誰でした?」

「姉様」厳信はぼそりといった。

「姉様がおられたのですか?」

「うむ、遠い昔のことで、今では誰も我が姉のことは語らぬ。八つのときに死んだ。わしが六つ。よく一緒に遊んでくれた。池に落ちて死んだ。うつ伏せに浮かんでいるのが発見された。足を滑らせたのだろうが理由はわからぬ。その次は、飼っていた犬だ。わしが九つのときか。特に老犬ではなかったが、病になったようで、急に元気がなくなり、朝になったら死んでおった。いやすまん、犬は人ではないな。質問とずれたか。だが犬がな、なんだか姉様のいる場所にいって、姉様と仲よくしておるように感じた。そんなはずもないのだが、子供の頃は、姉様が呼んだのだと、そういう空想をした」

ぼたぼたと雨の音がしている。湿った冷たい空気が外から入ってきている。

「それから、手習所の友人。犬が死んだのと同じ年だった。これも病だった。手習所にこなくなり、数週間後に亡くなったと知らされた。葬式にでた」

柴本はぼんやりと、己が体験した誰かの死のことを順番に話していく。次は祖父で、その次は祖母。だが、コジュウの流民斬りの話はない。

「誰かを殺したことは」

「ある。というか、常に殺し続けているようなものだ。奉行所まで下手人を捕えて連れていくが、獄門、死罪になる者も多い。牢も過酷故、獄死するものもたくさんいる」

「そうしたことを、悔いたことはありますか？」

「実は、間違っていたと、後から思うことは何度かある。仮に、世のため人のためには、あれでよかったのだ、と気持ちのまとまりがついたところで、それはただわしの心の中だけでの話。獄門になった者の遺族はまた別だろう」

「もしも、厳信様を、怨みに思う人がいて、その者が厳信様の命をとりにきたら、どうなさいますか」

「どうもしない」

「どうもしませんか」

柴本厳信は天井を眺めながら、どうもしない、とまた繰り返した。いつになく力のない声だった。

「納得のいかない理由で腹を切るのも、鉄砲隊に飛び込んで相手を斬りながら撃ち殺されるのも、病に伏して死ぬのも同じ死だ。建前ではなんとでもいうが、怨んでいる相手に殺されるよりも、藩命の切腹でこそ死にたいとか、あるいは兵として戦の中で死にたいとは全く思わん。前からくるのなら戦いもするだろうが、奇襲や不意打ちでくるのなら防ぎようがない。いつかその日までは、それまでは生きる」

「怨みに筋が通っていなければ」

「筋か。この世の恐ろしいところはな、筋などというものは、本当はどこにも存在しないのだ。ただ、筋を通した、通っていないと当事者とその周囲の者がいうだけでな」

遥香は目を瞑る。

思考はいつも、まとまらない。

私の初めての死は、母だ。だが、記憶に残っているものからはじめるなら、冬の日の鹿だ。己の手で葬った。そして、お父様に命じられて極楽へと送った苦しむ病人たち。

私はいい逃れなどできぬほどに確かな人殺しだ。いったい、何人が私の手で死んだだろう。筋などというものは存在しない。ただ通した、通っていないと当事者とその周囲の者がいうだけで――。

柴本厳信が死ぬのは、今日ではない。

そして眠り、また明日がはじまる。

7

雨が上がり、乾いた風が、ぬかるんだ地面を乾かしていく。柴本家の庭で牡丹の花が咲いた。

皐月の太陽が、真っ白な花を輝かせた。

柴本厳信は出仕しており、下男、下女は買い物にでていた。遥香は床の間を掃除していた。

床の間に飾られた木彫りの如来像の頭が動き、外れた。

「コンニチワ」

金色様の顔が現れた。

遥香は箒を床に落とした。

「金色様、あなたは」

如来像は内部がくり貫かれて空洞になっていた。金色様は中に潜んでいたのだ。

金色様はどこかにいなくなっていて、顔を見る機会はなくなっていた。もう役目は済んだと、滝のお堂に戻ったのかと思っていた。

「まさか、ずっとそこに隠れていたのですか？」

「イエイエ。アチコチイッテマス。オキニナサラヌヨウ。ナカナカコノヤシキハ、ヒソムバショガオオクテ、イイバショデス。ダイタイタシカナシラベヲシテマイリマシタ。シンザブロウハ、ルミンギリノヒトツキゴニ、オソワレ、ユビヲネコソギウシナッタノチニ、ジガイシテオリマシタ」

新三郎は自害。田村も死んでいる。つまり、いま残るは柴本厳信だけだ。

「ハタセソウデスカ？」

仇討ちを果たせそうですか？

遥香は言葉に詰まった。

自分は、そのためにここにいるのだ。

いつのまにか仇と祝言をあげて、馴染んで暢気に部屋を掃除して――一体何をやっているのだ？

「そうですね、確かに、ええ、そうですね」

遥香はぶつぶつと呟いた。

「ナニカアレバヨンデクダサイ。ワタシガヤレバカクジツデスガ、ゴジブンデナサルノナラ、セイテハコトヲシソンジルトモイイマスノデ、ヨクカンガエテホンカイヲトゲマスヨウ。ソレデハ」

如来像の首が元に戻った。

「お待ちください」

如来像の首が外れ、再び金色の頭がでてくる。

「ナニカ？」

「後はもう一人でなんとかします。金色様、今までありがとうございました」

遥香は頭を下げた。

金色様の中から、ビコン、と音がした。

いくら自分が柴本家にいるからといって、金色様までが同じ屋敷で、縁の下や、屋根裏や、仏像の中に何カ月も潜み続けるのはおかしいと思う。

「ドウイタシマシテ」

ふと遥香は思った。

わかっているのだろうか。試しにきいてみる。

「それで、今後、金色様は、どちらに向かわれますか」

「ムカウ？　ココニイマスガ？　ムーン？」

遥香は目を瞬いた。ムーン？　とは何だ。駄目だ。やはり、わかっていない。

「アナタニ、ナニカアッタトキ、ヨウジノアルトキ、スグアラワレマスユエ」

「柴本は、凶悪な本性をもう失っているようです。危険を感じません。それに私は、もう少し、長い目で彼を見ようと思います。今日がその日なのだと自分で確信したら、金色様の手に頼らず、己で引導を渡そうと思っております」

あるいはそうはならないのかもしれない。いつまでも、その日はこないのかもしれない。

「ナルホド」

「ここに導いていただいた、金色様には本当に感謝の言葉もありませぬ。が、もはやこの家にずっといていただくことに心苦しさ、申し訳なさを感じております」

「ハハハ、ソンナコトハ、オキニナサラズ。ワタシナゾ、ブツゾウノヨウナモノデス」

遥香は何かいいかけて口を閉じた。

滝の上での誓いを思いだしたのだ。

金色様は確かにいった。

〈私の誓いとは、あなたを裏切らず、あなたの頼みをきき、あなたの傍にいる、というものです〉

自分が思っていたよりも、金色様の誓いは真剣で重く、状況次第で簡単に覆せるようなものではないのではないか。確かに、簡単に覆せることなら、わざわざ〈誓い〉という形式をとらない。

「デハマタ」

遥香が考えているうちに、首が元に戻った。

夏の終わり頃、厳信配下の岡っ引きが、一人の男を連れてやってきた。

「親分、ちょいといいですかい」

ほれ、と岡っ引きは、中肉中背の、四十代かそこらの総髪の男の肩を叩いた。

「川向こうで貸本屋をやっている、マキベエというんですが。あっしも本が好きで、よく借りている馴染みなんですがね。それがもうひでえことが起こったんですよ。マキベエの話だけでもきいてやってくだせえ」

岡っ引きは頭を下げた。貸本屋もならって頭を下げる。

柴本厳信は、岡っ引きが紹介した人間に限り、あくまでも個人として、彼らの声をきいていた。奉行所で門前払いになったような訴状であっても、ほんの少し力を貸せば解決することはたくさんある。もちろん、己の力ではどうにもならず、ただ話だけをきいて終わりのときも多い。

厳信は、貸本屋のマキベエを座敷に坐らせた。

「いや、楽にしてくだされ。最初にいっておきますが、何かができるわけではない。ただ話をきくだけです」

柴本は貸本屋の顔を見ながらいった。岡っ引きが横から促す。

「さあ、旦那、何があったのか話してござんなせえ」

貸本屋は目を瞑っていった。

「一昨日、娘たちが攫われましたです」

「誰に」

「物騒な男たちです。ありゃあ、野武士か何かわからんですけど、鬼御殿いうところに連れていかれました」

「鬼御殿」柴本は眉をひそめた。

遥香は盆に茶を載せて運んだ。

貸本屋は話しながら涙を流した。

双子の可愛い娘だったこと。手塩にかけて育てたこと。まだ十歳だということ。マナとサチという名だという。

貸本屋はその日、双子の娘を連れて湯屋にいった。

入浴後、帰ろうとすると、浪人風の三人組に絡まれた。ずいぶんかわいい娘だがどちらか売らないか、という。こ奴ら女衒かとうんざりしながらも、もちろん断った。すると、態度が気に喰わないと因縁をつけはじめた。

浪人風の男たちは刀を抜いた。鬼御殿という言葉はそのときでてきた。

——娘のことは俺らに任せとけば、な〜んも心配ねえ。だから、父さんは、気分よく死んじまえやなあ。二人とも鬼の御殿で、田舎町人風情の娘にはありえんような、暮らしさせてやるからよ。

一人に斬りかかられ、その間に別の二人が双子を捕えて、貸本屋から引き離した。斬殺されなかったのは、咄嗟に応戦しながら、人を呼んだからである。応戦は、着物に石を包んでそれを振りまわした。

わめく男を前に長居はまずいと考えたのか、三人は父親を殺すことを諦め、双子を連れ去ってしまった。

翌日、奉行所に訴状を持って向かったが、反応は冷たかった。彼らの名前と居所がわかっているのならともかく、どこの誰が攫ったのかもわからないなら、手の打ちようもないという。

貸本屋は鬼御殿の名を知っていた。実際にそこの人間に出くわすのは初めてだったが、山中に殺しの請負、放火、強盗、人身売買、なんでもありの裏稼業の根城があるという噂を、大昔に一度だけきいたことがあったからだ。

野武士たちが、鬼の御殿と口にだしていたことを奉行所の役人に語ったが、役人は、鬼の御殿などといっても、竜宮城などと同様に、何処にあるのかもわからない実体のないものだから、どうにもできないという。

話をきく柴本厳信の表情は強張り、ぴくりとも動かなかった。マキベエの涙は痛々しかった。

悔しくて、悔しくてたまらない。そういう涙だった。

遥香は、柱の陰に立ち、貸本屋の話の一部始終をきいていた。ずいぶん酷い話だった。

鬼御殿とは、父と母が戦った鬼御殿に相違なかった。

やはりそこは、非道の極致にある場所なのだ。

そして、今も絶えずに在続している。

結局のところ、奉行所など何もしてくれないのだ。


貸本屋は夕暮れ時に帰った。

厳信が義憤にかられているのが遥香にはわかった。厳信は静かに、何かを噛み締めるような顔をしていた。

その晩、遥香は口にだした。

「厳信様」

「なんだ」

「鬼御殿は存在します」

静かな間があった。ばさばさと鳥が飛ぶ音が、障子の向こう側からした。

「昼間の町人の話をきいておったのか。だがなぜあるといいきれる？」

「金色様からきいてです」

「金色様。あ奴か」

「金色様と滝のお堂で話したとき、鬼御殿の名がでましたので。恐ろしいまでに全てを知っています」

厳信はしばらく黙っていた。

「わかっておる。いわれずとも、わしも存在すると思う。同心をしていると、同様の話を何度かきく。実は、少し前に獄門になった重罪人の中に、その御殿のことを話すものがいた。両手の甲に太陽の刺青をした男でな。なんでもそこで暮らしていて、そこの一員だという。なぜか嘘をいっているようにも見えなかった。佐和村の周辺の山域にあるようだ。関ヶ原の前にできたともいわれる」

「では、なぜ、我が藩は、兵を集めて攻め滅ぼさないのですか」

「不思議にそうはならない。調べたのだが、記録によれば鬼御殿探索は二度行われている。三十五年前と、十九年前だ。いずれも手掛かりなしだったようだ。その後も、上に訴状をあげても、妙に腰が重い。そのうち有耶無耶《うやむや》になる。これは酒の席で囁くようにして語られる噂だが、鬼御殿が関与しているという舞柳遊廓から藩に上がる税は相当なものだから、手だしはできないとか。更にはこんな意見をいうものもいる。ならず者たちには、ならず者の世界があり、そういう古くからある組織が、睨みをきかせて、揉め事を自分たちで収めたりして、平安を保っているのだから、黙認、捨て置けばよいのだとか。わしが捕まえた男も、家老との取引で、釈放される段取りがあるから、丁重に扱えとぬかしよった。もっとも実際には獄門になったが」

「では、あの町人の娘は」

「捨て置いて、よいはずはなかろう」

柴本厳信は即答した。

翌日には、厳信は岡っ引きを連れて、街道沿いの旅籠に、双子の娘を連れた賊が泊まらなかったか、聞き込みにでかけた。

旅籠の女将によれば、双子の娘とならず者は二日前に宿泊しており、佐和村方面に去っていったという。

厳信は家に戻ると、遥香にいった。

「案外、こちらが足を運んで直に声をかければ、すぐに娘たちを返すかもしれん。無法者の組合といっても、藩と賢くつきあっているのなら知恵はある。向こうもつまらぬことで、ことを構えたくなかろう。いくしかあるまい」

佐和村には藩から直接の役人は派遣されていない。治安維持は、佐和村の名主に一切が任されていた。山村は自治が基本である。

厳信は、岡っ引きに文を持たせ、佐和村名主のもとに向かわせた。

岡っ引きは、名主の家に宿泊し、双子の娘と鬼御殿に関する聞き込みを名主にしたが、結果は芳しくなかった。知らぬ存ぜぬの一点張りで、佐和村の住民に聞いても、やはり双子など見ていないという。だが、それは予想していたことだった。

岡っ引きは、柴本からの文を名主に渡した。佐和村に、鬼御殿探索の藩士を滞在させるため、寝泊まりできる場所を一つ貸してほしいという依頼である。これは、名主からすれば、命令に近い逆らえぬ頼みだ。快諾の返事がきた。

別件の仕事があったことと、大風がきて、豪雨になったこともあり、出発までに一カ月かかった。

柴本は出発までの時間をもどかしそうにしていた。

出発の前夜である。

厳信に茶を淹れた遥香は、ふと、彼を前にしてぽろりと口にした。

「なぜ、私の母を斬ったのですか？」

それは意識して言葉にしたというより、ごく自然にでてきたのだ。

なぜ人の痛みを知り、誰かのために奔走できる貴方に、そんなことができたのですか？

座敷の空気が変わった。

厳信の表情が曇った。

遥香は、自分が口にした言葉に、はっとした。もう遅かった。

厳信は眼を瞑った。それからとても苦い表情を浮かべると、呻くように呟いた。

「わからぬ」

彼が特に驚かないのは、妻が全てを知っている可能性も予測していたのだろうと遥香は思った。

「斬っておらぬ。いや、斬ったのかわからぬ。こんなことをいっても、何にもならない。いい逃れだ。戯言だ。だが、本当に、わしは――おぼえておらぬのだ。元服前だった。道場仲間に唆《そその》かされ、真夜中に、いくべきではないところにいった。だが、その晩のことは――負けたのだ。何に負けたのか、わからぬ。妖魔のようなものがいて、完敗した。微かにおぼえておるのはそこだけだ。そして、朝になると、わしはもうぼろ屑のようになっておった」

いつになく支離滅裂だ。だが、彼が嘘をいっていないことはわかる。

厳信は掠れた声でいった。

「明日は早い。戻ってきてから、ゆっくり話そう。もっと早くそうすべきだった。いつかこの日がくると思っていた。こなければよいとも思っていた」

その後、早朝の出発まで、もう一言も口をきかなかった。


五人の仲間を連れて、鬼御殿の探索である。

この件に関する、全ての出費は、柴本厳信個人の私費で賄われた。

厳信がいなくなってから、遥香は考えた。

あの人はやっていない。

一年一緒に過ごして――昨日の言葉をきいてただただそう思う。やっていない。

タムラシュンペイ、そしてシンザブロウといった道場生と一緒に河原にいった。刀を落とした。だが、あの人は、きっと、流民を斬ったりしていない。夫を失い、赤子を抱いた母は、怯え、闇の中で目立たぬように息をひそめていたに違いない。修行の目的にしろ、気に喰わぬことがあったにしろ、たったの三人で、群れに入り、わざわざそんな女を斬るのは不自然だ。

その不自然が、できる人間なのか否か。はっきりとできぬ人間と判じた。

五日以内で戻る、とのことだったが、十日経っても帰ってこない。待つより他はなかった。

戻ってきたら、金色様も交えて、何もかもを話そうと思う。

やがて、家に奉行所からの使いがきた。

あなたの夫は、山中にて行方不明になっている。配下の岡っ引きも柴本厳信に同行し、同時に行方不明になっているという。

「もとより、神隠しの多い山域故」

使いの者が去ってから、静かな屋敷を遥香は歩いた。

半ば放心していた。

膝が震える。

遥香は、ここ一年ほどの柴本厳信との交流において、彼がならず者を相手にしたとき、そう簡単には死なないことを知っていた。それだけの鍛錬を積み重ねており、賢く立ち回る頭も持っているはずだった。

生きて、捕えられているのか。死んだのか。

貸本屋の双子の娘は、これでもう救出される見込みはなくなったことになる。

遥香は如来像の前でいった。

「金色……様。おられますか？」

返事はなかった。

如来像の頭を外すと、空だった。

もういってしまわれたか。

遥香はうなだれた。コトリ、と音がしたので見上げると、天井板が外れ、金色の顔がこちらを覗いていた。

「オヨビデスカナ」

第九章　鬼神天女（1747）

1

六地蔵鹿原は、天正の頃には村があったが、豊臣秀吉の軍に蹂躙《じゅうりん》され、今では、六つの地蔵以外には何も残っていないという野原である。

六地蔵の下には、兵はもとより戦禍に巻き込まれた百姓含め、百もの死体が埋まっていて、夜には人魂が飛び、霧がでると苦悶の呻き声がきこえてくると噂されていた。

また、六地蔵鹿原は、街道から佐和村へ向けて進む道沿いに位置していた。

太陽が雲間からのぞき、また雲間に隠れる。

熊悟朗は、その日、六地蔵鹿原に三十人を集めていた。

声をかけた舞柳遊廓の若衆から十五人。さらに極楽園から下りてきた十五人が加わった。

うち、三名は銃を持ち、野原の外側の高台に潜ませた。

それぞれが、槍や弓、刀といった武具を持参している。極楽園から下りてきたものは、みな具足をつけている。

三十名はどこかのんびりと、握り飯を食べたり、おしゃべりしながら刀を見せ合ったり、特にすることもなく、槍を振ったりしていた。

熊悟朗は椅子に坐って考えていた。

これで後は遥香がくるのを待つだけだ。

遥香は極楽園に案内しない。

これが結論だった。

もっとも考えた末にそこに至ったというより、わかりきったことだ。

熊悟朗は、遥香が帰った翌日には、極楽園、夜隼宛ての文を、腹心の配下に託して、遊廓を出発させていた。

舞柳遊廓からは二日の道のりである。

しなの屋に同心の妻が現れ、金色様との関わりを語り、ひどく怪しかったこと。六地蔵鹿原にて待ち合わせたこと。

夜隼からの返事は、四日後の夕刻に到着した。極楽園へ使いにだしたのと同じ男が、夜隼の文を持参して戻ってきた。

符牒が多く、知らぬ者がただ見ただけでは何のことやらわからない文面に変えてあるが、次のような内容であった。

極楽園への道を上がってきた犬がいたので、始末した。同心の妻が、藩兵を連れてくる可能性を考え、ひと戦できる程度の兵をだす。状況に応じて使うなり、使わぬなりおまえに任せよう。この文は何かの証拠になるかもしれないから燃やせ。

熊悟朗たちが六地蔵鹿原に入った時には、もう極楽園からの十五人が到着していた。半数以上が初めて見る顔だった。

もしも遥香が一人で現れた場合、捕えて処刑——の寸前までをやる。三十人の男たちを前に、己の無力と心算の至らなさを悟るだろう。胆が冷えるだろう。馬鹿なことをしたと悔いるだろう。

だが、殺しはしない。あわや、その首を刎ねる寸前というところで、待ったをかけ、二度と首を突っ込まないことを誓わせ、今度だけはと帰してやる。

これが熊悟朗なりに、心を尽くした遥香を救う方法だった。

世の中には、諦めることで、命が助かり、人生を得られることがたくさんある。頑固な人間には荒療治しかない。

遥香が、藩と繋がっており、藩兵を連れてくる場合も考えなくてはいけない。

藩命を受けている侍は、容易に引き下がらない。争いになったら藩士は全員死体にするより他ないが、それはそれで問題であり、ここはうまく交渉するしかない。まずは三十名いれば、おそらく相手より多いはずだ。無事では帰れないことは相手にもわかる。交渉というのは相手より力があれば、たいがいうまくいくものだ。自分には心眼がある。相手の腹を探ってみせよう。

藩兵がこちらの三十名より多い場合。ないとはいえない。街道に見張りをたてている。あまりにもたくさんの兵がこちらに向かってくるようなら、見張りが駆けてきて、報告をする。敵が六地蔵鹿原に到着する前に、全員撤退させる。血を流すつもりはない。

遥香が金色様を連れてきた場合。

これは困る。

そもそも、あのお方は何を考えているのか、全くわからない。

夜隼からの手紙には、もしも金色様が現れたのなら、それはおまえに任せるとあった。

金色様は——どう扱えばいいのか。

今も鬼御殿の人間なのか、敵なのか。

これはお久しゅうございますと、頭を下げるか。

その場合、「お久しゅうございます。熊悟朗ですがおぼえておいででしょうか。たいへん辛いところですが、いろいろ事情も変わりまして、金色様のお連れしている御仁を、案内するわけにはいきません。お引き取り願えますか」となる。承知しなければ、仕方ない。戦うことになる。

勝てるのか？

かつて極楽園の武芸会で、並ぶものなしの強さを目の当たりにしてきた。あの特殊な身体に矢や刀が効くものかもわからない。誰と戦っても、汗もかかねば、息切れをするでもなく、底がまったく見えない。だがいくらなんでも三十名いれば、きっと捕縛ぐらいはできるだろう。

最初に、おお、きた、と誰かが声をあげた。

その声で、それまで、だらだらと弛緩して、坐ってお喋りをしたり、煙管をふかしていた者たちが腰をあげた。

野原の先に、人影が見える。

一人だった。

真っ赤な傘をさしている。

屋根のついた牛車が後ろからついてくる。牛車には誰も乗っていない。

一番近い男と、六間ほどの間を挟んで、女は足を止めた。

男たちは黙って女を眺めた。何人かが溜息をついた。

熊悟朗も目を細めて女を見る。

真っ白な顔をしている。白粉か。結った髪には、金色の大きな簪。相当に豪華な打ち掛けを纏っている。絵柄は、鮮やかな紺色の滝に、桃色や、白色の、たくさんの牡丹を散らしたものだ。野原で裾を引き摺っている。こんなところで着るものではない。舞柳遊廓なら、最高級の花魁が、花魁道中で着る衣装だ。

衣装がもったいない、と熊悟朗は眉をひそめる。

それにしても、これは遥香か？ こいつは、この格好で鬼御殿にいくつもりなのか？

警戒していた藩士の姿はなく、女一人に、三十人である。みなどこか白けた顔で、立ち尽くしていた。当然だが、抜刀する者も、槍を構える者も、一人もいない。

花魁が傘を閉じた。

舞柳遊廓から連れてきた若者たちがちらりと熊悟朗を見る。

目で確認してくる。

――大旦那様、この女ですかい？ 予定通り、ひっ捕まえてふん縛っちまって構いませんな？

熊悟朗も目で合図をした。

――行け。

舞柳遊廓の三人が動く。他の者は、みな薄ら笑いを浮かべながら見物している。

一人は細縄を持ち、残りの二人は無手《むて》だった。

二人で押さえ込み、細縄の一人が縛る。三人で充分だ。そういえば、手で人を殺す力があるとかいっていたが？　その一点のみ、不安だが、三人に組みつかれて、そんな能力を発揮する余裕があるものか。

じりじりと三人が女に向かっていく。

真っ白な顔の女は、何が起こるかを察したのだろう。態度を変えて叫んだ。

「熊悟朗っ、なんだい、こいつら？　さあ、約束の場所にきたんだから、わたしを案内しな」

おい、わしを呼び捨てにするのか。熊悟朗は苦笑した。しなの屋で、面談したときは、もう少しまともな娘だと思っていたが。

しかし、何か奇妙な違和感が遅れてやってくる。

この声は――。

紅葉？

熊悟朗は呆然とした。

今のは紅葉の声だった。生きていたか。だが、顔が違う。背丈が違う。体格が違う。

「捕えい」

熊悟朗は仲間の背中にいった。

舞柳遊廓の妓夫の一人が、女の肩に手をかけようとした。

その途端に、妓夫はぐるりと宙を舞った。

残る二人が、おや、と戸惑う。

女が片手で閉じた傘を、振り上げた。

異様な速度だった。

まばたきするほどの間に、竹刀で柱を打った時にするような打撃音が十数回響いた。

ぴたり、と傘が止まる。

残る二人が地面に倒れた。

俄かに野原が緊張した。

女は壊れた傘を放り投げると、不機嫌そうにいった。

「熊悟朗、これはどういう了見だい」

熊悟朗の背筋を冷たいものが走った。

確かに紅葉の声だ。

舞柳遊廓から連れてきたあの三人は、それなりに腕があったはずだ。

今、何が起こって倒れたのだ？

二つ気がついた。一つは、女が喋る時、口元が動いていないこと。これは、面だ。もう一つは、女が攻撃をしたとき、その殺気は黒い霧となって目に見えなかったこと。

「なんだ、おまえは、何者だ？」

熊悟朗は目を見開いた。

「あたしゃ、遥香ちゃんの代理だよ。馬鹿だねえ熊悟朗。顔見りゃ違うってわかるだろう？」

「その声は」

「そんなことよりも、遥香ちゃんが、どんだけ辛い思いして、あんたのところにいったか、考えてんのかい。まあ、あたしゃ、あの娘にいったんだ。舞柳はともかく、鬼御殿に潜入させてくれだのって、絶対に無理。案内してくれるはずないって。むしろあんたやられちゃうよって。それでまずはあたしが代理で、様子を見るってことになったのよ」

「しかし、代理というが、おまえは」

混乱のため言葉が続かない。

女はふふっと笑い声をあげた。

「それでね、遥香ちゃん、もしも、男たちが女一人のあちきを襲ってきたら、これはもう仕方ない。鬼御殿なんて悪《わ》ぁるいこと、たーくさんしてきたとこなんだから、そのときは、もう、全員返り討ちにしてやってってって」

熊悟朗の思考は纏まらなくなってきた。

何をいっているのだ？　こ奴は。

女が、六地蔵鹿原の、死体の養分で育った草花が作りだした幻影に思えてくる。

やられた三人のうち、二人は気を失っているようで、残りの一人は呻きながら蹲っている。

「お主は、遥香と、どういう関係で、なぜ代理をしている」

「何って友達よ。決まっているじゃないの。私たちお互い辛い思いしているときに、巡りあったの」

「紅葉」

「その通り、遥香ちゃんの、お母さんの声よ。熊悟朗」

女は、すっと踏みだした。

男たちが熊悟朗を見る。

「みなの衆かかれ」

熊悟朗は後退すると、素早く叫んだ。

みなが動きだす。

紅葉ではない。明らかだ。紅葉の声を持った何か――妖怪だ。素早く手を打たねば、全てが滅茶苦茶になる予感がする。

「殺してよい。三人を瞬時にやったのを見たろう。油断するな、武器を持って同時に複数でかかれ」

ほんの一瞬、女の身体から、霧ともなんともいえない蒸気のようなものが見えた。

「ワカラヌナラ、ワカラセヨウ」

花魁の中から、ビコリ、という音がした。

その瞬間、熊悟朗は全てを察した。

花魁の動きは、あまりにも幻惑的で、演舞のような艶があった。独楽《こま》のように、くるりとまわる。打ち掛けが風を起こす。数人が吹き飛ぶ。

白い手袋をつけた手には何も持っていない。

男たちは殺気の渦となっている。熊悟朗にはそれが見える。だが、中心にいる女はまるで何も発していない。

何も発していないが故に、黒い霧の渦に浮かぶ光に見える。

ばたり、ばたりと女の間合いに入った者たちが倒れていく。

味方の足や手の骨が、たやすく折れていくのがわかる。

花魁は、突きこまれた槍をかわす。槍が結い髪に触れ、ばらりと長い髪が垂れる。油を塗った黒々と輝く髪だ。

槍の柄を摑むと、先にぶらさがった男を、数人の武者の群れに叩きつけた。

「あなたは、金色様なのか」

十数名が倒れたところで、熊悟朗は叫んだ。

長い髪を振り乱してそれはいった。

「鋭いね。遥香ちゃんがね、声が人間の声ではないみたいといったのよ。失礼ね、あちきは、まあ、地声はちょっとざらざらしているかもしれないけど、別に地声が厭なら、どんな声だってだせますよって教えてあげたの。それであなた、ここには女一人でこいといったんでござんしょ？」

熊悟朗の身体から力が抜けた。

「これで、女一人だよ」

金色様は――花魁の化け物になったか。

たぶん、無理だろう、と思いながら、棒手裏剣を投げた。

化け物は、さっと袖を振って棒手裏剣を叩き落とした。予想通り、何の意味もなかった。

ひょい、と飛びあがったかと思うと、弓矢や、刀を持った具足姿の数名の輪に入り、槍を回転させる。

次の瞬間、銃声が鳴った。

化け物は跳びすさった。弾丸が当たった様子はなかった。

化け物は首を巡らす。

七間ほど離れた茂みに、片膝をついて銃を構えた男が三名いる。

続けて二発鳴った。

化け物は、髪を振り乱し、裾をはためかせて、ひらり、ひらりと狙撃者たちの方へ走っていく。

熊悟朗の足元に、しなの屋から連れてきた妓夫が、脛を押さえて呻きながら転がっていた。

「大丈夫か。折れたか」

「大旦那様、け、蹴られて、たぶん折れました。あんな化け物の相手だなんてきいてませんぜ、な、なんですか、あの化け物は」

「おまえな、何年か前、酒の席で、俺が子供の頃、誰も勝てない無敵の魔神がいたって話しただろ。月からきた奴が仲間にいたって」

「はあ、大旦那様のほら話で」

「ほらじゃないんだよ」熊悟朗は顔中に汗の粒が浮かんだ男を見下ろしながらいった。

「ほらじゃないんだ」

「ほらじゃないんですね」妓夫はいった。その目に涙が滲んでいた。「確かに、ほらじゃねえや」

鉄砲隊を片づけた化け物が戻ってくる。

立っている男たちは、もう数名だった。

「やめい」

熊悟朗は掠れた声でいった。

誰に向けていったのか、花魁か、それとも、立っている男たちか。自分でもわからないが、どのみち両方ともきいていなかった。

残っている数名は、恐怖に呑まれ、逃げることにしたようだったが、花魁は、素早く追いかけて襟を引っ摑むと、一人ずつ投げ飛ばした。

花魁姿の化け物は、最後の一人を投げ捨てると、熊悟朗に顔を向けた。表情のない面には、返り血が飛び散っていた。

見回せば、熊悟朗一人を除き、誰もが負傷者になり、呻き声をあげながら地面に転がっていた。

熊悟朗は無傷だったが、もう心には何もなかった。真っ白で空っぽだった。膝小僧が震えていた。

ここまで完膚無きまでにやられると、むしろ気持ちがよかった。

熊悟朗は膝をついた。

草が額に触れる。地面を見ながら口を開く。

「お久しゅうございます、金色様。まさか、金色様とは露ともしらず、大変な無礼をしてしまい、お見せする顔もありません。今、命を断たれるにあたって、一番の悔いは、このたびの不始末の埋め合わせができぬことです。ここで、助けていただければ、下賤の愚物なれど、生まれ変わり、残りの人生の全てを金色様に捧げる所存」

「ヒサシブリダナ、クマゴロウ」

金色様は、熊悟朗を見下ろしながら、熊悟朗の知る不思議にざらついた声に戻った。

「何卒、ご容赦くだされ」熊悟朗は地面に頭をこすりつけた。

熊悟朗にとって、正義とは力である。

「ユメリュウ、コノナ、オボエテイルカ」

熊悟朗は顔をあげた。

夢竜。過ぎ去りし時代の仇敵。

半藤剛毅親方の襲撃を指示した謎の男。

「はい、忘れるものですか。憎き、憎き、夢竜」

金色様は、秘密の話をするように声を潜めていった。

「ユメリュウハ、ヨハヤダ」

熊悟朗は、全身で驚きを表現することにした。

そんなこと、とうの昔に気がついておるわい、とは思ったが。

「ま、ま、誠でござりますかあっ！」

熊悟朗と、花魁姿の金色様は道を進んだ。

負傷者は、六地蔵鹿原に残すことになった。全員で、助け合って、舞柳遊廓に向かうよう指示をだしておいた。

杉の大樹の前で金色様が足をとめた。

幹の陰から遥香がでてくる。

木綿の着物を着て、足袋をはいている。豪華絢爛な金色様とは対照的だ。

遥香は熊悟朗に会釈をした。熊悟朗は、ただ頷いて応えるよりなかった。

「遠くから見ていましたが、お強いのですね、金色様。お怪我は」

「ワタシモミチヲシッテイマスガ、クマゴロウニアンナイサセマショウ」

道を知っているのなら、二人でいけばいい。

自分はつまり人質なのだろう。

花魁姿の金色様が現れたのが、朝四つにもならないぐらいで、そこから、熊悟朗が土下座に至るまで半刻もたっていない。

まだ正午前だった。長い一日になりそうだった。

2

長い登り坂の途中で足をとめる。

熊悟朗は、藪から板を取りだすと、道の脇の藪に橋を作った。

鬼御殿に至る道の秘密は、道具を使った藪こぎにある。随所に隠してある板や縄梯子を使って隠し道へと抜けるのだ。目隠しをさせる理由である。普通に道を進んでも鬼御殿はでてこない。

遥香と、金色様は黙ってついてくる。

「クマゴロウコノサキニ、〈クビアナ〉ガアルナ」

金色様がいった。

「へい、ありますな」熊悟朗は答える。

「ソッチヲミテカライコウ」

「わかりました」

「〈クビアナ〉とは如何なるものでしょう？」

遥香がきく。

「セツメイセヨ。クマゴロウ」

「そのまんま首の穴って字を書きます。鬼御殿はですね、まあ、山んなかですから、いろいろ里と勝手が違っていまして。ホトケがでると、そのホトケの身分、立場などで、四つの場所に葬るんですわ」

女の死体は〈女郎原〉に埋葬する。ここは、隠畑の脇にあり、棺桶を土に埋め、墓標を立てている。

その隣にある〈武者原〉。ここは同様に、主に仲間たちの死体を棺桶に入れて埋め、墓標を立てている。

代々の頭領一族が埋葬されてきた、聖域〈頭領窟〉。ここは棺に入った死体を洞窟内に並べて安置してある。最後に死者の列に加わったのは、半藤剛毅だ。

首を箱にいれて安置しておく〈首穴〉。仲間が首を刈ってきて、それを頭領に見せた後などは、この〈首穴〉に安置する。首には呪力があるとされ、粗末に棄てれば祟られると伝えられている。頭領襲撃の主犯格とされた勘助の首もここに安置されている。

「まあ、好んでいく場所ではありませんが、首が並んでいるところで、薄気味悪いですわ」

熊悟朗はぼそりといった。

二人は黙ってついてくる。

やがて熊悟朗は、注連縄《しめなわ》がしてある洞窟の前に立った。蒲鉾型の穴には頑丈そうな木製の扉が嵌まっており、閂《かんぬき》がかかっている。扉には無数の御札が貼られている。

熊悟朗は閂を外し、扉を開いた。

暗い穴から冷気が漂ってくる。

穴に踏み込んだ。

何年ぶりだろう。使い走りの頃に、何度か首を運びにいかされていた。尋常な恐ろしさではなく、踏み込むたびに寿命が縮まっていく気がした。暗闇に、百五十年以上の歴史を誇る極楽園の面々が刈ってきた首が、ずらりと並んでいるのだ。奥の方は、もはや誰のものともわからぬ無数の髑髏が、積み上げられ、またそこら中に、首の入った古い箱が積まれていた。首が起きださぬようにと、どの箱にも、御札が貼ってある。魔物が棲むならこんな穴だろうと思ったし、引き込まれて帰ってこられなくなりそうな猛烈に厭な気配が漂っていた。

自分より下の人間ができてからは、ここにはこなくなった。

入り口から数歩入ると、暗くなる。

熊悟朗は闇の中で目を凝らす。

つまり、その同心の首があるか否かだ。無数の木箱が積まれている。ひとつひとつ開いていては日が暮れる。

「新しい箱は、あんまり奥にはもっていきませんで、あのあたりにあるのが最近のものだと思います」

その同心が鬼御殿にやってきたのは、一カ月ほど前だという。地表に放置されたものならもう骨になっているが、この洞窟は寒い。箱に納められた首は、獣にも齧られず、意外なほど長く原形を保つ。おそらくまだ顔の確認はできるだろう。

金色様が、並んでいる箱のいくつかを外に持ちだした。

遥香と顔を見合わせる。遥香が首を横に振り、また次の箱から首をとりだす。

熊悟朗はその様子をぼんやりと見ていた。

やがて、二人は一つの首を前に、動きをとめた。

ただ言葉もなく、じっと見ている。

金色様の中から、哀しげな鈴のような音がきこえた。

遥香の肩が小刻みに震えている。

何も言葉はでてこないが、見つけたのだ、と熊悟朗にはわかった。

遥香の身体から、唐突に、真黒な霧が生じた。

周囲が暗くなるほどの、大量の黒い霧だった。

まるで、鬼御殿に始末された死者の全てが、亡霊になって彼女に乗り移ったように感じた。

息が詰まる。

この殺意の量は尋常ではない。

「まだ小さな娘が攫われ、親が泣いている。だから、直談判して、返してもらおう。それだけだった」

遥香は誰にともなく呟いた。

冷え切った声だった。

熊悟朗は唾を呑んだ。

ああ、その通り。我らは大昔から、大悪党と呼ばれてきたともさ。

「配下をたったの五人しか連れていかなかったのも、賊への配慮だった。攻めにきたわけではない、頼みにきたのだと。そもそも賊だ。滅ぼされて当然のことをしているのに、それでもこちらは配慮をしたんだ」

霧が遥香の周囲で濃度を増し、凝固していく。

まずいな、と熊悟朗は思う。殺意というものは通常限りがあり、だし尽くすと消える。小便と同じだ。殺し合いのさなか、刀を打ち合わせているうちに、相手から殺意の霧が消えていくのを、何度も見た。そこが落とし所だ。もうやめようではないか、と声をかければ、たいがい刀を収めるし、ここぞとばかりに押しだすこともできる。だが、殺意が霧散せず、凝固すると、執着となる。その殺意はいつまでも消えない。

熊悟朗は一歩下がった。

「ニゲレバコロス。ワレラニハソレガデキル。クマゴロウ。オマエハムカシカラスルドイオトコダッタ」

金色様が素早くいった。

だから、わかるな？

熊悟朗は頷いた。汗が背中を滑り落ちた。

金色様は、遥香に向けて励ますようにいった。

「ナニゴトニモ、オワリガアリマス」

遥香は頷いた。

「サア、ゴテンニムカイマショウ」

第十章　闇に消えるものたち（1747）

1

十歳のマナは眼を覚ますと、双子の妹であるサチを起こす。
女たちの何人かはまだ眠っている。
彼女たちを起こさぬように外にでる。
井戸で顔を洗った。
鬼御殿に攫われてきて二月ほど経つが、その日の朝は、妙に人気がなかった。
早朝、男たちの大半が山を下りたのだ。
「静かね」双子のサチにいった。
「さっき頭領は奥の方にいたよ」サチは答える。
「今日は何かある日なの？」

「さあ」サチは首を捻った。訊いたってお互いの知っていることに差異はなかった。井戸の傍を十六歳のカンナねえさんが通りかかった。マナ、サチと同じく、攫われた女だった。

「ホレエ、挨拶はっ！」

「おはようございますうっ」双子は声を揃え、腰を深く折ってお辞儀をした。

「カンナねえさん、そういえば、今日は、朝から男たちは、どちらに向かわれたんですか」

カンナねえさんは、質問をしたサチの頬を張った。

サチは呆然と頬を押さえた。

カンナねえさんは憎々しげにいった。

「あたしはもうすぐここをでていくんだけどね。姫下りは、舞柳がいいって頼んだんだ。舞柳の評判はいいし、あたしの故郷だし。でも、駄目なんだって。あたしは、江戸の岡場所に売られるんだって」

それでなぜサチが殴られるのか、筋が通らない。ただの八つ当たりだ。

「偶然、知り合いにでくわさないようにだと。もう死のうかな。男の相手疲れた。昨晩も、むさっくるしい奴らと三人もさあ。おええええ。みんな明け方に刀とか持ってでていったから、殺し合いでもするんでしょうよ。いっそのこと全員死んでくれないかな」

カンナねえさんは心、ここにあらずといった顔で天を仰ぐ。

サチはまだ頰を押さえている。目に涙がたまっている。

カンナねえさんは、サチの両耳を引っ張った。

「びぃびぃびぃ、泣くのぉ？　びぃびぃびぃ。泣けばぁ？　おまえが売られる場所も、あたしが売られる場所と一緒にしてくれって頼んだから、死ぬまで苛めてやるよぉ、びぃびぃびぃ、びぃびぃびぃ」

びぃびぃびぃ、というたびに耳を引っ張る。

「勘忍してください、サチを苛めないで。勘忍して、ねえ」

マナは双子の妹を救うべく、カンナねえさんに取りすがった。

マナにも平手打ちが飛んだ。

「うるせえ、このおんなじ顔した、醜女《しこめ》の影武者がっ、テメーは、別の遊廓にするよう頼んだから、サチとは生き別れだな。いっひっひひ、ほれ、邪魔だ」

カンナねえさんはマナを押しのけて去っていく。

カンナねえさんは男たちを前にすると、態度が人形のようになる。恥じらいとしおらしさと、哀願を浮かべる。だが、男たちがいなくなると、自分よりも弱い者には苛烈な存在となる。

マナは男たちに恐怖と軽蔑しか感じないが、いなければいないで、カンナねえさんの本性が現れる。

ここの女はマナ、サチを含めて十名である。かつては倍以上の人数がいたともきく。

双子以外は十代前半から後半で、みな京や、江戸や、大坂、あるいはどこかの遊廓や岡場所へと売られていくことになっていた。

マナとサチは、カンナねえさんから逃れるように、厨房に向かうと握り飯を二つもらい、後は人気のない場所を捜すことにした。

幼い双子に割り当てられた仕事は、部屋の掃除と、当番でまわってくる水汲みその他の雑用だけで、それが終わると、後は苛められないように、ねえさんたちの視線のないところへと逃げまわって過ごすのが常なのだ。

2

門番の沙武六《しゃむろく》は、道の先から二人の女と一人の男が坂道を上がってくるのを見た。

日が昇ってすぐに、仲間たちがでていった。なんでも、藩兵と一戦、交えるかもしれないということだった。かもしれない、と曖昧なのは、下っ端の沙武六に、詳しい情報はまわってこなかったからだ。

沙武六は、正面きっての戦闘が好きではなかった。

名誉も何もない山賊稼業だ。刀や槍の腕前など競いたくもない。背後や、物陰からの不意打ち以外は、やりたくない。藩兵と睨みあうことになったら、一番下っ端の自分は間違いなく、捨て身の突撃その他、命の危険が高い働きをさせられることになり、それで命を落とすことにでもなったら、割にあわなかった。

留守中の門番をいいつけられたときはほっとしたものだ。

その日は、みなが出発してからゆっくり風呂に入り、最近いいなりになってきた女郎カンナにちょっかいをかけ、その後、門の上で、二度寝をした。ちょうど起きた所で近づいてくる人影を発見したのである。

男たちが帰ってきたか。

慌てて門の下におりる。正午を過ぎてからしばらく経っている。山を下りた連中が戻ってくるであろうと予測した刻限よりは少し早いが、そろそろ戻ってくるものがいてもおかしくない。

三人とも知らない人間だった。

女の一人は、明らかに異様だった。

どこの傾城《けいせい》かと思うような豪華な打ち掛け姿だが、髪は結っておらず、黒い髪が顔まで垂れている。髪の隙間から表情のない白面が覗いている。

門の前で、三人が止まった。

沙武六は格子から男の顔を見る。上等な着物を着た中年の男だ。体が大きい。恰幅がよく、人を使う人間特有の威厳を感じる。

「舞柳遊廓の熊悟朗という者だ。もしも、顔を知っていたら、開けてくれ。知らんかったら、誰かわかるもんを呼んできてくれ」

沙武六の動悸が激しくなった。

舞柳遊廓の熊悟朗といえば、鬼御殿では、知らぬ者のいない男だ。かつては、今自分が寝起きしている場所で門番小僧をやっていたと頭領からきいた。顔を拝んだことはなかったが、沙武六にとって熊悟朗の出世物語は心の支えのようなもので、憧れの人物だった。

「へい、只今」

きっと本物だろう。口調でわかる。

急いで閂《かんぬき》を外す。

三人が中に入ってくる。

「夜隼殿は元気かい」

熊悟朗は沙武六に声をかけた。

二人の女は付き人に違いなかった。あるいは手土産にもってきた新入りかもしれない。

異様な女にはあまり視線を向けないようにする。

「へい、へい、頭領は、元気です。勿論です」

門番の俺に声をかけてくれるとは光栄の至りだ。沙武六は少し焦った。ここでひとつ憧れの舞柳遊廓の大旦那が感心するような、気のきいたことをいいたかったが、言葉がでてこない。

「わしも、昔は門番小僧だった」

熊悟朗は笑みを浮かべ、沙武六を見ながらいう。

「へえ、きいております」

「侍がきたろう、最近」

「ああ、きましたね。馬鹿面さげて」

沙武六は会話の種ができたことを喜んだ。

「あいつら、威張りくさってんのも、仲間を呼べる城の近くだけで、山ん中では、てんでびくびくと、だらしねえ奴らでしたぜ。こりゃ、オモシレーてんで、頭領が呼びこんで、酒でもふるまおうってなったんですが」

「ほうほう」面白そうに熊悟朗は相槌を打つ。

「それが、そんなかに百目の兄貴を捕まえた馬鹿がいやがったんですね。百目の兄貴が獄門になったこととか思いだしたら、だんだんみんな腹に据えかねてきて、へい。なんか酔っぱらっているうちに、みんなそいつら殴りはじめて、まあ、こうなったらもう、俺ら祭りだ。止まんねえや。まあ、おいらも得物だして、ぶっすり刺しちゃったりして、朝になったらみんな殺しちまってました。こりゃ、もう、滑稽な顛末でして」

沙武六は、ここぞ笑うところと思ったので、少し笑ってみせた。威張りくさった奉行所の侍を殺す。なんとも、思いだしただけで、爽快な話であることか。

　実際には話は少し違っていた。呼びこんだ四人のうち、一番身分が高いと思われる藩士の一人は、百目の兄貴を捕縛しただけあり、相当に強かった。刀を預けているのに、あっという間に味方数人が組み伏せられ、一同がどよめいたものだが、そいつが元気だったのも、背後から刺されるまでの間だった。

「柴本っつう同心ですが、知ってますか」

「いや、いや、会ったことはないのう」

　熊悟朗の旦那も、笑っている。とても上機嫌なように見えた。

「なんだったんだ？　双子の娘、返せと？」

「そうそう、返せと。ご存知なんです？　阿呆なんでしょうな。侍いうもんは、自分たちのいうことは、相手が誰でも逆らわずきくと信じ込んでいるもんで。返せいわれて、極楽園が攫った女返すかってよ。まあ、退屈しのぎのいい余興でしたわ。おいらも、こんな山奥の門番やってないで、はやいとこ、熊悟朗親分みたいに天下に名を馳せたいもんですわ」

「そうか、なるほどなあ」

　沙武六は気がついた。

　大旦那の眼だけが笑っていない。

　左目だけ、瞬きをしている。

「夏に運んだ瓜はたべたかね」

おや？　沙武六は思った。

その昔、兄貴たちに、教わったことがある符牒ではないか。門の前で、夏の瓜の話がでたのなら、なんだったか——脅されて、敵を連れてきてしまったときの合図——であったはずだが。

仮に舞柳遊廓の熊悟朗が敵を連れてきたのだとすれば、それはこの手土産か、付き人かわからない二人の女ということになるが。

「へえ、ふふ〜ん、瓜はまあ、うまくて、ほう」

適当に言葉を発しながら、なおも熊悟朗の表情に注意していると、背後から抱きつかれ、女の手がすっと胸におかれた。

「痛みのないぶん、あなたは私の夫より幸せです」

耳元で女の声がすると同時に、あっというまに暗くなった。

——どうなったんだ？

不意に、緊張が解け、長風呂につかったあと、寝床に潜りこんだときのような、ほっとした気分になった。

そのまま眠くなる。深く暗い場所へ落ちていく。沙武六が、その暗闇から帰還することは、もうなかった。

遥香が門番の胸に手を重ねた瞬間、真っ黒な霧が瞬間、濃くなり、何か異形の怪物のような形をとり、またもとに戻った。

門番は地面に倒れた。

全く身動きしない。唇から涎《よだれ》が垂れている。

これが、手の力とやらか。本当だったか。熊悟朗はごくりと唾を飲んだ。

瓜の符牒は通じなかった。自分が極楽園にできることはもうない。

「舞柳遊廓の大旦那様」

真黒な霧を、衣服のように纏った遥香がいった。

「ご案内ご苦労でした。あまり時間もないので、あなたにはこの門の前で決めていただきます。私はあなたに怨みはありません。遊廓という存在自体、好きになれませんが、私がそれにどうこういってもはじまらないでしょう。あなたが鬼御殿のために戦う者であるなら、ここで殺します」

熊悟朗は遥香と金色様を見た。

勝算はない。遥香一人なら、なんとかなる。だが、隣に金色様がいる以上、戯れにでも遥香に向けて不穏な動きをすることは、己の死を意味する。

侍なら、ここを己の死に場所としたかもしれない。忠義、誇り、矜持。だが、自分はそんなものに興味はない。

「わしは、もはや、あなたがたにつくと、決めております故」

熊悟朗はいった。

「では、大旦那様は、きた道を引き返し、六地蔵鹿原から、ここに戻ってくる者がいないようにしてください。これは彼らのためでもあります。あの野原から山を登って戻ってきた者は、如何なる理由があろうと、敵とみなして殺します。そうですね、金色様」

「モドッテキタモノハコロシマス」

金色様は繰り返した。

「また、戻ってきた者がたくさんいた場合、あなたが私たちを裏切ったとみなし、あなたも必ず殺します」

「クマゴロウモコロシマス」

金色様はいう。

熊悟朗は頷いた。


門からでて、熊悟朗は走った。

ひとまず、助かった。

あの二人の近くは、明らかに気温が低くなっていた。呼吸が苦しいほどだ。

日没まで、まだ間がある。

歩いても間に合うが、できる限り、化け物たちと距離を置きたかった。

標高が下がるにつれ、俗世の感覚が戻ってくる。

汗が額を流れ落ちる。

舞柳遊廓から連れていった若衆には、悪いことをした。きっとまだ六地蔵鹿原にいるだろう。戻ってくる者もなにも、全員が大怪我だ。

あそこで半刻に満たぬ間に、何人死んだのだろう?

勝敗の段階はとうに終わっていた。頭にあるのは敗戦後の処理だ。

3

昼八つの頃である。

マナは、サチと一緒に山門の近くにいた。倒木に並んで腰かけて、干肉を噛んでいた。

門番の沙武六が慌ただしく、門を開くのが見える。

男たちが帰ってきたのだと思ったが、入ってきたのは、女二人に、知らない男一人だった。

沙武六が恐縮したようにかしこまっている。

女を従えた人物は、初めて見る男だが、きっと偉いのだろう。

女の一人は背が高い。豪華絢爛な着物を着ていて、顔に白粉を塗っているように見えた。花魁か。裾が泥で汚れている。いや、よく見ると裾以外にもあちこちが汚れていた。

もう一人は普通の町人あたりに見える若い女だった。

豪華絢爛なほうは、面をつけているのか、表情が全く読めなかった。遠目にも、どこか非人間的な気配を発していた。

町人風の女が沙武六に背後から抱きついた。胸に手をあてている。女が手を離すと沙武六はそのまま地面に崩れおちた。

三人は、倒れた沙武六を介抱するでもなく、完全に無視して何事か話しあっていた。

それから男のほうが門の外へと駆けだしていった。

町人風の女が、こちらにやってくる。

マナとサチは、目を細めた。

「よかった」

女は腰をかがめた。

「あなたたちは、生きていたのね」

「おねえさんは、ここの、新入りですか」

サチがきいた。

「違うよ」マナはサチに素早くいった。

マナは地面に倒れたままの、沙武六に視線を向けた。まだ起きてこない。いったい何をしたのだろう？

恰幅のよさそうな男も去っていった。なぜだ？

「そう。新入りではないね」

「おねえさんは一体、何者ですか」

「あなたたちを、助けにきた者よ。貸本屋のマキベエさんとこの娘さんでしょう？」

マナとサチはお互いに顔を見合わせた。マナは自分たちが貸本屋の娘だったのは、遠い昔の夢の中の出来事のような気がしていた。そのことを口にだす人間が現れるとは。

「私はここを捜しにきていた藩士の妻。あなたたちを連れ戻しにきたの」

「藩士ってこないだ殺されちゃった人たち？」

サチが呆然という。

女の顔が曇った。

「そうよ」

花魁が、門に閂をかけている。

マナの動悸が激しくなる。ついに里から助けがきたか。しかし二人だけか。本当に助かるのか。帰れるのか。

「でも、逃げたら、どこまでも、追いかけて、殺すって。掟があるって。家もわかってるから、家族もみんな殺すって」

「大丈夫」

「門番はどうなったの？　どうして起きないの」

「死にました」

女は、微笑んだ。

「この男はこれからみんな死ぬから、下山しても、誰も追ってはこない。安心なさい」

マナとサチは顔を見合わせた。

「そのためには、私たちがきたことは誰にもいっちゃ駄目よ」

「でも、大人にきかれて、嘘をついたってばれたら殺されるよ」

「そうね。じゃあ、もしも誰かにきかれたら、お化けがきたって、いいなさい」

——お化けがきた。

マナはごくりと唾を飲んだ。

それは、まったくの事実だと思えた。

この町人風の娘はともかく、その向こうにいる白面に、長い髪を垂らした、豪華な打ち掛けの花魁は——。

「私たちは本物のお化けよ」

町人風の娘は、マナとサチの頭を撫でる。

「絶対に、生きて帰ろうね。お父さんと、お母さんが待っているから。今晩は、どこかに隠れていて。お化けは、あなたたちには危害は加えないから安心して。でもこの先、私たちを見たら危ないから離れていなさいね」

双子は誰にも報告をしなかったし、また質問をされても首を横に振り黙っていた。

日没までに、極楽園は騒然となった。

極楽園幹部の男が、炊事場で倒れているのを炊事女が発見したのだ。腕自慢で知られた男で、極楽園の居残り組の中では、筋骨が隆々とした誰よりも大きな男だった。

呼吸が止まっていたが、外傷はない。穏やかな顔で、ただ死んでいた。食あたりや、突然死の類はないこともない。

続いて、門番の沙武六の死体が発見された。

こちらも、外傷がなく、また苦悶の表情も浮かべていなかった。

六地蔵鹿原に行った十五名は、日没近くなっても、一人も帰還しない。

そして、黄昏の御殿のあちこちで〈お化け〉が目撃された。

4

夜になった。

夜隼は全員を座敷に集めると、すぐに人数を数えた。死者を抜かして現在極楽園にいる男は六名。女は飯炊き女や、双子の十歳児をいれて十名。

みな黙々と食事をとった。

女たちは明らかに怯えながら、小声で化け物の話をしている。花魁姿で、屋根の上に跳躍して消えただの、誰もいない部屋から現れて、薄気味悪い声で話しただのだ。化け物に、人数をきかれたという女もいた。男と女で何名いるのか。

夜隼は、食事を終えると、指示をだした。

「曲者がきとるようだ。女は全員、奥の間に集まれ。我ら男は、奥の間を守る形で続きの間にこもり、夜明けまで待とう」

曲者が何者なのかはわからない。人数は目撃談だけからいえば、女（の格好をしたもの）が二名。それが、極楽園内部で男を二人殺したと考えていい。

本来なら、こちらから捜して捕まえたいが、極楽園は広い。六地蔵鹿原まで下りた十五名は未だに戻ってきていない。既に二名死んでいる。敵を侮らないほうがいい。たった六名の男で、夜闇の中、提灯をもってうろつけば、敵の標的になるだけだ。

「灯りは全て庭先にだす。我らは暗い部屋に潜む。槍を足元に置き、弓を持ち、盾を構えよう」

夜間では、灯りの側が一番危険になる。

だから庭に灯りをだす。

敵が自分たちを襲うとなれば、庭に現れる可能性が高い。

交代で眠って庭を見張る。

敵が現れたら、照らされたその姿に向けて、暗い座敷から矢を放つ。門番が死んでいる以上、誰がこないとも限らない。万が一、鉄砲隊がなだれ込んできたときのために、盾を準備している。

現状ではこれが一番よい策だった。

庭先に、七つの行燈をだしてから、半刻もした頃だった。

闇を照らす灯りの中に、異様なものが音もなく現れた。

夜隼をはじめとして、屋内に盾を構えて籠っていた男たちは息を呑んだ。

長い髪がばらばらにほどけて顔に垂れている。豪華な打ち掛けを纏っている。黒い髪の間から覗く顔は、真っ白で、表情がない。

夜隼はそっと合図をした。

仲間の一人が矢を放つ。矢が相手に届くよりもはやく、化け物の姿は闇に溶け消えた。

闇の中から声がきこえてきた。

「夜隼よ、そこで何をしておる」

夜隼は己の筋肉が強張るのを感じた。

その声は、そっくり、半藤剛毅の声だったからだ。

「わしの息子はどこにいる」

剛毅の声は続く。

「ここが欲しくて奪ったか？　ならば、わしと剣を交えよ。剣を交えぬのなら、何度でも甦るぞ」

新しい者たちは、十数年前に死んだ半藤剛毅の声を知らない。だが、幹部には古参のものもいる。

――頭領、まさか先代の亡霊。

半藤剛毅の声を知る古参の者が、怯えの混じった囁き声できいてくる。

――わからぬ。

夜隼は静かに返した。

再び闇から声が響いた。

「夜隼、いや夢竜よ。許さぬぞ。よくも謀りおって」

こちらは、政嗣の声だった。

「許さぬヨオ。よい仲間だと思っていたのにな」

微妙に訛りのあるこれは黒富士の声。

「ありえぬ」

夜隼は独りごちた。

灯りの中に、化け物が現れた。

両目の部分から、緑色の光を仄かに発している。

座敷が緊張した。

咳ひとつきこえない。

「隠れているそこの全員にいう。己ら、わしの前で、自分が何者なのかを証明してみせい」

政嗣でも、剛毅でもない、低く暗い、閻魔の如き声で、花魁はいった。

夜隼は息を吸い込んだ。

妖《あやかし》の類は世にいると思う。

かつてここには、金色の神がいた。

あんなものがいるのだから――幽霊だって化け物だっているだろう。世は広い。金色様以外にも、想像もつかないような神がいるだろう。

だが、夜隼はこれまでそれらを怖れたことはないし、これからも怖れない。

まだ少年の頃に、改易の憂き目にあい、身投げした姉。その後の辛苦。どこかしら壊れているが故に喰いつめた屑たちと、商家を襲ったのがはじまりだった。みな殺しにして奪った後、わけ前でいい争いになり、屑たち全員を斬り殺した。やがて、関所越えをし、腕自慢の藩士を斬り捨て、極楽園の頭領と出会い、己の場所を見つけた……そして裏切り、乗っ取り。

亡霊など恐れてはいないこと、己がここの頭領であること、これまでの己の歩みに、なんら悔いるものはないこと。

いくらでも証明してみせよう。

夜隼は己の合図で、全員に一斉に矢を放つように小声で指示する。五名が矢を番え、弓を引く。

化け物はずっと立っている。

夜隼は片手をあげる。

異形に向けて五本の矢が放たれた。

それにあわせて、夜隼は、庭に跳躍した。

矢を追うように、化け物に突進する。

体を反転させ、化け物に向かって全力で太刀を振る。

「ようきた」

垂れた髪の中から、低く太い声が応じた。

ひゅん、と刃が、空をきる。

手ごたえがない。

――かわされたか?

化け物はすぐ脇にいた。

夜隼は間合いをとろうと飛び退《すさ》った。

だが、稲妻のような速度で、化け物が眼前に迫り、太刀が吹きとぶ。続いて胸に衝撃がきた。

おそらく蹴られたのだと思う。

視認できなかった。衝撃を受けた瞬間にはもう景色が回転していた。

行燈の照らしていた領域から吹き飛び、地面に身体を打ちつけ、闇の中を転がる。

夜隼は、百戦錬磨である。転がりながらも次のことを考えていた。化け物にしろ、面を被った曲者にしろ、これは相当な使い手だ。まともにやりあわないほうがいい。

一旦引いて、闇にまぎれて様子をみよう。山門の周辺にいれば、逃がすこともないし、策を練れる。

闇の中で立ち上がったところで、何か柔らかいものに背中がぶつかった。

瞬時に頭を横切ったのは、女、という文字だった。身体に触れたのは女人の肌。匂い、息遣い。

奥の間に女は全員集めたはずだが。

そっと首を巡らす。若い娘だ。手に武器を持っている様子はない。

女の細い手が、自分の胸元にあたっている。

「何奴じゃ」

女は答えない。冷たい眼差しをしている。

なるほど、こ奴があの化け物と一緒にきた女か。普通の娘ではないか。これで自分を捕えたつもりか。いや、捕えたのはこちら。この女を人質にして、あの化け物に迫ればどうか。

それにしても。

ずいぶん、暗いな。何も見えん。

それが夜隼の最後の思考だった。

すとん、と世界は消滅した。

5

女たちは奥の座敷に集まって震えていた。

マナも同じ座敷にいた。サチの手を握って二人で身を寄せていた。

化け物を名乗る女はどこかに隠れているようにといったが、結局のところ、ここでは頭領の指示に従うよりなかった。

最初に庭のほうから、男の声がした。なんといっているのか、壁越しではよくわからない。

女たちはみなきき耳をたてている。

何をしておるとか、息子はどこだ、とか、そんなことを話している。これが〈化け物〉の声だとすれば、自分が門の前で見た二人の女と一緒にいた男の声なのだろうか。

違うかもしれない。きっと、化け物はたくさんいるのだろう。

極楽園にきてから、ねえさん連中からいろんな話をきいた。かつてここの山賊連中には、真黒な肌の男や、月からきた輝く男が、混ざっていたという。頭領は地獄の血統だともいっていた。

極楽園は鬼御殿。この山のあちこちの穴は、地獄に繫がっており、この御殿は異界との境界にあるのだという。

龍が描かれた金箔地の襖の向こう側で、地響きがした。高いところから人が地面に落ちたような音だ。

どん、と畳が鳴る。怒鳴り声。鉄と鉄が擦れる音、続いて悲鳴。うめき声。

襖の向こうでは、明らかに戦闘が起こっていた。

騒乱は僅かな間で、ぴたりと止んだ。

静まり返っている。

みな固唾《かたず》を飲んで襖が開かれるのを待った。

だが、襖はいつまでも開かれない。

ねえさんの一人が、そうっと襖を開いた。マナとサチも覗きこむ。

血塗れの男たちが四人倒れ伏していた。見おぼえのあるここの男たちだ。視線を転じると、縁側に一人、そしてすこし後に、建物から少し離れたところで頭領が倒れているのが発見された。

六名。いずれも絶命していた。

後には誰もいなかった。

ただ夜風が吹いていた。

夜明けが訪れた。

朝になっても、化け物たちは現れなかった。どこかに隠れているのかもしれないし、目的を果たしたので去ったのかもしれない。

マナとサチのところに、遣り手が現れていった。

「下山するよ。準備しな。もたもたしていると、絞め殺すよ」

女たちは、全員が揃って下山することに決定したようだった。

長く極楽園にいて馴染んでいるものも、死体しかない御殿に残ろうとは思わなかったようだ。夜になるとまた化け物が現れるかもしれない。今度は殺されるかもしれない。

マナは男たちの死体を見ながら思った。

幼い頃、地獄絵図を、御寺で見せられた。僧侶がいうには、地獄には修羅道なるものがあり、そこでは修羅たちが、帝釈天という強い仏神に戦いを挑み、負け続けるのだということ。

あの化け物こそは、帝釈天ではなかったか。

女たちは言葉少なく門を抜けた。

坂道を下りていく途中で、誰かが叫び声をあげて、極楽園のある山上を指さした。

煙があがっていた。

みな立ち止まって、呆然と極楽園を眺めた。煙はさらに大きくなった。

炎上しているのだった。
戻って様子を見ようという者は、一人もいなかった。

終章

1

マナとサチは、貸本屋の前に立った。

二人は顔を見合わせてから、おとっつあん、おっかさんと大きな声で呼んだ。

店は自宅と繋がっていた。

飛びだしてきた父親と母親は、娘たちを慌てて家の中に引き入れると、大声をあげて泣いた。

どんなところに連れ去られ、何をしていたのか、双子はきかれるままに答えた。

花魁姿の化け物は、藩内のあちこちで噂になっていた。

六地蔵鹿原に、かぶき者が集まって騒いでいたところ、どこからともなく妖怪女が現れ、半刻もしないうちに、そこにいたかぶき者たちに大怪我を負わせ、何人も死んだという。

どこかで非業の死を遂げた花魁が化けてでたのだとされた。

マナ、サチのところに話をききにくる者も何人かいた。

やがて噂は新たな噂にとって代わられ、人々の口に上ることも少なくなった。


時が過ぎれば不思議な記憶だった。

まるで御伽草子の中に入っていたようだ。双子は時折、お互いに確認しあった。

魑魅魍魎《ちみもうりょう》の跋扈《ばっこ》する山域に、地獄に通じた御殿があって、華美な着物の女と男、人間に化けた本物の魔物たちが棲んでいる。自分たちはそこに攫われた。だが、幸運にも、美しい善なる仏神が現れて、魔物を皆殺しにしたので、逃れることができた。

――あれは本当にあったことね？

――その通り本当にあったことだよう。

――夢ではないのね？

――夢なら同じ夢を見たのよ。


時は流れ、元号が変わる。

マナは三児の母に、サチは二児の母となり、それぞれが子供たちにせがまれ、妖怪御殿に攫われた双子の少女の話をするようになる。

山上御殿の焼け跡は、風雨に晒され、草が生え、やがて、そこに何かがあったという痕跡も消えていく。

2

舞柳遊廓は、鬼御殿消滅の後も、続いた。

藩からは鬼御殿消滅に関する介入はなかった。

藩にとって、やはり鬼御殿は、あるかないかわからぬ幻の領域なのだ。

六地蔵鹿原での死者は、最終的には八名だった。

遊廓は、逃げてきた女や、行き場のなくなった男たちを抱え、仕事を与えた。全てが落ち着くまで数年かかった。

熊悟朗は、五十五のとき、子供の刺客と戦った。

貧民の親に捨てられた少年だった。かつてしなの屋の妓夫だったが、解雇されて盗賊稼業で食いつないでいる男に、熊悟朗を殺せば名もあがるし、金もやると、そそのかされた子供だった。

熊悟朗にとって何も得ることのない決闘だったが、彼は周囲の反対を押し切り、わざわざ決闘の場を設けさせた。

金を持たせた立会人二人を横に待機させ、人気のない野原で向かい合った。

もしも少年が勝てば、破格の金額である二十両を持たせて、一切の手だしをせずに立ち去らせる、と少年を前にして配下の者に誓わせた。

少年は真剣で、熊悟朗は木刀を持った。

「このぐらいは、差をつけんと、公平ではあるまいて。さあ、遠慮はいらん。見事、討ちとってみせよ」

熊悟朗は少年にいった。

少年の振る刀はかすりもせず、熊悟朗は、その少年の武器を十回にわたってとりあげ、そのたびに頬を一発、平手打ちしてから、刀を返した。

「ジジイに引導渡すこともできんのか。ほれ、もう一度やってみろ」

やがて十発目の平手打ちで、顔を腫らした少年は倒れて気を失った。

同日の夕刻には、配下が熊悟朗暗殺を少年に命じた男を捕え、即刻首を刎ねた。かつての妓夫は、梅毒でひどい人相になっていた。

少年が舞柳遊廓で介抱されて目を覚ますと、熊悟朗は枕元に現れていった。

「おまえはもう死んだ。以後、名を変えわしに仕えよ」

そして以後、その少年を、物見遊山に連れまわし可愛がった。

熊悟朗は、晩年、遊廓の経営を次の世代に任せ、隠居した。

ある秋の日に、かつて刺客として現れ、今では息子に近い腹心の少年と、自宅で将棋の対戦中どうにも眩暈がするといって寝込んだ。

一刻ほど寝ていたが、一度体を起こすと、「大きな熊が家の前に迎えにきた」といった。

傍らにいた少年は、玄関の扉を開いてみたが、霧深く、本当に戸外に何かがいるような気配を感じたという。

少年が熊悟朗の枕元に戻ってくると、熊悟朗は、やつれた顔で笑みを浮かべ、「この世を楽しめ」と少年に短くいい残すと、目を瞑り、そのまま静かに死んだという。

熊悟朗の死から時を経て、舞柳遊廓は、安政年間に焼失し、今はその痕跡すら残っていない。

3

遥香は祖野新道の家に帰還することはなかった。金色様と遥香の長い旅は、また別の物語である。

鬼御殿が炎上してから、三十余年が過ぎた頃。

人住まぬ荒野に、二人はいた。

地平の果てまで広がる静かな草原に、真っ青な花がぽつぽつと咲いている。あちこちに花崗岩が散らばっている。

茜色に染まった雲が、一番星の輝く空に浮かんでいる。

花崗岩は夕日を浴びて、桃色の光に染まっている。

洞窟があった。

彼女はその中で、彼の硬く冷たい胸に手を当てる。

その胸板の向こう側。

きらきらと輝き、鼓動するものを見つける。

それを両手で包む。

彼が望んでいることは知っていた。彼自身ではできない仕組みになっていることも。

終わりをもたらす者が現れない限り、彼は休めない。

――アナタニアッタトキ、コノヒヲ、ヨカンシテイマシタ。

彼女はその輝きをそっと慰撫すると、深い闇の中に押しやる。

――アリガタキコト。ヨウヤクマクヒキデス。

彼は礼をいう。

――いいえ、こちらこそ。本当にありがとう。ゆっくりとお休みなさい。

彼女は囁く。

稲妻の塊は、果てしない暗闇の虚空へと去っていった。
彼の目から緑色の光が消える。
彼女は摘んできた野の花を、彼の胸元に捧げる。
夜が訪れ、空の高みに満月が輝きはじめる。
月光が洞窟をでた彼女を照らす。

そして全てはほんとうの昔話になる。

（了）

解説

東　えりか

第一印象というか、直感というか、出会い頭の興奮はどんな時でも大事なものだと思う。特に小説の場合、面白い本というのは、たとえ棚差しであっても目に入ってくるものは私の好みである可能性が極めて高い。まるで本に呼び止められるかのようだ。『金色機械』はまさにそういう作品だった。

手に取り、まずは装幀を吟味する。恒川光太郎の小説は何冊も読んできた。単行本で445頁というのは一番長い作品だろう。いったい何を書いたのだ、という興味が俄然湧いてくる。買い求めて読みはじめてすぐに確信する。「これは大当たりだ」。次はどうなる？　と先が気になり読むスピードがどんどん速くなっていく。一気呵成とはこのことだ。

本書は第67回日本推理作家協会賞受賞作である。日本推理作家協会という存在をご存じない方もいるかもしれない。この団体は1947年に江戸川乱歩が初代会長を務めた探偵作家クラブが大元となっている。2017年に創立70周年を迎えようとし、現在会員数700人弱。日本のエンターテイメント小説を書く作家の集合体と言ってもいいだろう。

その協会が年に一度、その年のミステリー小説と評論の最高作を決めるのが本賞である。ミステリーというと推理小説を連想するが、そればかりでなくSFやファンタジー、ホラーなども含めた広いジャンルを網羅していて、候補作も編集者や評論家たちが合議で決め、選考委員も一流の作家や評論家が務める、いわばプロフェッショナルが認める年間ベストの小説ということだ。

２０１３年度の選考委員は、井上夢人、北方謙三、真保裕一、田中芳樹、山前譲というそうそうたる面々だったが、議論白熱の選考会だったようだ。それは選評にも色濃く出ている。

いくら幅広いエンターテイメントの小説を対象にしているとはいえ、本作は時代小説がベースになったファンタジーに寄りすぎているのではないかという意見と、いやいや作家としての力量は一つ上であり、登場人物の成長譚としても秀逸であるという意見が拮抗したようだ。長い討議の末の受賞となった。

金色様という不死身で不思議な存在を中心に、一つの世界が出来上がり滅びゆくまでの物語。時代背景ははっきり書き込み、その上での幻想小説として受け止めた選考委員が多く、その解釈が難しかったのだと思う。

全員が認めているのは、小説の構成力が抜きんでており、描写力、発想のユニークさ。文章力の安定性は抜群で、どの作品より読んでいて楽しかったという評価は、作家にとって最高の褒め言葉だ。プロフェッショナルの先輩たちから贈られた何よりの勲章であると思う。そう、この作品は抜群に面白い。

ここまで読んできたあなた。もし解説から読みはじめているのだったら、ここで止めてすぐにレジに向かってほしい。初めて恒川光太郎の小説を読む人なら満足すること間違いなしだ。物語の意外性、スケールの大きさ、泣かせどころ、感動をこの小説はすべて持っている。

デビュー作からこの作家のファンだという人は、少し違和感を持つかもしれない。そういう人の感想が知りたいと思う。私にはその違和感が好ましかった。物語の長さを忘れて読み耽り、終わってしまったあとの少し寂しい気持ちは本好きなら誰でも経験していると思う。『金色機械』はそういう小説だった。

恒川光太郎は2005年第12回日本ホラー小説大賞を受賞した。デビュー作『夜市』は最初から評判を呼び、第134回の直木賞候補となった。新人のデビュー作が候補となることは滅多にない。直木賞の受賞は逃したものの、期待の新人として注目を浴びた。

彼の作品には、あの世とこの世のあわいを描くような幻想的な印象を持っていた。明るい場所は底抜けに明るく嬌声が聞こえるようだが、陰に入ると魑魅魍魎が蠢くような世界。夜中にトイレにひとりで行けなかった幼いころの思い出が頭をよぎり、人間の誰もが持っている暗闇に対するじんわりとした恐怖を思い起こさせる。そんな作風に『金色機械』はスピードとダイナミックさが加わった。

物語の始まり、舞台は江戸時代。１７４７年、延享4年は徳川吉宗が将軍職を家重に譲り、大御所として幕府を支配していた時代である。

ある町の川沿い一帯は〈舞柳〉という粋な名前の大遊廓が広がっている。この遊廓を作り上げたのは〈しなの屋〉楼主、大旦那の熊悟朗という。遊郭には様々な女が売られてくる。その品定めをするのも熊悟朗の大事な役目である。

ある夜、若くて器量のいい遥香という娘と面談を行った。女衒に連れられてきたわけでも、借金のかたに年季奉公というわけでもなく自ら売り込みにやってきたという変わり種だ。熊悟朗親分と会いたかったという遥香は不思議な娘であった。

熊悟朗には幼いころから心眼があった。自分に殺意がある者の身体から火花が出るのが見えるのだ。かつて父親に殺されそうになったコへという子どもが逃げられたのも、それによって危険を察知できたからだった。親元を逃げ出し、山賊に助けられてコへは熊悟朗を名乗るようになる。遥香という目の前の娘の身体からぱちん、ぱちんと火花が散り始めた。

この火花は殺意ではなかった。「とある娘の話を聞いてほしい」と語りだした遥香にも、常人には備わっていない力があったのだ。それは手で触れるだけで生き物の命を奪うことが出来る、というもの。長い長い物語はここから始まる。

父親に捨てられた熊悟朗、親を何者かに殺された遥香。ふたりとも肉親の縁は薄《うす》かったが、養う者の愛情には恵まれて育った。ただおさない頃に培われた正義感や忠誠心、人への思いやりは環境によって違う。

医師である祖野新道に拾われて養女となった遥香は、父を助け苦しむ人たちを〈菩薩の手〉によって助けてきた。しかし長じてその力に疑いを持った時、出会ったのが金色様であった。世を捨て隠遁生活を送っていた全身金色に包まれた謎の人は、二百年、いやそれ以上の長きにわたる時間をすごしてきたのだった。

金色様は何より強く、誰より賢く、どんなところにも現れることができた。太陽の光が食事で物を口にしなくても生きていける。遠い昔、空飛ぶ船に乗って幽禅家の人々とともに今川領内のこの地にやってきた。今川家とは不可侵の約定を結んでいたが、応仁の乱以降の戦国のなか、幽禅家も加勢を求められたが拒否をし、戦闘となる。唯一の幽禅家の生き残り、ちよと共に金色様は長い旅に出たのだ。

このまったく関わりのなかった三者がある一件から交わり、お互いがお互いを必要な存在として大事にしていく。

その三人に関わる世界もまた、大きな物語の一環となる。熊悟朗が拾われ育てられた極楽園とも鬼御殿とも言われる盗賊の巣窟に暮らす多くのならず者。鬼御殿を統べる金色様の主人、半藤家の人々。山の奥の「離れ」と呼ばれる部落で世捨て人のように暮らす老人たち。正義感の塊のような捕縛術の天才で遥香の夫となる柴本厳信。山賊に攫われ娼婦となった女たち。生まれ落ちてから死ぬまでにその身に起こった出来事を、この物語は、時間を、時空を、駆け上り、転げ落ち、飛び越えて複雑に編み込んでいく。その絡まった物語があるとき一瞬にほどけ、読者は得も言われぬ快感を得ることになる。

歴史・時代小説はもともとファンタジーだと思っている。史実は史実として年表の中に残っているが、その時代に生きた人の心や事件の影響などは、現代人とは大きく異なっているだろう。天狗や幻術使いは当たり前、人を拐かす妖怪や怪物の存在を疑う人などいなかっただろう。体が真っ白だろうが金色だろうが、空を飛ぼうが声色を使おうが、民衆を助けてくれるなら、それは神様と同じ貴い存在。スーパーヒーローの出現を誰もが待ち望んでいる。

かつて伝奇ＳＦというジャンルの小説が一世を風靡した。半村良の『産霊山秘録』や『妖星伝』、山田風太郎の『魔界転生』や忍法帖シリーズ、30年も前から続き、未だに人気の衰えない夢枕獏『陰陽師』シリーズなど、時代背景を正確に捉えつつ、荒唐無稽に飛び交う物語は私の大好物である。

テレビの子供向けドラマにもそういう作品があった。「仮面の忍者　赤影」「変身忍者　嵐」「怪傑ライオン丸」など、将軍とは何か、戦国の世とはどんな時代なのかを幼いなりに理解して楽しんでいた記憶がある。子どもがテレビの戦隊ものに夢中になるのはいまも昔も変わらないが、製作者の意図がいまよりはっきりしていたように思うのだ。『金色機械』がもし映像化されることがあるとしたら、私はあの時代のテレビドラマのような番組を期待したい。金色様はきっと子供たちのアイドルになる。

この作品に関する朝日新聞のインタビューで恒川光太郎はこう話している。

「もともと民話的な話が好きでしたが、原話がリアルだった頃までさかのぼると江戸時代にたどり着く。（中略）アンドロイドが江戸の風俗にどっぷりなじんで生活している設定も新鮮でしょう」

確かに、何かの折に「ピコリ」とか「コピッ」とか音を出し、緑の光を点滅させる金色様は、スター・ウォーズに馴染んだ人なら、何かを髣髴とさせられずにはいられない。人は何かの命を奪いながら生きている。人ではないが人に寄り添って存在してきた金色様は、そのことを良いことでも悪いことでもなく、ありのままに受け入れている。人の命は自分より短い。だからこそ全身をかけて守ると誓う。テキモミカタモ、イズレハマジリアイ、ソノコラハムツミアイ、アラタナヨヲツクルデショウ

そうして出来上がった世の中が今なのだ。

物語は終わってしまうが金色様とは離れがたい。違う冒険をもう一度見せてくれないだろうか。いつの間にか金色様ファンになってしまった読者からの切ないお願いである。

（書評家）

初出　別冊文藝春秋
二九〇号　二九二号　二九四号　二九六号
二九八号　三〇〇号　三〇二号　三〇四号

単行本　二〇一三年一〇月　文藝春秋刊

DTP制作　光邦

文春文庫

金《きん》色《いろ》機《き》械《かい》

定価はカバーに
表示してあります

2016年5月10日　第1刷
2021年10月30日　第2刷

著　者　恒《つね》川《かわ》光《こう》太《た》郎《ろう》
発行者　花田朋子
発行所　株式会社 文藝春秋

東京都千代田区紀尾井町 3-23　〒102-8008
TEL 03・3265・1211㈹
文藝春秋ホームページ　http://www.bunshun.co.jp

落丁、乱丁本は、お手数ですが小社製作部宛お送り下さい。送料小社負担でお取替致します。

印刷・凸版印刷　製本・加藤製本　Printed in Japan
ISBN978-4-16-790609-2

（　）内は解説者。品切の節はご容赦下さい。

阿刀田　高
ローマへ行こう
忘れえぬ記憶の中で、男は、そして女も、生きたい時がある。あれは夢だったのだろうか。夢と現実を行き交うような日常の不可解を描く、大切な人々に思いを馳せる珠玉の十話。（内藤麻里子）
あ-2-27

阿佐田哲也
麻雀放浪記1　青春篇
戦後まもなく、上野のドヤ街を舞台に、坊や哲、ドサ健、上州虎、出目徳ら博打打ちが、人生を博打に賭けてイカサマの限りを尽くして闘う「阿佐田哲也麻雀小説」の最高傑作。（先崎　学）
あ-7-3

阿佐田哲也
麻雀放浪記2　風雲篇
イカサマ麻雀がばれた私こと坊や哲は関西へ逃げた。だが、そこには東京より過激な「ブウ麻雀」のプロ達が待っており、京都の坊主達と博打寺での死闘が繰り広げられた。（立川談志）
あ-7-4

阿佐田哲也
麻雀放浪記3　激闘篇
右腕を痛めイカサマが出来なくなった私こと坊や哲は新聞社に勤めたが……。戦後の混乱期を乗り越えたイカサマ博打打ちたちの運命は。痛快ピカレスクロマン第三弾！（小沢昭一）
あ-7-5

阿佐田哲也
麻雀放浪記4　番外篇
黒手袋をはずすと親指以外すべてがツメられている博打打ち、李億春との出会いと、ドサ健との再会を機に堅気の生活から足を洗った私……。麻雀小説の傑作、感動の最終巻！（柳　美里）
あ-7-6

安部龍太郎
等伯（上下）
武士に生まれながら、天下一の絵師をめざして京に上り、戦国の世でたび重なる悲劇に見舞われつつも、己の道を信じた長谷川等伯の一代記を描く傑作長編。直木賞受賞。（島内景二）
あ-32-4

浅田次郎
月のしずく
きつい労働と酒にあけくれる男の日常に舞い込んだ美しい女。出会うはずのない二人が出会う時、癒しのドラマが始まる――表題作ほか「銀色の雨」「ピエタ」など全七篇収録。（三浦哲郎）
あ-39-1

（　）内は解説者。品切の節はご容赦下さい。

浅田次郎
姫椿
飼い猫に死なれたOL、死に場所を探す社長、若い頃別れた恋人への思いを秘めた男、妻に先立たれ競馬場に通う助教授……。凍てついた心にぬくもりが舞い降りる全八篇。（金子成人）
あ-39-4

浅田次郎
草原からの使者
沙髙樓綺譚
総裁選の内幕、莫大な遺産を受け継いだ御曹司が体験するカジノの一夜、競馬場の老人が握る幾多の人生。富と権力を持つ人間たちの虚無と幸福を浅田次郎が自在に映し出す。（有川　浩）
あ-39-11

浅田次郎
降霊会の夜
生者と死者が語り合う降霊会に招かれた作家の〝私〟は、思いもかけない人たちと再会する……。青春時代に置き忘れたもの、戦後という時代に取り残されたものへの鎮魂歌。（森　絵都）
あ-39-18

浅田次郎
獅子吼《ししく》
戦争・高度成長・大学紛争――いつの時代、どう生きても、過酷な運命は降りかかる。激しい感情を抑え進む、名も無き人々の姿を描きだした、華も涙もある王道の短編集。（吉川晃司）
あ-39-19

あさのあつこ
透き通った風が吹いて
野球部を引退した高三の渓哉は将来が思い描けず焦燥感にさいなまれている。ある日道に迷う里香という女性と出会うが……書き下ろし短篇「もう一つの風」を収録した直球青春小説。
あ-43-20

あさのあつこ
I love letter
アイラブレター
文通会社で働き始めた元引きこもりの岳彦に届くのは、ワケありの手紙ばかり。いつしか自分の言葉を便箋に連ね、手紙で難事に向き合っていく。温かくて切なく、少し怖い六つの物語。
あ-43-21

有栖川有栖
火村英生に捧げる犯罪
臨床犯罪学者・火村英生のもとに送られてきた犯罪予告めいたファックス。術策の小さな綻びから犯罪が露呈する表題作他、哀切でエレガントな珠玉の作品が並ぶ人気シリーズ。（柄刀　一）
あ-59-1

（　）内は解説者。品切の節はご容赦下さい。

有栖川有栖
菩提樹荘の殺人
少年犯罪、お笑い芸人の野望、学生時代の火村英生の名推理、アンチエイジングのカリスマの怪事件とアリスの悲恋。「若さ」をモチーフにした人気シリーズ作品集。（円堂都司昭）
あ-59-2

阿部智里
烏《からす》に単《ひとえ》は似合わない
八咫烏の一族が支配する世界「山内」。世継ぎの后選びを巡る有力貴族の姫君たちの争いに絡み様々な事件が……。史上最年少松本清張賞受賞作となった和製ファンタジー。（東　えりか）
あ-65-1

阿部智里
烏《からす》は主《あるじ》を選ばない
優秀な兄宮を退け日嗣の御子の座に就いた若宮に仕えることになった雪哉。だが周囲は敵だらけ、若宮の命を狙う輩も次々に現れる。彼らは朝廷権力闘争に勝てるのか？（大矢博子）
あ-65-2

青柳碧人
国語、数学、理科、誘拐
進学塾で起きた小6少女の誘拐事件。身代金5000円、すべて1円玉で?!　5人の講師と生徒たちが事件に挑む。「読むと勉強が好きになる」心優しい塾ミステリ！（太田あや）
あ-67-2

青柳碧人
国語、数学、理科、漂流
中学三年生の夏合宿で島にやってきたJSS進学塾の面々。勉強漬けの三泊四日のはずが、不穏な雰囲気が流れ始め、ついには行方不明者が！　大好評塾ミステリー第二弾。
あ-67-4

朝井リョウ
武道館
【正しい選択】なんて、この世にない。「武道館ライブ」という合言葉のもとに活動する少女たちが最終的に〝自分の頭で〟選んだ道とは——。大きな夢に向かう姿を描く。（つんく♂）
あ-68-2

朝井リョウ
ままならないから私とあなた
平凡だが心優しい雪子の友人、薫は天才少女と呼ばれる。成長に従い、二人の価値観は次第に離れていき、決定的な対立が訪れるが……。一章分加筆の表題作ほか一篇収録。（小出祐介）
あ-68-3

（　）内は解説者。品切の節はご容赦下さい。

安東能明
夜の署長
新米刑事の野上は、日本一のマンモス警察署・新宿署に配属される。そこには〝夜の署長〟の異名を持つベテラン刑事・下妻がいた。警察小説のニューヒーロー登場。（村上貴史）
あ-74-1

安東能明
夜の署長2
密売者
夜間犯罪発生率日本一の新宿署で〝夜の署長〟の異名を取り、高い捜査能力を持つベテラン刑事・下妻。新人の沙月は新宿で起きる四つの事件で指揮下に入り、やがて彼の凄みを知る。
あ-74-2

明石家さんま 原作
Ｊｉｍｍｙ
一九八〇年代の大阪。幼い頃から失敗ばかりの大西秀明は、高校卒業後なんば花月の舞台進行見習いに。人気絶頂の明石家さんまに出会い、孤独や劣等感を抱きながら芸人として成長していく。
あ-75-1

浅葉なつ
どうかこの声が、あなたに届きますように
地下アイドル時代、心身に傷を負った20歳の奈々子がラジオアシスタントに。「伝説の十秒回」と呼ばれる神回を経て成長する彼女と、切実な日々を生きるリスナーの交流を描く感動作。
あ-77-1

天祢　涼
希望が死んだ夜に
14歳の少女が同級生殺害容疑で緊急逮捕された。少女は犯行を認めたが動機を全く語らない。彼女は何を隠しているのか？捜査を進めると意外な真実が明らかになり……。（細谷正充）
あ-78-1

朱野帰子
科学オタがマイナスイオンの部署に異動しました
電器メーカーに勤める科学マニアの賢児は、非科学的商品を「廃止すべき」と言い、鼻つまみ者扱いに。自分の信念を曲げられずに戦う全ての働く人に贈る、お仕事小説。（塩田春香）
あ-79-1

秋吉理香子
サイレンス
深雪は婚約者の俊亜貴と故郷の島を訪れるが、彼には秘密があった。結婚をして普通の幸せを手に入れたい深雪の運命が狂い始める。一気読み必至のサスペンス小説。（澤村伊智）
あ-80-1

（　）内は解説者。品切の節はご容赦下さい。

銀の猫
朝井まかて
嫁ぎ先を離縁され「介抱人」として稼ぐお咲。年寄りたちに人生を教わる一方で、妾奉公を繰り返し身勝手に生きてきた、自分の母親を許せない。江戸の介護を描く傑作長編。（秋山香乃）
あ-81-1

池袋ウエストゲートパーク
石田衣良
刺す少年、消える少女、潰し合うギャング団……命がけのストリートを軽やかに疾走する若者たちの現在を、クールに鮮烈に描いた人気シリーズ第一弾。表題作など全四篇収録。（池上冬樹）
い-47-1

ＰＲＩＤＥ――プライド
池袋ウエストゲートパークⅩ
石田衣良
四人組の暴行魔を探してほしい――ちぎれたネックレスを下げた美女の依頼で、マコトはあるホームレス自立支援組織を調べ始める。ＩＷＧＰシリーズ第1期完結の10巻目！（杉江松恋）
い-47-18

憎悪のパレード
池袋ウエストゲートパークⅪ
石田衣良
ＩＷＧＰ第二シーズン開幕！　変容していく池袋、でもあの男たちは変わらない。脱法ドラッグ、ヘイトスピーチ……続発するトラブルを巡り、マコトやタカシが躍動する。（安田浩一）
い-47-21

西一番街ブラックバイト
池袋ウエストゲートパークⅫ
石田衣良
勤め先の店で無能扱いされた若者が池袋の雑居ビルで飛びおり自殺を図る。耳触りのいい言葉で若者を洗脳し、つかい潰すブラック企業の闇に、マコトとタカシが斬りこむ！（今野晴貴）
い-47-22

裏切りのホワイトカード
池袋ウエストゲートパークⅩⅢ
石田衣良
闇サイトに載った怪しげな超高給バイトの情報。報酬はたった半日で10万円以上。池袋の若者達が浮き足立つ中、マコトにはある財団から依頼が持ち込まれる。（対談・朝井リョウ）
い-47-23

池袋ウエストゲートパーク ザ レジェンド
石田衣良
時代を鮮やかに切り取る名シリーズの初期から近作まで、読者投票で人気を集めたレジェンド級エピソード八篇を厳選した〈傑作選〉。マコトとタカシの魅力が全開の、爽快ミステリー！
い-47-36

（　）内は解説者。品切の節はご容赦下さい。

石田衣良
ＭＩＬＫ
切実な欲望を抱きながらも、どこかチャーミングなおとなの男女たちを描く10篇を収録。切なさとあたたかさを秘めた、心と身体をざわつかせる刺激的な恋愛短篇集。（いしいのりえ）
い-47-35

池井戸　潤
オレたちバブル入行組
支店長命令で融資を実行した会社が倒産。社長は雲隠れ。上司は責任回避。四面楚歌のオレには債権回収あるのみ……。半沢直樹が活躍する痛快エンタテインメント第1弾！（村上貴史）
い-64-2

池井戸　潤
オレたち花のバブル組
あのバブル入行組が帰ってきた。巨額損失を出した老舗ホテル再建、金融庁の嫌みな相手との闘い。絶対に負けられない闘いの結末は？　大ヒット半沢直樹シリーズ第2弾！（村上貴史）
い-64-4

池井戸　潤
シャイロックの子供たち
現金紛失事件の後、行員が失踪!?　上がらない成績、叩き上げの誇り、社内恋愛、家族への思い……事件の裏に透ける行員たちの葛藤。圧巻の金融クライム・ノベル！（霜月　蒼）
い-64-3

池井戸　潤
かばん屋の相続
「妻の元カレ」「手形の行方」「芥のごとく」他。銀行に勤める男たちが、長いサラリーマン人生の中で出会う、さまざまな困難と悲哀。六つの短篇で綴る、文春文庫オリジナル作品。（村上貴史）
い-64-5

池井戸　潤
民王
夢かうつつか、新手のテロか？　総理とその息子に非常事態が発生！　漢字の読めない政治家、酔っぱらい大臣、バカ学生らが入り乱れる痛快政治エンタメ決定版。（村上貴史）
い-64-6

乾《いぬい》　くるみ
イニシエーション・ラブ
甘美で、ときにほろ苦い青春のひとときを瑞々しい筆致で描いた青春小説——と思いきや、最後の二行で全く違った物語に！「必ず二回読みたくなる」と絶賛の傑作ミステリ。（大矢博子）
い-66-1